那个送我筋斗云的美少年

The somersault cloud

代琮 著

天津出版传媒集团
百花文艺出版社

自序

构思要写这篇序的时候，我正在飞往东京的航班上。

这又是一次寻觅内心，历经故事的旅行。

而你最先看到的这篇序，却是我旅行回来后，赶在这本书快要出版上市之前，才最后写完。

其实，一开始，我有想过不写这篇序的。

因为自从出版上本书起，我就越来越想要给看我书的人，一种更为纯粹的阅读体验。特别期待看故事的你，能够全身心地走进我的内心世界，甚至不受故事之外任何言语的打扰。

可是，这要是放在过去，自己每出版一本书，往往最想写的就是序或者后记。

因为那时的自己往往在序言里所讲的话，才是自己尽可能地脱离所谓创作的条条框框后，最真实，最随性，最希望被别人看到和认识的模样。

而今的我，随着写作时日越久，便越来越懂得，如何把一本书里的故事讲好，是多么的重要。又或者说，能做到把自己和故事合二为一，这才是一个创作者该有的极致。

写故事的人就应该把更多精力放在写故事上，看故事就应该把更多时间放在看故事上。

所以现在的我，希望大家对我更多的情感认同，都能从故事中获取。

2014 年，父亲病重。

那一年，我内心焦虑、担忧，甚至害怕，更是无心写作。

新书出版计划也最终被我搁置一旁，而自己一门心思地都扑在了协助母亲照顾家庭上。

后来，磨难过去，柳暗花明。生活也从应接不暇，一下子变得寂静无声。

也正是那段时间里，回忆起先前亲眼所见的生命的脆弱，也让我思考了很多，懂得了很多。

差不多半年的时间过去，心情稍稍平复。直到 2015 年年初，才又开始继续完成《唯有陪伴，能抵御岁月漫长》那本长篇的写作，而后 9 月，沉寂许久，终于出版。

也是从那本书开始，我算是彻底放下散文随笔的写作，开始不断地要求自己，尝试写更多的小说。

那个时候，我忽然想明白了一个道理。

在自己更青春一点的年纪，我总是想着把自己对这个世界和现实的理解和感知，更好地表达给大家。可是后来，再长大一些，面对人生的世事无常，我又发现小说虽说虚幻，但是却能很好地完成一些在现实世界里，我们根本无法改变和构架的宿命。

有时候，在现实的世界，即使我们把自己一层一层地包裹得再怎么强大，也总有那么几个瞬间，是自己完全无能为力，只能束手就擒的时候。

现实世界里，只有人没有神。小说的世界，你自己就成了神，喜欢和不喜欢的命运，自己可以决定和主宰一切。

想明白这些后，我便开始近乎疯狂地迷恋起小说的创作。

然后给自己挖坑无数，一个故事发生在晚清，一个故事发生在民国，一个故事又在讲述我们这代人的爱情和成长，忙碌之余，期间也陆续有些简短的故事在写，只是仍以长篇居多。

如果说，真正有了想要出版自己第一本短篇集的计划，那应该是在 2015 年年末的一天。寒冬腊月的北京，傍晚夕阳的余晖洒满街头，我跟一个要好的出版编辑约定晚饭去吃海底捞。

走到海底捞门前的红绿灯路口，他在我身旁随意地说，接下来你其实可以考虑多写点短篇故事啊。一来算是练手，二来现在写这个也一定好卖。

了解我的人都知道，我也算是个有情怀且文艺的人，并且我还半开玩笑地跟朋友说，我一直都觉得自己在写作以及把握读者阅读习惯上，完全就是个跟不上时代发展和节奏的人。

没开玩笑，事实如此。当我在写散文的时候，长篇突然就卖得好了。当我去写长篇的时候，短篇突然又卖得好了。说不定当我再去写短篇的时候，别的什么又流行卖得好了呢？感觉自己运气并不太好，所以卖得好不好这件事，真的并不是我能在乎的呢。

只不过，后来忘了自己究竟是出于何种原因开始写短篇，是对于短篇体裁的向往？又或是真的想要练手？总之在我思考一段时间后，我便在一边写作长篇的同时，也真的就一边兼顾起写作大量的短篇故事。

这本书里，我更多想要讲述的都是关于爱情的。

倒不是说自己是有多么擅长写爱情，只是觉得用人性最基础的情感表达，去唤起他人的内心善念、动容和共鸣，这个对我来说更觉得向往一些，也更有意义一些。

其实每当我们说起爱情，内心好像总有说不尽道不完的话题。中外古今，也都如此。我想，我们每个人应该都会有数不尽的画面在自己眼前浮现，或许关乎自己，也或许关乎你的所见所闻。

比如，你首先想到的一定是这些人尽皆知的经典爱情桥段：

《红楼梦》里贾宝玉和林黛玉的爱情，《西厢记》里崔莺莺和张生的爱情，《罗马假日》里 Ann 公主和 Joe 的爱情，《泰坦尼克号》里 Jack 和 Rose 的爱情，还有梁山伯与祝英台，司马相如与卓文君，以及林徽因与梁思成，沈从文与张兆和，鲁迅与许广平，钱钟书与杨绛，等等，数不胜数。

只是，这些爱情故事再怎么经典、伟大、动人、扣人心弦，甚至让你记忆犹新，那也不是真实的属于我们自己的爱情。

之前读过一段有关爱情的话，觉得与自己的爱情观和心性有几分相似：

“以前觉得爱情是一见钟情，后来认为爱情是细水长流，之后认为爱情是安全感，是陪伴，是依赖，是放不下，是舍不得，现在觉得爱情就是我爱你时你也爱我，就这么简单。”

那么，如果此刻我再问起你，关乎你的爱情又是怎么样的？你又该作何回答呢？是平淡？是平凡？是相濡以沫？是矢志不渝？还是痛苦？挫折？有缘无分？曲终人散？

这或许也是这本书最终存在和成册的意义吧。

而我想写的就是这样一本书，书里那些仿佛真实存在过的故事，都是真实的属于你我，属于我们的爱情。

可以说，刚刚过去的2016年，一整年里我的生活都是平静的。几乎没什么琐事打扰，也没什么大的风浪。所以，除了旅行，基本就是待在家中安心写作。

只是，连我自己也没想到的是，在这段时间里，竟然不知不觉，一口气写下了19个故事，并且还个个都与爱情有关。

这本书里所写的爱情，都是一些有关年轻人的爱情故事。19种不同人生宿命，19种不同爱的表达方式，与朋友有关，也与自己有关。也许你也正在经历，也许你早已度过。

这些故事里，有我们高中毕业时的含羞表白，有我们大学校园里敢爱敢恨牵手走过的曾经，有我们工作后相隔异地的苦苦等待，有我们擦肩而过又机缘巧合的最终相遇相守，有我们甘当备胎为爱守候的心酸伤痛，有我们青梅竹马直到相伴一生的幸福甜蜜，有如兄如父般在敬畏和疼爱中成长，也有欢喜冤家打打闹闹最终的终成眷属，更有本在眼前却不珍惜的遗憾错过…….

其实，也只有这样的爱情，才真正是属于我们自己的吧。

话到此处，我觉得有必要说一说书名的由来和意义。

《那个送我筋斗云的美少年》，这也是这19个故事里其中一个故事的名字。思来想去，在跟编辑们商议许久后，最后决定用了这个名字作为书名。

原因是因为这个故事是这19个故事中我最满意的故事之一，也是因为这是本写年轻人爱情的书，这个名字具备了让很多年轻人一眼看去，都能联想到的并有所共鸣的西游情怀。更是因为在这个故事里有我最想表达的爱情的真谛。

如果我没记错，这应该是这本书里我最早写下的一个故事。说满意，倒不是觉得这个故事自己写得有多好，而是故事中主人公在青春的世界里，那种为爱单纯的执着、坚定和努力，也同样深深地打动到了我自己。

说实话，文中加入“筋斗云”的概念，写下这个故事，又起了一个这样的名字，最后还定为书名，这确实有份我难以割舍的西游情怀在里面。

我们这代人，在我们的少年时代，都会看过无数遍有关《西游记》的书、影视剧和动画片等等，也几乎没人不知道齐天大圣孙悟空的故事。我们之所以喜欢孙大圣，是因为他就是我们中国人自己的超级英雄，天不怕地不怕，神通广大，无所不能。

还记得在周星驰的电影《大话西游》里，紫霞仙子这样说过，我的意中人是个英雄，我知道有一天他会在一个万众瞩目的情况下出现，身披金甲圣衣，脚踏七色云彩来娶我。

或许更多的时候，每个女孩就更会希望自己的人生中，也能有一个像孙悟空一样，能送你筋斗云的美少年出现，一个时刻陪在你身边，时刻保护着你的英雄少年，在你面对困难、挫折、坎坷的时候，为你挡风遮雨，打抱不平，在你想要放弃理想的那一刻，他会用自己的筋斗云来送你一程，激励你更加坚定和坚强地去面对未来，重见光明。

这么说来，爱情是否能成为两个人彼此间，人生之中的一种激励和指引，这其实应该就是这个故事里我最想表达的，也是这本书，这 19 个故事里我统统最想表达的爱情的真谛。

生活中，面对困苦谁都会有过流泪，有过失败，有过沮丧，有过放弃，而每个人便会希望能有个可以给自己精神激励的人，又或者说正是因为有了那个人，有了爱情的存在，才能让你更加坚定，更加勇敢地去面对一切，彼此之间的爱是可以在生命中，给予对方前进和面对困难的勇气和动力，我觉得这才是爱情的真正意义所在。

我想我们每个人在建立爱情的最初，都应该是视与对方在一起一辈子为目标。那么爱情就更不应该是趋于表面的爱了，而是更应该把爱情上升为一种亲情的陪伴，甚至是能够影响到对方一生的人生意义才好，这才是我们都该去追逐、信仰和憧憬的爱情。

这是一种萦绕在心间源自于爱的精神激励。所以，那个送我筋斗云的美少年，用作书名，这么看来，似乎再合适不过。

也还记得 2015 年的年末，《唯有陪伴，能抵御岁月漫长》刚上市那会，我在全国各地做了多场的新书分享会，那时也恰逢我正在构思着这样一本书要到底怎样写作，所以当编辑征求我的意见，问我想在分享会上跟大家聊些什么的时候，我便不假思索地说，就让大家给我讲讲他们的故事吧。

所以，我还想说，当时在现场答应大家，要把你们的故事写进我的故事里的许诺，后来经过我添油加醋般的修改和整理后，也真的都被我埋头写进了这些故事中。

把你的故事写进我的故事里，答应你的事情我也做到了。

接下来，满怀忐忑，等待你检阅。

从小到大,我一直怀有一个梦想,希望自己能做个会讲故事的人。

不知道当你把这本书翻到最后一页的一刻，又会作何感想？不知道我在你的心中，还算是个会讲故事的人吗？

眼前这19个故事，是我这几年来一直深藏内心，最最珍惜，觉得对自己来说,最有价值的情感见闻和经历,这也是我在这段时间里，能给你讲的最好的爱情故事。

看过这些故事，你正在经历也好，你正在回忆也罢。不过我想，你一定会跟我一样喜欢上这些故事的。

因为这些故事是我的故事，也是你的故事。

故事里的他们，是我身边的朋友，也是你身边的朋友。

但愿每个人在看完这些故事后，都能有像故事中主人公一样的决绝的信念，去追寻自己的爱情。

愿每一个人，都能找到那个送你筋斗云的美少年。

代琮

2017年2月21日

目录

目录

我的世界缺你不可

当俗世的庸常湮灭了曾经的梦想，环顾左右，只看到浑浑噩噩忙碌着的芸芸众生。而眼镜，是其中的异类，是难得的一抹亮色。

眼镜是我们经常提到的北漂大军中的一员。许多个夜晚的闲暇时分，他总是能饶有兴致地跟我煲电话粥，以至于有时候让我觉得两个大男人也能如此这般的聊天，是否真如大家所说，这也太过“基情”四射了点。

那天在电话里，眼镜说：“我最喜欢挤北京的地铁了，尤其是高峰期。人们的各种姿态，特别有意思。大家几乎都专注于自己的世界，有的抱着手机玩着连连看，有的倚在把手上打着瞌睡……对身边的人视若无睹。”

我开玩笑说：“也就只有你会那么无聊，难不成你还想在地铁上把妹不成？”

没想到眼镜却突然急了：“呸，地铁里能有林青青吗……”

眼镜和林青青都是我的大学同学。

他和林青青当年也算得上是我们学校难得的才子佳人，学校的刊物杂志几乎是为他们两个独家定制的。那时候，眼镜说毕业了一定会和林青青一起用文字码出一片天下，而林青青则说眼镜就是她林青青的天下。

然而，一毕业，林青青却独自从武汉去了北京。很多人都说她跟了一个富二代，而眼镜则非说，林青青只是和他在选择上起了分歧，闹了点别扭而已。

于是眼镜也去了北京。他说他要在接近梦想的地方找到属于自己的未来，还有林青青。

眼镜立志于在北京成为一名编剧，一名像罗伯特·麦基那样的编剧。可是过了那么久，也没见他混出个模样来，依然住在阴暗的地下室里，下了班就窝在床上浏览与编剧相关的最新资讯，以及一遍又一遍地查看林青青那常年灰色的 QQ 头像。

即使在追梦的路上是孤独的，即使很多人都会在这偌大的城市迷失自己，即使林青青早就不似从前那般单纯，眼镜仍然相信他想要的最终都会来到他身边。

只是在很多人看来，他就是个不切实际的空想家，在北京唯一的收获就是吸了更多的雾霾而已，于是随之而来的就是各种非议和误解，甚至还有嘲笑。尽管大部分时间他都说服自己不去在意别人的眼光，但他的内心还是有深深的挫败感。

于是不管什么时间点，只要这哥们儿喝完酒不痛快了，都会打电话骚扰我，说一些在我看来都是关于林青青的废话，然后他一身轻松地带着醉意埋头睡去，而我却被他“折磨”得只能认命失眠。

眼镜算是我哥们儿里最作，而且是最往死里作的一个。或许就是他的作，导致了他如今的孤独。男人的孤独是可怕的，像剑一样尖锐锋利，像石头一样坚硬冰凉。而这种孤独有时候能让人犯错，也能使人做出冲动的决定。

有一天，眼镜在微信群里突然跟我们宣布他要结婚了。

在他父母和七大姑八大姨的步步紧逼之下，眼镜选择了投降，他答应娶父母给他安排的姑娘。那天当眼镜见面告诉我这一消息时，老实说我有点不以为然，因为根据眼镜一贯的不安分和爱折腾，我不太确定这是否真的算是一个喜讯。

“你可想清楚了，婚姻可不是儿戏……”我认真地提醒他。

眼镜落寞地一笑：“你想太多了……和谁结婚都是那么回事儿。赶紧完成任务，也图个清静利落。”

“说得倒是轻而易举的，你不等林青青了？”我笑着反问他。

眼镜点燃一支烟：“我过了那么久空洞单调的单身狗生活，荒着这块地既然种不出玫瑰，就让它长点粮食吧……长出来，能填满心里的空虚也是好的。”

我问：“你跟林青青当年到底怎么回事儿啊？怎么她就突然丢下你走了？”

眼镜狠狠地吞了一口烟，冷笑了一下说：“她说我没办法给她她想要的生活。我就不懂了，物质条件真的那么重要吗？我们在一起明明很开心啊。”

我打断他说：“哥们儿，那只是你想要的生活而已。”

眼镜点了点头，故作轻松地说：“那可不，你瞧我现在不就找了个想和我一起生活的人儿。”

“唉，我都懒得说你，希望你别辜负人家姑娘就好。说一千道一万，还是得恭喜你啊，新婚快乐，早生贵子……”看到一向执念于林青青的眼镜做出了如今的选择，我不由得犯了一下傻，生出许多感慨。

或许人们都需要有那么一个人来圆满我们的生命。这个人你可以不爱她，但她的存在将改变你的人生。

然而林青青呢？林青青只是过去！

当然，人们会不停地怀念过去，因为那些青葱岁月里，她们冷不丁地出现，陪伴着我们走过最青涩的时光，这就是初恋——初恋就像一把利刃，插入痴男怨女故作高洁的灵魂，又硬生生地消失，留下一道道难以愈合的伤痕。

林青青是插在眼镜身上的一把刀，事隔这么多年，仍在时时搅动，令他阵阵抽痛。眼镜说林青青在他的梦里越来越模糊，然而越模糊就越思念。

眼镜结婚的那一天，炎热的夏季下着瓢泼大雨，这和眼镜的心情大概是很相符的吧？我和几个哥们儿开的车都被淹在了小镇上，也等不到客运车，其实眼镜他家所在的这座湖北小镇，下着雨的样子古色古香烟雨缭绕特别美，只是大家都在疲于赶路，早已无心欣赏。最后路上折腾许久，到他家时，天早就黑了。

进门后，窗外的雨依然下得很大，我们早就被淋透了，眼镜安排我们去换了衣服。当我们都围坐下来的那一刻，新娘子已经热情地把给我们煮的姜汤端了上来。偶尔她与我们也能说上几句话，只是她一直在忙着招呼来来往往的客人。那时只知道她叫贺丹，是一名小学教师，看起来低调而娴雅。

晚上，窗外雨停。客人散去，换掉礼服的她，戴着围裙跟着眼镜的妈妈屋里屋外整理着一切。眼镜则不管不顾地拉着我们喝了一夜的酒，说了很多莫名其妙的话。

他说北京的快节奏生活让人几乎没有空闲去喘息，连脉搏跳动的节奏似乎都要快一些。可是感觉梦想离自己就只有那么近了，仿佛再做一下最后冲刺就抓住了，它光芒四射，燃烧着他的血液，却灼烧着他的眼睛。

眼镜说他是理解林青青的选择的，但是他愿意像夸父一样，径直扑向太阳直到耗尽所有的热血和力量，只是想到当初林青青捧着他的脸坚定地对他说的“不要害怕，去追逐吧！只要有你眼镜的地方，就是我林青青的家”，就觉得自己像极了只会奔跑的傻缺。

眼镜把自己喻为夸父，他也许不知道，夸父逐日的故事比喻人有宏大的志向或巨大的力量与气魄，但还有另外一个意思就是用来讽刺人自不量力，做不可能完成的白日梦。

那天晚上他喝了很多酒，也说了很多胡话，我们把他抬进洞房，他又爬出来，睡了一夜的沙发，而贺丹则给他盖了一夜的被子。

第二天早上我们醒来吃了饭就返城。我们要走的时候，贺丹还在厨房忙碌。看见我们要走，她给我们一人泡了一瓶浓茶，还说我们昨晚都没休息好，开车的时候喝了好提神。接过茶瓶时，我不由得打量了一下她，她眼睛微肿，似乎昨夜哭过，但还是面带热情而大方的微笑。

回去的路上我们说起来，与知性又艺术感十足的林青青相比，贺丹身上流露出来的是娴雅与睿智。对眼镜而言，贺丹应该更适合他吧！

婚后，眼镜在家住了一段日子，也带着贺丹来武汉跟我们几个毕业后依然留在这里工作的同学聚了一次。

聚会上，大家都劝说眼镜：“父母在，不远游。何况刚结婚就返北的确不像话。”

贺丹说：“他的梦在北京，就让他去北京吧。我不强求他留在家里，就像我不能丢下学生们陪着他去追梦一样。我替他守着父母，守着家。”

眼镜后来告诉我，贺丹的豁达和懂事让他感动，他曾在贺丹说出那句话的时候突然有了想留下来的冲动，和她一起过平淡稳定的生活。但是贺丹都那么支持他了，他好像走和留都有负罪感，于是只能暗自发誓一定要混出个人样，否则对不起这份坚定的信任和支持。

于是，眼镜又北上了，但是这一次，他多了一份使命感。他觉得贺丹对他这种无条件的信任和支持所给予的力量，与和林青青在一起的感觉是不一样的。林青青能让他更有创作动力，而贺丹，则让他安心和坚定。

然而，眼镜还是没有混出个人样来，听说有时候甚至还是靠贺丹的收入维持家里的生计。眼镜赚了钱就疯狂地投入到各种实战训练班和一些专业设备上，我倒也没再接到他失意时的倾诉电话。

我想，经过岁月的沉淀，他大概学会如何面对了吧。老实说我有时很佩服眼镜的坚持。虽然我希望他学会如何选择，常常劝他“每个人都有梦想，但是，我们应该学会实际地生活”——但当我想起这句话时，总是忍不住鄙视自己。

眼镜愤愤地反驳我说：“正因为我们谁都以所谓的实际生活为借口，才会让梦想变成黄粱美梦……”

某个哲人说过，人生的精彩，就在于它的不可预见。有的人选择了平庸，有的人选择去接近成功，那些接近成功的人就注定背着非议和舆论压力，他们不被理解，但有时候他们自己所做出的决定他们自己也不理解，所有自诩有才华的人，他们要是成功了，那他就是金子，要是依然落魄，那他就是疯子。我对眼镜也是不理解的，尤其是他和林青青后来的事。

上个礼拜，我接到眼镜的“骚扰”电话。

“哟，哥们儿，好久没深更半夜接到你电话了。”我打趣地说道。

“出来喝两杯吧。”

“你回武汉来了？”

“快出来，哥哥我烦着呢！”

“怎么，和贺丹吵架啦？”

“我在80，你过来再说。”眼镜说完就挂了电话。

我到酒吧的时候，眼镜已经喝得差不多了，看见我来又叫了一打酒。

我边说边拦住他：“怎么了？都喝成这样了，别喝了。”

眼镜抬起头来，醉眼乜斜：“你知道吗？我觉得我特混蛋……”

“自己知道就好。别喝了，到底出什么事儿了？”

“我出轨了……”眼镜拍着头说道。

“那你喝死算了。”我也忍不住帮他拍了一下头。

我一口喝下一杯的酒，问道：“是林青青吧？”

他低头沉默。

“还真是啊，她不是嫁了富二代了吗？”

这对眼镜来说或许是牛郎织女相会的美好故事，但此刻我却有种西门庆和潘金莲的既视感。

“她是带着项目来和我谈合作的。我倒对她带来的项目不感兴趣，但是她……看见她的那一刻，我就觉得一直在做梦，直到贺丹发现，我的梦才醒过来。”

我大为惊讶："还被贺丹发现了？你小子还是人吗？！"

我和眼镜一杯接一杯灌着啤酒。很久，我都找不到话来说，不知道该骂他，还是该帮他想办法。眼镜吐了一阵，又喝了一阵，终于说出这个其实很狗血的故事。

眼镜说，那天接到林青青的电话，说要见面时，他以为自己中了传说中的彩票头奖。他去咖啡厅见林青青，忘情地紧搂着她不放。林青青哭笑不得地拍了拍他的脑袋："你还像从前一样。"

眼镜和林青青一起吃饭，说着过去，说着他们上大学时曾经的恋情，于是乎他们像所有这种故事的男女主角一样，奔向了一个终极目标——床。但是他们没有选对时间和地点。眼镜忘记了，贺丹曾给他说过她今天到北京。当他和林青青云雨一番，熟睡之际，贺丹开门而入。

眼镜说："贺丹是听说我生病来照看我的，其实我……只是缺钱花了，想喊她寄点钱来……"

眼镜的脸上突然滚落了几滴泪珠。

我对于眼镜的这种渣男行为更是无言以对，唯有喝酒。

眼镜说："和林青青上床之后我才发现，我已经不爱她了……"

我倒是颇为诧异："为何？"

"她变了，而我还没有变。"

"说得这么深奥。你没变，那你应该还爱她才对呀？"

眼镜唇边闪过一丝凄凉："她的灵魂变了，而我没变的，也是灵魂。这与情感无关。"

我说："你就扯淡吧。"

眼镜说："一个纯洁的灵魂，怎么还会去爱一个腐朽的灵魂呢？不管做了多少混账事情，我都还是纯洁的，还是个好人……"

“人家林青青怎么就又腐朽了？”

“有人说过，爱不爱一个人，和她上一回床就知道了。多年前我因为和她上床而爱上她，多年后，也因为和她上床，所谓的爱消失了，无影无踪。”

我说：“听上去还挺深奥，不过，我劝你离林青青远一些，你们还是别再见面了。”

眼镜说：“就算不被贺丹逮着，我也不会再和林青青来往了。其实我已经爱上贺丹了，只不过是在她走了之后，我才发现……”

“贺丹走了？”我干着急地问眼镜。

“走了。贺丹把属于她的东西都收走了，什么都不剩。”眼镜趴在巴桌上醉醺醺地说道。

“那你打算怎么办？”我有些担心地又问。

“贺丹不会原谅我的，贺丹……不……不会原谅我了……”眼镜喃喃地重复道。

他这样说着，终于醉成一摊烂泥。我把眼镜送回了家。眼镜的父母不停地数落眼镜，还拜托我去贺丹那里做说客，看得出两个老人极为喜欢贺丹。

某个午后，我把贺丹约到咖啡厅。贺丹没有像我预料中那般憔悴，没有抱怨，没有责备，只是隐隐约约流露出了一些伤感。

她说：“我知道林青青一直是横在我和眼镜中间的一道墙，我一直都有意回避关于她的一切讯息，没想到她却以这种方式隆重地出场了。虽然不能再逃避下去了，但我想要冷静一段时间，我想眼镜也需要时间吧。”

我没有说什么。我想，对于这样一个睿智的女人，已不需要太多的语言。

贺丹说："我知道，林青青是他的世界里永远存在的一个影子。我爱他，所以不想过多地干涉他的世界。"

贺丹告诉我说，其实她知道眼镜不爱她，也知道眼镜答应跟她结婚只是无奈之举，但就因为对眼镜的感情，她选择了用一生最重要的决定来赌，想赢得眼镜。从这个角度来看，贺丹和眼镜却有几分相似。他们都执念于自己的选择，即使不知道输赢。

但是，贺丹还是提出了离婚。

眼镜背负着更多的指责甚至是骂名，拖着厚厚的行囊离开了，如同消失一般。

我试图找过他几次，但一直没能联系上，倒是跟贺丹断断续续有一些联系，几次都是她在试图向我打听眼镜，或者我试图了解她和眼镜的近况。她也偶尔说起眼镜的一些生活细节，比如眼镜最喜欢的菜是糖醋排骨，讨厌菜里有姜，只要有一点姜都能吃出来。还说眼镜不愿意开口求人，要是有什么困难希望我能主动帮帮他，由她来还。诸如此类。

不知不觉又过去了很久。有一次我出差去北京，试着给眼镜发微信，没想到他竟然回复我了。我顺势请他一起吃饭。

看到眼镜的时候，我有些惊讶，才一年的光景，感觉他苍老了许多。点餐的时候，我特意叮嘱不要放姜，还点了很多他喜欢吃的菜。我们聊了很多，聊时事，聊国情，聊娱乐……就是没有聊他的事。走的时候，我直截了当地说："有什么需要我帮助的千万不要客气。"

然后眼镜只是尴尬地笑笑。

我继续开玩笑地说："等你出名了，双倍还我就是。"

眼镜终于绷不住了，眼眶红红地说："兄弟，我记住了。难得你还记得我的口味。"

我认真地回答他说："我哪有心思去观察你喜欢什么口味？是贺丹告诉我的，你该记住的是贺丹，她总想通过我来关心你。"

眼镜终于崩溃地哭了出来："兄弟，我现在终于知道，贺丹对我来说是多么重要。"

他哭得大口大口喘着气，把鼻涕和雾气都黏在眼镜片上，看着又滑稽又心酸。

"既然这么重要，就去争取回来呗？像追求你的梦想一样！"

"等我这个项目成功，我就去向她求婚，这次，不是顺应，不是将就，而是因为她已在我心里扎了根。"他坚定地对我说道。

"嘿，还是你小子会打算，那我岂不是又要送一次红包？"我开玩笑地说道。

"你是肯定跑不了的。"他哭中带笑地答道。

之后我才知道，眼镜白天在一家广告公司上班，晚上就靠一杯又一杯的浓咖啡提神熬夜写作，给影视公司做枪手，或是自己投稿。当然，他付出很多，得到的微乎其微，还把自己熬得那么苍老，投出去的稿子也石沉大海。

朋友们聚在一起的时候，偶尔也会谈论到眼镜。有的人说他有执念，坚持，是一个很励志的青年；也有人说他是看不清现状，是个傻X，什么都没有经营好，分明就是个极不负责的人；还有人说他简直就是一个不可理喻的混蛋。

所有这些议论，眼镜都不知道。

当人们在议论他时，他或许在写作，或许在去某个影视公司的路上。他就一直这么努力着，有所谓无所谓地努力着，也许他没有想过失败会怎样，他只是在想他要怎么努力才能成功。

都说，机会是留给有准备的人的，上帝也会对有梦想的人多一些眷顾。

终于有一天，眼镜的剧本终于被投资方看中……

这部电影上映的时候，我和朋友们都去影院看了。贺丹也去了，她哭得泣不成声，因为整部电影几乎就是在写她和眼镜的故事，电影的结束，是男主角给女主角写的一封信。

老婆：

你走后，我经历了很多事。是你让我学会了爱和成长，虽然你已经不在我身边，但我却觉得你一直都在，一直在我的心里，早已生根，像布满我整个心脏的经脉，支撑着我的心跳。你是我黑暗夜空的灯塔，是遗世而独立的明珠，在我混沌的内心，熠熠生辉，照亮着我。

是我犯了不该犯的错，导致了我们之间的悲欢离合，但我对你的爱在心灵深处已茁壮成长。对我来说，爱情，是沙漠中一汪碧水，有它灌溉之处，必定生机盎然。我是个混蛋，却一直活着，拼搏着，那是为了在迷宫般的世界上，把你找回来。

我爱你，我等你回家。

大部分看电影的人都为这个浪漫的爱情故事而感动。只有我和贺丹知道，这信，是眼镜写给贺丹的，是在向贺丹求婚。

后来，我接到眼镜的结婚请柬。这一次，我是由衷地为他感到高兴，因为不是所有追求的梦想都能实现，不是所有失去的爱情都能找得回来。眼镜用他的努力换回的东西，是像金刚石一样闪闪发亮的。

我过了那么久空洞单调的单身狗生活，
荒着这块地既然种不出玫瑰，
就让它长点粮食吧……

我与你的世界爱无距

彼时我在乌镇小住，帮朋友管理客栈，因此认识了郑霖。

郑霖是个独自来乌镇旅行的年轻女子，性格开朗健谈，眉目干净，神情里总会混合着成熟与童真的奇异魅力，和客栈里的每一个人都相熟。尤其跟我之间，因为趣味相投，更成了无话不谈的朋友。

朋友的这家客栈不大，但胜在清爽简洁，一个用青石手工砌起的院子里，满是蓬勃生长的花草树木。院子里树荫最盛的地方，摆着一个自制木桌，闲时，留在客栈的旅人总喜欢围在桌旁，就着新茶，神色自若地谈着自己的过往。

郑霖也经常凑坐在这些人中，但向来健谈的她，却很少提起自己的事情，只是喝着茶，安静而专注地扮演着倾听者的角色。

那时我以为我没有机会听到郑霖的故事。

直到有一天，午后时分，客栈里留宿的人或午睡或未归，此时只有我一个人坐在院子里安静地喝茶，突然听到不远处的一处房门吱呦一声打开，郑霖围着一块纯色披肩走了出来，坐到我的对面。

我有点讶异她的到来，起身给她倒了一杯热茶。

郑霖喝了口茶，仰起头望着天空一脸洒脱地对我说：“喂，其实我心里一直有个故事，愿不愿意听？”

看到我笑着点头，她便一边小口地喝茶一边平静地讲起了她的故事。

她是北方人，性情直爽，但也少有情绪无法自控的时候。

迄今为止能记起来的，也只有两次。

第一次是周信告诉郑霖他要出国留学，第二次是周信告诉郑霖他要在国外继续学业。两次都和同一个人有关。

郑霖和周信是在高中认识的。他们一个是高高在上的学霸，一个却是不学无术的“女流氓”。

周信的父母都是南方人，搞科研工作的，因为工作调动的关系搬到北方，所以周信受家庭遗传和成长环境的影响，天生就是安静温和的性情。

只不过在部分北方人眼里，这种安静温和，某种程度上却是懦弱的表现。

但郑霖的父母并不这么觉得，他们都是正宗的北方人，却对南方的小桥流水人家有种莫名的向往，尤其看见周信彬彬有礼的斯文模样，再回眼看看自己鸡飞狗跳的女儿，阵阵扎心。

周信的父母则一直对北方人的豪爽与干脆心有好感，所以常常觉得后辈应该有开朗的性格才好，反而更喜爱郑霖。

然而他们二人却跟自己父母的喜好恰恰相反，在这种情况下，自然对对方没什么好感，虽然在同一个学校，但从来没什么接触。

这样的情况持续了将近一年，一年之后，他们被分到了同一个理科班。

其实郑霖的理科成绩并不理想，但以她的个性，也实在不适合极其考验记忆力的文科，所以毫不犹豫就选择了理科。

当得知两人不巧地被分到一个班之后，周信和郑霖心里都是各自一沉。

果然，他们的父母对这件事都持着一种乐见其成的态度，更有甚者，周信的父亲还特意去学校找了他们的班主任，要求把他们两个人的座位调到一起。

面对班主任的担心，他的父亲却满脸的“与有荣焉”，表示自己毫不介意“那件事”的发生。

于是应周信父亲所请，周信和郑霖这两个连三观都不甚相同的人便开始了他们的同桌生涯，并且一直持续到了毕业。

他们最开始成为同桌的时候，彼此都是无奈的。后来，周信讶异于郑霖交友遍天下的好人缘，郑霖则震惊于这个清秀斯文的男生在理科上触类旁通的天赋。

也许是成绩低的人对成绩高的人有一种天生的敬畏感，周信的一举一动在郑霖的眼里简直自带光环和背景音乐。然后郑霖突然就明白了自家爹妈对隔壁父母的艳羡和信任来自于何处，说到底就是没文化的底层群众对站在知识链顶端人士的一种仰视和尊重。

只是就着这样彼此欣赏的念头，他们相处得倒也融洽。

郑霖的名人效应让更多人看见，原来她的身边还有个这么温和安静的男孩子，由此开始，周信渐渐有了自己的交际圈，脸上也开始有了一般年轻男孩的神采飞扬。

而郑霖则得益于周信高正确率的各科作业，每天早上都埋头抄得十分欢快。周信也不是没有动过给郑霖补习的念头，但是郑霖是天生好动的性子，怎么坐得下来？

她义正言辞地拒绝了周信关于补习的提议："学海无边啊施主，贫尼暂时还没有下海的冲动。"

周信："……"

他们在各种意义上来说都是完全不同的人，但有时候，爱情就是会在灵魂迥异的人之间发生。

郑霖察觉自己越来越多地关注周信是在高三的上半学期。

北方的女孩子，天生不喜遮掩，爱憎分明，发现自己有可能喜欢上周信的第二天早上，郑霖就向周信表白了。

表白的具体过程是这样的。

周信背着书包，下了公交车后步行进学校，走在郑霖前面。然后郑霖就像一截失控的火车头一样冲了过去，在周信的背上大手一拍，在他惊讶和充满疑问的眼神里，意味深长地说："这位小哥，我发现我很中意你啊！"

周信："……"

说完之后，郑霖心满意足地一溜小跑进了教室，留下身后的周信不可置信地看着她的背影。

疑似表白后的几天，周信都在想，要是郑霖有进一步的行动，自己该怎么委婉地拒绝她。

然而他等了几天之后，发现自己实在是想太多了。

郑霖确实是中意他，并且毫不避讳地被人知道，但也只是中意而已，再没有进一步的想法。

周信牙痒痒地看着郑霖没心没肺地继续抄他的作业，然后忍不住感叹世界上怎么会有这样的人，搅乱别人一池春水，还能这么心平气和地继续过自己的日子？

郑霖还没有想过要成为谁的女朋友，也没要求周信一定要回应她的感情，她只觉得喜欢周信，是她一个人的事。

被喜欢是一种怎样的感觉？被自己喜欢的人明目张胆地喜欢，又是什么感觉？

周信觉得自己针对这一命题，能写出一篇五万字的论文来。

他突然就看懂了很多含蓄隐晦的诗词，听懂了很多矫情又浪漫的歌，也有了想要和某人分享的风景。

可是他喜欢也号称喜欢他的人，还是那么大大咧咧的，和班里的男孩子约着放学之后一起去门口的煎饼果子摊排队，远远地对着那个尚在更年期的暴躁老板娘吼："煎饼果子多加香菜多加辣！"

到最后，周信实在忍不住，开始强势地干预郑霖的生活。

郑霖真的不喜欢学习，成绩一直在中游，周信就细心地准备各科笔记，让她能更快地吸收内容。

就这样，高考时郑霖发扬了自己语文和英语的两门优势科，再加上勉强被周信拉高的理综短板，最终搭上了国内某高校的末班车。在知道女儿是被周信补习才进北京的985高校后，郑霖的父母回过头就烧了两炷香去谢谢自家祖宗保佑。

毕业后，班里的同学都忙着查分数填志愿等录取通知书，而周信做的第一件事，是必须要把郑霖圈进自己的一亩三分地里。

周信告白的方式十分简单粗暴，直接找到郑霖，装作自然地回忆起过往："郑霖，我记得你说过你很中意我是吧？"

郑霖愣了一下，点头称是。

周信笑了笑："我发现我也不是很嫌弃你。"

郑霖咂吧了下嘴，难得地感觉到那么一点点害羞，嘴上却还是逞强反问道："所以呢？"

周信牵过郑霖的手，一脸严肃地说："那既然这样，从今天开始，你就是我的女朋友了。"

郑霖："……"

就这样，当他们手牵手出现在毕业饭局上的时候，所有人默契地起立，鼓掌，欢呼："你们终于搞到一起了！"

郑霖满脸通红，周信气定神闲。

他们就这样在一起了，然后又一起去了北京。

郑霖一直觉得周信是瞎了眼才会和自己这样傻乎乎的大妞在一起，所以很多时候，她对他们的感情都是没有自信的。

可是他们平稳地走过了第一年，然后是第二年，第三年。

周信大三的时候经所在学校的系部推荐，要作为交换生去英国留学，他考虑再三，接受了这个推荐。

郑霖知道周信打算出国的时候，内心是绝望的。

她连异地恋都没有信心，更何况是远隔八小时时差的英国。

周信却很镇静，因为已经有所决定，也因为坚信，他们不会分开。

他笃定的平静影响了郑霖，她开始说服自己接受周信的决定，陪着周信慢慢做好留学的准备，她的心也在惊慌失措的恐惧中，慢慢安定下来。

几个月后，郑霖在人来人往的首都机场送走周信。

那个时候郑霖是第一次去机场送行，对周信的不舍，对陌生环境的抗拒，对未来的不确定，几乎把她逼到崩溃的边缘。

周信一直紧紧牵着郑霖的手，直到最后一刻才放开。他们在机场巨大的落地窗下紧紧拥抱，亲吻，而后离别。

进安检的时候，周信对郑霖说："郑霖，等我，一定等我回来，千万别把我丢下自己往前走了。"

郑霖终于忍不住落泪，压抑着哭音，说不出一句话。

周信终于走了，他坐的飞机即将在接下来的十多个小时里，越过时差，到另外一片陆地上去了。

周信到了英国以后，立刻联系了郑霖，以后的日子，他们只能靠邮件、视频以及电话联系。

他们需要跨越的，不只是一片海洋，还有截然不同的生活环境、周边的人和事，以及整整八个小时的时差。

通话和视频都需要考虑对方的作息，没有办法频繁联系，于是周信开始尝试着用邮件告诉郑霖自己的生活。

他们把自己的日常记录下来，配上照片，配上声音，给予对方每一个重要时刻的陪伴。

郑霖也慢慢适应没有周信的生活，她学会用单反拍照，写图文并茂的长长邮件，只为周信能清楚地看见她的生活。

走过最开始那段泥沼般的绝望后，郑霖觉得即便是这么遥远的距离，自己还是那样深刻地爱着那个人。郑霖也由此确认，周信，真的就是她郑霖想要携手走过一生的人。

他们的手机上都有对方城市的天气，升温、下雨、转凉，细心提醒，仿佛还在身边一样。

周信没办法为郑霖送伞，就提前看好天气，用邮件告诉她，让她出门的时候记得准备雨伞。

郑霖学会做繁杂的手工，她洗出很多他们的照片，做成影集，知道伦敦气候寒冷，就手织了一条厚厚的围巾，一道寄过去。

他们用自己最大的努力缩短距离，战胜距离。

周信到英国一年后，郑霖用自己勤工俭学攒了一年的钱，漂洋过海去英国看他。

漫长单调的飞行旅程，醒而复醒不得入睡的疲倦，陌生环境带来的不安，窗外渐渐明显的时差变化，郑霖在那个时刻感觉到深刻的孤独。她知道飞机降落的时候，周信会在机场等着她，而想到周信，在英国，这个完全陌生的国度，无人等候他，期待他，她便不可抑制地感到心疼。

她甚至不能想象那个时候的周信会有怎样的表情。

就这样，见到周信的时候，郑霖给了他一个很大的拥抱和一个很深也很热烈的吻。

郑霖在英国待了一个月。

她走过周信在邮件里提过的所有地方，牵着他的手。他们住在一起，牵手，拥抱，在每一个被闹钟吵醒的清晨，亲吻对方的唇角。

他们在那一个月里短暂而幸福地相聚，而后快速分离。

第二年，郑霖再一次坐上飞往英国的飞机，这一次，她只能待一个星期。因为那个时候她已经离开学校，没有了寒暑假，工作让郑霖没有办法能有更长的假期。

也就是在那一个星期里，周信告诉她，有很大可能，他要在英国的大学里继续攻读博士学位。

这一次，郑霖的心情不再只能用“绝望”两个字来形容。

她抖着嗓子，大声问周信：“你就不能回国读这个学位吗？你就不能为了我回国去读这个学位吗？！我已经等了两年了，你还要我等多久，你还要我等多久我们才能有未来？”

郑霖在周信的公寓里崩溃、流泪，情绪爆发到最后，声音沙哑，几近无声地问他：“周信，你是真的想过，要跟我走到最后吗？”

周信抱着郑霖，再也掩饰不住喉咙里的哽咽："我当然是要跟你走到最后的，郑霖，相信我，从一开始，我就要跟你走到最后的。不是想，是要，你明白吗？"

他的眼泪落在郑霖的脖子上，滚烫，冰凉，两种截然相反的感觉交织在一起，最终说服了郑霖。

虽然被迫接受了这样的事实，但郑霖还是在回程的飞机上，对着舷窗外蔚蓝纯净的天空，无声却激烈地流了很长时间的眼泪。

坐在郑霖身边的英国中年绅士忧心忡忡地看着这个流泪的亚裔女孩儿，伸手向走过的空姐要了一杯热水，递给她。

郑霖小声用英文感谢他。

坐在英国绅士旁边的是他的亚裔妻子，她很温柔地用中文询问郑霖发生了什么，是否需要帮助。

郑霖一边哽咽，一边结结巴巴地说了自己的经历。

听完郑霖的经历，英国绅士和妻子一起开解她。

他们说起自己的故事，怎样认识，怎样相恋，又是怎样因为语言不通而历经艰辛。

这位蓝眼睛的英国男人无比认真地看着郑霖的眼睛，说："亲爱的中国姑娘，你要知道，这个世界上有数以亿计的人，用尽一生在地球上寻找自己的灵魂伴侣。他们中间成功的人，可以说寥寥无几。所以当你有幸遇见那个人，抓住他，不要让距离成为你们之间的阻碍，要相信无论相距多远，你们一定可以走到红毯的终点去。"

飞机着陆的时候，乘客陆陆续续地起身拿自己的行李，郑霖坐在最里面，只能等那对善良的夫妇先把他们的行李拿下来。

英国绅士伸手去拿行李，手臂僵硬，郑霖微觉诧异，直到空姐上前协助，郑霖才发现，他的右手前臂上竟然装着一截义肢。

郑霖愣在那里，突然察觉他的妻子却始终都坐在自己的座位上，并没有起身要帮助丈夫的意思。

等英国绅士把行李取好，对郑霖抱歉一笑，把大大的双肩背包甩上肩头，双手扶着妻子的腋下，把她近乎是举起般抱在怀里，小心翼翼地挪出座位，连扶带抱地带下飞机。

这个时候，机舱内的旅客大多都已经离开了，郑霖还站在原地，呆呆地看着他们互相扶持依偎的背影。

她再次流下眼泪。

爱情有多艰难呢？艰难到只是分别都难以忍受。爱情有多坚定呢？穿越国籍，穿过巨大的文化差异，穿过肢体缺陷的障碍，我爱你，不管发生什么，我都要和你在一起。

你就是我的灵魂伴侣，是我用尽一生寻找的另一半，哪怕再远，再艰难，我都要抓住你，和你一起走到红毯的终点。

他们一起走到机场出口，那位妻子已经坐上轮椅，再三确认郑霖不需要帮助后，才与丈夫一起慢慢在郑霖的视线里走远。

看着他们坚定的背影，郑霖突然觉得自己有了信心，有了和周信走到红毯终点的信心。

她拍下他们那样艰难又那样坚定的背影，把回程中这段小小的插曲告诉了大洋彼岸的周信。

周信的回邮很简短，他说，我们一定能走到红毯的终点，郑霖，好好照顾自己，等我。

接下来的日子里，郑霖开始专注于自己的工作，她要自己变得更好，把他们的未来变得更好。

她在几年内连升几级，坐上公司的管理层位置，参与公司决策，闲时便提着单反出门，记录城市的变化。

周信把需要五年读完的课程在三年内修完，得到博士学位，在英国的公司开始实习，争取早日衣锦还乡。

郑霖把近几年拍的照片放在博客上，意外引来很多关注，她把照片和邮件整理好，出了一本书。

郑霖算是找到了除工作之外的爱好。原本只是为了记录生活的点滴，随着时间推移，竟然渐渐变成她生活的一部分。

郑霖开始用自己的闲暇时间往外走，有时候自己开车，有时候坐火车、高铁、飞机。她拍下沿途的风景，写下自己在旅途里的经历，一并发给周信，也上传到网上。

郑霖的摄影技术在提高，所为的却不再只是远方那个心心念念的爱人。

周信有欣慰，也有日渐加深的担忧，因为郑霖身边渐渐出现的那些身高颜好的高富帅追求者。他通过各种途径被昔日老同学“友情告知”美女作家郑霖逐渐上升的行情，然后越来越焦虑。

他用最快的速度完成了英国公司的考核，然后向公司高层提出回到中国分公司工作的要求。

公司高层在慎重的考虑后，同意了周信的要求。

周信开始准备回国的时候，适逢郑霖的父母催婚，郑爸打电话给他，幽幽地说：“虽然叔叔知道你读书多，有文化，但你也不能这么耽误我女儿啊。跟你说，我这两天准备让郑霖相亲了，你再不回来，就等着郑霖牵着我外孙的手让娃娃叫你叔叔吧。”

周信：“……”

郑霖对父亲的催婚倒是不置可否，她的一颗心玩得正野，猛地说起结婚的事情，并不是那么情愿，忍不住在电话旁边嘟囔了几声。

在种种催化下，周信回国的第一件事，就是向郑霖求婚。

秉持一贯简单粗暴的风格，那天周信在一家高档的私人会所里，单膝跪地深情款款地说完求婚词后，没有给郑霖任何说话的机会，一脸笃定地站起来拉过郑霖的手，便把戒指直接套了上去。

他们的婚礼定在2015年的秋天，婚礼上，周信说，感谢很多年前的那个秋天，郑霖走出的那一步，促成了他们的故事。

郑霖说，感谢很多年前的周信，用一步一步的努力，坚定地将她拉进自己的世界里，开始了他们的故事。

周信又说，谢谢郑霖愿意等他，让他无论飞得多远，都能有所归宿，不至于流离失所，没有依靠。

在他们彼此都感到有些矫情的时候，郑霖突然抬起手，狠狠地揍了周信一下。

周信拿着话筒，委屈地看向身边一袭白裙却气势彪悍的媳妇儿。

郑霖恨铁不成钢地看着他说："流离失所是这么用的吗？爸妈还在，房子还在，你怎么就流离失所了？"

周爸爸在下面淡定举手："没关系，我跟孩子他妈都不介意，就让这个文盲随便用吧。"

此刻，台上的周信哭笑不得，无可奈何，台下的亲朋却是其乐融融，欢声笑语。

其实这个故事的结尾，我是在郑霖的邮件里知道的。

我们在乌镇相遇的时候，正是她带着相机到处旅行的时候。但我们约定等她和周信有一个结果的时候，一定要让我这个听故事的人知道。

所以他们结婚的时候，郑霖如约给我发了一封长长的邮件，详细地写了我们相遇之后的他们的故事。

在我听过的故事里，这是少有的圆满结局，因此印象深刻。

其实感情这回事，清醒有之，含混有之，最重要的，不过是找到那个适合自己的灵魂伴侣。

事实上，什么样的伴侣，才算灵魂伴侣?

其实没有人说得清楚。

在我眼里，你发自内心想要携手一生、举案齐眉的那个人，就是灵魂伴侣。

距离是爱情的一大杀手，死在它刀下的人不计其数，少数逃出生天的人因此显得尤为珍贵。

异地恋里，最重要的就是相爱的两个人要给对方足够的安全感，也要给对方足够的参与感。

告诉不在身边的那个人，你爱上怎样的电影，见到怎样的人，所在城市的天气，有了怎样他没有亲眼见证的故事。

最重要的是，你始终要相信，你们会有美好的结局。

这个世界上，有数以亿万的人，庸庸碌碌地挤在这浩瀚世间，想要找到那个能陪伴自己走过一生的人。而你多么有幸，在有生之年，与那个人得以相遇。要知道，考试四个选项你都未必能选对正确的答案，更何况是在茫茫人海中选对那个你想要与之白头的人。

所以，要珍惜。

爱是不能回头的流浪

钥匙插门里准备开锁的时候，我还在考虑是在家凑合吃个泡面，还是去楼下的快餐店。正当犹豫的时候，就听见身边有轮子滚过水泥地的声音，那声音持续不久便在我身后停了下来。

一回头，就看见二乔笑靥如花地带着箱子出现了。

二乔是个外表软糯的姑娘，但内心却是天下无敌、舍我其谁的女汉子豪放派代表。明明是有着别具一格的气质的江南姑娘，雷厉风行的作风却又带了北方姑娘的飒爽。

而这一系列的反差萌，让我们朋友圈的一干汉子都万分觊觎。用胖子的话来说，女神二乔连甩个头发都像是可以燎原的星火。

当二乔坚持不懈地把我酒柜里的酒，排名不分先后地变成空瓶时，我才想起来，眼前这不仅仅是女神，还是个酒神。

二乔说，你知道王川爱喝酒吧，我就爱喝酒。

二乔说，你知道王川爱旅游吧，我就走过每个他去过的地方。

二乔说，你知道王川不爱我吧，可我就是爱他。

二乔说，可是我累了。

1

我最早认识二乔是在大学的操场上，我看着她的男神牵着我的女神一圈一圈地在操场上走，她看着我的女神窝在她的男神臂弯里笑得甜蜜，而我们两个坐在看台上咬牙切齿的可怜人，却从彼此同仇敌忾的目光里读出了惺惺相惜的情绪。

但不要想多了，二乔故事里的男主角并不是我，我们两个的感情早就超越了爱情上升为坚不可摧的革命友谊了。

虽然我是放荡不羁爱自由，感情没戏就翻篇，但是二乔这姑娘在这方面却跟我大相径庭，她对待感情可以称得上执着甚至是执拗的，尤其是在追王川这件事情上。

我曾经很不解地问过二乔，她到底是看上了那哥们儿的哪一点，虽然身高还算挺拔有型，可怎么看都是一张面瘫脸。

二乔对于我的话很是不屑，顺便还鄙视了我作为一个直男的审美。

她说："我们家王川，横看竖看都是帅到无边界，男友力每次爆发，都会分分钟就融化少女心。你一男人，这些你是不会懂的。"

2008 年的时候，二乔还是个笑起来眼睛弯弯，说起话来声音糯糯的姑娘，比现在少了几分豪爽，多了几分娇柔。

她和王川的初次接触，简直是二十世纪八十年代八点档电视剧最老套的桥段，涉世未深的大胆姑娘在夜店被人调戏，少年怒发冲冠为红颜。

英雄救美有时候总会让浪漫忽然清晰起来，俗是俗了点儿，却最容易直击人心。

虽然我没能像二乔说的在一瞬间爱上男主角，但是我却不得不在心里默默地感叹这王川不愧是泡妞高手啊。

“那晚，他为了我跟人打得鼻青脸肿，拉着我往外冲，我看着他，就知道我喜欢这个人。我知道，我们认识的情节很老套，我以前也不相信一见钟情，但是现在我想为了自己的爱情努力地争取一下。”二乔一本正经地看着我，我却认为她是被爱情冲昏了头脑，过几天就自己清醒了，可是我并未想到她的这场爱情会是这样辛苦的一场追逐。

“然后，你就任人鱼肉了？”我想了想，接话道。

“滚，爱情就是这么简单又直接。”二乔赐了我一个圆润的白眼，此刻我只能抬头望天，长叹一声，这么多人眼中的女神就这么可惜地沦陷了。

天是很蓝，阳光也很耀眼，想想那些简单直接的爱情，似乎总有一方少了些深情。

2

洪水开了闸，再关上就有点难。自从那次被英雄救美之后，二乔便开始每天重复地说着她的super man，嘴角还带着傻呵呵的笑，让我们这群朋友都想给她跳个大神，看看她是不是入了魔。

但是，这对于她来说，她的爱情才刚刚开始。

王川的课程表她背得比自己的课程表还熟。

王川每日必经的路线，她每天也必须准点来回走几趟，只是为了“恰巧”地来一场邂逅。

王川爱吃的菜、喜欢的颜色、喜欢的游戏、讨厌的科目等，她都知道得一清二楚。有时候我在想，可能连王川自己都没她这么了解自己吧。

五行八卦塔罗牌，星象星座水晶球，她是宁可错杀一千也不放过一个的。

王川对她笑一笑，她能兴奋一整天，跟她说句话，体育课能逃就逃的她能去操场上跑五圈。

我看着她为爱走火入魔的样子好笑又心疼，追她的人明明很多，其中不乏比王川优秀的人，而她却对那些追求者视而不见，只是一心一意地追在王川的后面。

对于她的这种二愣子行为，我很直接地骂她傻，她却告诉我，喜欢她的人再多，都不是那个她想陪在身边的人，那又有什么用。

这个夏天似乎来得并不平静，二乔做了迄今为止最勇敢的决定。

临期末考的前两天，二乔把我从自习室里拽出来，说要告诉我一个惊天地泣鬼神的消息。对于她这种一惊一乍的行为我早就见怪不怪了，而事实上也确实不是什么意料之外的事情。

“我准备把王川纳为己有，速战速决，事不宜迟，现在就出手。”

“你是要我帮你把他直接绑了，然后任你宰割？”

“粗俗……浪漫懂吗？”

“……”

于是，接下来的浪漫，就是在一个繁星闪耀的晚上，让一堆人在广场上分吃着一堆不知道什么时候吃完的桶装冰激凌，而二乔一身樱桃红的长裙子坐在广场中央，数着被吃光的大桶冰激凌盒子，打电话给王川。

“你再不来我就变成有史以来死得最悲壮的姑娘了。”

“什么意思？为什么？”王川有些疑惑地问。

“你来看看不就知道了？”

我一边还在惊叹，原来二乔还有这么温柔的声线，一边又再次震惊了。

“快快快！主角要来了！”

“……赶紧的，变化啊。”

挂了电话的二乔，把我们这群“帮凶”吃的冰激凌盒子高高地摞在一起，顺便还不忘整理几下她那几乎拖地的长裙。

来得早不如来得巧，匆匆赶到广场的王川，看见了笑容明媚的二乔，刚想上前问她到底出什么事了，却惊愕于二乔身后那忽然绽放的烟花。

明眸皓齿的姑娘，在绚烂的烟花下说着“我爱你”，在这样的剧情中，男主角当然是感动又带着一点自豪的。

两个人在一片绚丽中拥吻，而我们这些来义务劳动的“帮凶”，打了鸡血一样跟着起哄，看着王川拥吻姑娘在怀，为二乔终于把她的英雄拿下而激动不已。

烟花下，我怎么仿佛看见了两只预谋已久的狐狸结成了同盟？

3

时间总是在朝夕之间流逝的，快得似乎所有的一切都是一夕之间发生的事。

就像一夕之间二乔终于与王川手牵手站在了一起，一夕之间我们对他们两个人之间腻腻歪歪的情节已经见怪不怪，顺便在两个人轰轰烈烈的爱情中，学些技巧。

毕业那年，王川给二乔的毕业礼物是张地图，这礼物一出，大家都百思不得其解。

二乔却笑眯眯地收下，说王川的意思是，陪我走到风景都看透。

我们几个大老爷们在旁边只有自叹不如的份儿，强中自有强中手，还是王川技高一筹，让一个女神级的妹子死心塌地至此也是有道理的。

对于二乔来说，爱情就是两个人手牵手一起为未来努力着，可以在未来的某一天拿着两个小红本，炫耀一下对方由公有变成私有物品，无论生老病死富贵荣华都再也逃不开彼此的羁绊。

但是她忘了，一辈子太漫长，我们甚至都无法得知下一秒会发生什么。

临近毕业的时候，招聘会简直就像是随时能把人淹没的怪兽，二乔每天奔波于其中，每天早出晚归，投简历，面试，为工作烦恼着，自然也就顾上什么儿女情长了。

当然，我们这群人里，也总有例外，就比如王川。

在毕业的第二天人家就环游世界、领略风土人情去了。

在王川走的那天晚上，二乔难得地想起了我这个酒友。

但是，与平时不同的是，这次她喝醉了。

我蹲在她旁边看着她扶着树就是一顿吐，身子却站得绷直，这表面乍一看毫无醉态的架势，看起来却更像孕吐，搞得周围跳广场舞的大妈们一个劲儿地往我们俩这个方向看，舞步都错了。

忽然我听见这停不下来的呕吐声里，像是夹杂了哭声，我还没来得及想好安慰的词，却见二乔猛地一抬头，提高嗓门大喊了一句：“王川，你个王八蛋！”

我此时真的很想后退几步，因为周围看过来的目光实在是太过炽热，我也从没这么尴尬过。

在我们好不容易摆脱了广场舞大妈们奇怪的眼神后，二乔便坐在路边上跟我唠叨起了王川。

具体内容我记不得了，反正是挺虐心的。

二乔是个目标一向都很明确的姑娘，性格中有着与生俱来的执着，而王川的人生哲理却是随遇而安，他们是完全不同的两类人。

我们就坐在马路上聊天，一直聊到她醒酒，她絮絮叨叨的一堆话里，我就记住了一句，总会有一个人让你小心翼翼地去对待，就算没有结果的执着也都是值得的，因为在你心里，他值得你所有的温柔以待。

所以一场大醉之后，善良又执着的二乔还是决定妥协，她一边找工作忙着安定生活，一边等着王川在阅尽天下之事之后回到她的身边。作为二乔的朋友，我是想阻止她的，只是在想开口劝她的时候，看到她坚定又充满希望的眼神，我竟然又不忍心再说什么了。

4

2012 年二乔跟闺蜜手牵手逛街的时候，无意中看见了走在前面不远处甜甜蜜蜜的一对背影，其中一个就是前一天还对着她说“我爱你”的王川。

那天下午，二乔约我见面，她前一秒还在跟我讨论设计方案，后一秒合上文件夹就告诉我看到王川跟别的女生手牵手一起逛街。

对于她这种神一级的转换，我思维还有些断层，但看着她从包里掏出的二锅头，我就知道她并没跟我开玩笑。

“我还是喜欢二锅头，简单又对味。”二乔猛地灌了一口，便把瓶子放下，那波澜不惊的样子，让我有种错觉，似乎失恋的那个人是我。

我不知道该说些什么，因为觉得说什么都不合时宜，但我又怕不说话也不对，于是很傻地问了一句：“你准备怎么办？”

“我在看见他们两个的时候，脑子里早就有了千百种想法，上去揍他，指着他的新欢破口大骂，或者是泪流满面地抱他大腿，希望他别走。”

二乔讲到这里，蓦地嗤笑了一声，我抬头看向她，这才发现她那眼睛肿得惨不忍睹，分明就是哭过了。

“这一场爱情，你不觉得疲倦了吗？”

“我累了，但是我就是想知道，我能迁就他到什么地步。”

何必呢？他心里的位置本来就不属于你，无论你做了什么他都熟视无睹。这一句我没说出来，就像二乔不愿继续这个话题一样。

其实很多人，早就在不知不觉中变得形同陌路了。

后面的日子依旧波澜不惊，似乎那个边吃东西边窝在沙发里哭得泪流满面的姑娘不是她，哭到睡着，睡醒了继续哭的姑娘也不是她。

她依旧跟王川一起吃饭逛街，依旧在他面前温柔如水，没心没肺像棵无公害小白菜的样子让人心疼。

二乔不愿承认，那个自己爱过的人就这么渐行渐远，也不愿承认自己大好年华里憧憬的爱情，就这样无疾而终。

在一个大雨倾盆的夜晚，我接到二乔的电话，她问我：“你说，一切都能回到过去么？以前我总是跟在他后面跑，他喜欢重金属，我就把他听过的歌都听一遍，我怕我们之间没有共同语言，但是其实我喜欢的是爵士；他喜欢吃辣，我就搜集所有好吃的火锅跟川菜馆，但是其实我更喜欢清淡的食物……你说，我这样不遗余力地改变着自己，对他来说是不是毫无意义的？”

我没有再接话，只是静静地听着电话那边二乔断断续续地回忆着，忽然觉得爱情真是残酷，你为他做了所有的改变，却在最后分别时连自己都弄丢了。

5

二乔的消失似乎是毫无预兆的，这段曾经明媚的感情似乎是因为她的不告而别才宣告终结。

二乔简直是个天才，不声不响就策马走江湖去了，留下王川在这儿摸不着头脑。他不知道自己做了什么，让原本整个世界都围着他一个人转的姑娘走得如此决绝，所有与她有关的联系方式，一夜之间都清除了个干净，她甚至连走的原因都没有告诉他。

王川找了二乔很久，却毫无头绪，她就像是他做的一个冗长的梦，猝不及防梦就醒了，梦境中原本真实的一切都瞬间消失不见，只留下一些空空的回忆而已。

王川去我的公司找过我，估计也是无奈之举，走投无路了吧。

问的也无非就是有没有二乔的联系方式，或者二乔临走之前有没有说什么之类毫无价值的问题。

我很想告诉他，二乔就是他的黄粱一梦，但是善良的我，忍了忍还是没说出口。

说实话，对于王川这种从高原到山谷的心理落差，我作为知情的看客，是有一大部分看戏的成分存在的。

二乔走后，除了王川以外，她的朋友们，个个都攒了一堆的明信片，那些从世界各地纷至沓来的明信片，收得我都有点寂寞，不知道在一川草色的山坡上，在那些被时间腐蚀的高楼建筑里，二乔会不会也觉得寂寞。

6

一年以后，消失已久的二乔重出江湖，但是接到她的电话时，她说她此刻正站在王川的家门口。

“你说，我到底要不要进去，我悄无声息地消失了这么久，我是说句好久不见呢，还是说句我回来了？”

对于二乔这种大脑回路不同于一般人的姑娘来说，我现在说什么在她眼里都是无效的，所以我只能告诉她：“你什么都不用说，你就等着看王川给你行跪拜大礼就好了。”

“你怎么那么贫嘴。”

“那你准备怎么办？你都消失这么久了。”

我还在啃着汉堡，准备正儿八经地跟她分析一下局势，就听见二乔那边传来了对话声。

“二乔，你还是没长进，怎么还是这么小一只？”

“我这是，‘弱柳扶风招人疼’。”

正竖着耳朵准备继续听，电话那端却传来一串忙音，我的心灵瞬间受到了一万点伤害，最重要的时刻，却让我这个灯泡退下了。

第二天我收到了二乔的短信：我跟王川也许只是几天没见罢了，怎么可能是一年呢？他还是当初的模样，而我们之间的裂缝似乎也从未合上。只是，这段曾经让我费尽心思追逐的感情是从什么时候开始，让我再也感觉不到悸动和疼痛了呢？

我看完了短信，突然觉得如此文艺伤感的二乔，陌生得让我有些不太适应。

7

二乔回来的那天晚上，我看着眼前这个既温柔娇媚，又透着一股豪爽的姑娘，听着她喝高了之后的絮絮叨叨：

“你真正爱过一个人吗？那种感觉就像是你习惯喝的白水，你已经习惯了它，就算它无滋无味，换掉之后你也还是会想念它。”二乔说。

都有过这样的感觉吧，你的平淡生活里总会有些起伏，随着时间慢慢沉淀在心底，成为你人生中的一部分。

我看着歪倒在沙发上，嘴里还在嘟囔着人生哲理的二乔，不知道她现在这揪心的感慨是有感而发还是积蓄已久，也许对她而言，此刻最需要的，就是一个安静的听众吧。

毕竟，真的很久没听到她矫情了。

“这次你走，告诉王川了吧？”

“必然是告诉了。”二乔冲我挥了挥手，那懒散的手势带了几分醉意。

“哦，他就让你这么走了吗？”

“我把他给灌倒了才走的。”

被阔别已久又突然出现的前女友，一见面就用酒无情地灌晕过去，那是一种什么样的情形，又是怎样一种憋屈的心情，想想还是觉得有点不忍心。

见我半晌没说话，二乔一个抱枕就扔了过来：“我现在连我自己都看不懂了，我明明想见面骂他一顿的，怎么再见他却一点感觉都没有？不爱了，也不恨他。”

我看着二乔一杯接一杯灌酒，不知道是该任她把自己灌醉还是让她适可而止。

“王川要结婚了，你知道吗？”二乔忽然转了话题。

“知道啊，请柬都接了。”

“你竟然不告诉我！”

“你一回来就一声不吭地去了他家，我哪里有空说。”

“那你会去吗？”

“不去。”

二乔拿着手里的杯子晃了晃：“刚分手的时候，我以为这道伤口不会再痊愈了，总觉得自己迈不过失恋这道坎，可是后来我渐渐明白了，爱情是可遇而不可求的，转身才有幸福，知道他结婚的消息我可以平静地面对。”

在我准备开始跟二乔谈人生谈理想的时候，我家的门铃却停不住地响了起来，为了不扰民，我看了眼沙发上的醉鬼，无奈地把门打开来。刚开个缝，胖子就挤了进来：“二乔女神，早饭来了。”

我笑了笑，是啊，天总是会亮的。天亮后，二乔依然还是朋友们眼中的女神，她值得更好的。

8

王川婚礼那天，我没有去，礼金也是找人带过去而已。

那天我给二乔打了个电话。

我还没开口，就听见电话那边她清脆利落的声音：“王川结婚，你去没？”

“没去。”我老实地回答道。

半晌没听见她回话，便又继续问道：“工作找到了吗？”

“找到了，在一家旅行杂志做编辑，还算对我胃口。”说起工作，二乔的语调微微上扬，分明能听出几分得意和满足。

“那就好。”我由衷替二乔高兴。

“我真的回来了，改天必须约起。”二乔说。

放下电话，我忽然觉得二乔终于又再次把自己找回来了，那个自信又骄傲的二乔。

也许，在懵懵懂懂的那几年，我们曾经万般小心地呵护过一段感情，曾经无比执着地守候着一个人，在对的时间遇到错的人，这样的相遇总会有美好与心碎，或者你要相信那句话，“世间不曾有过完美”，所以何必再执着地苦苦追求呢？在爱情重新开始之前，你是永远也想象不到还能再一次找到那样的爱情吧。

只求在最美的年纪里
相伴一场

天有些阴沉，预报说今天有雨，然而黎城的葬礼仍旧如期举行。

黎城的父母都是虔诚的基督教信徒，所以葬礼是西式的。致哀者三三两两的排成队，个个一袭黑衣，上前致花追思哀悼。

此刻我和于归并肩站在人群的最后一排，彼此沉默。

等待的空隙，我担心地看了一眼面无表情、眼神呆滞的于归。确实，她瘦了很多，剪去了齐腰的长发。此刻的她背着小提琴，一身黑裙，胸前别着一枚白色的纸花，同时手里紧紧地捏着一支白色玫瑰的根茎，脸色甚是青白。

轮到我和于归的时候，我轻轻地揽住身边的于归，半是搀扶地把她带到黎城的墓碑前。

于归静静地看着碑上黎城年轻俊朗的脸孔，眼神中有着深刻的悲伤，半晌，僵着手，跟着我一起把尚还沾着水的白色玫瑰放下。继而她又把小提琴从包里取出，拎在手里，对着黎城的照片说："黎城，我要走了，去德国慕尼黑。"她顿了一会儿，突然声音沙哑地又说，"这大概是我最后一次拉琴给你听了，黎城，如果你在的话……

原谅我。”

我站在于归身后，看着于归憔悴沉郁的侧脸，听着小提琴在墓园中如泣如诉的低语，突然鼻酸。

他们相遇的那年，于归二十一岁，黎城二十五岁。

最张扬的年纪，于归拥有每个女孩子都梦想的一切，家世，财富，容貌。她自由地走在不知忧愁深浅的岁月里，仿佛觉得世界就在自己脚下，随时等待着她的启程。

于归说记得自己第一次遇见黎城，是在筹备大学晚会的时候，正在读研的黎城被相熟的学弟拉来表演，小提琴独奏。巧的是，于归也刚好去找她在学生会任职的好朋友，就这样他们有了第一次交集。

宽大而凌乱的彩排现场，黎城穿着白色的衬衫和水洗蓝的牛仔裤，静静地站在黄昏的阳光里，一首原本欢快的曲子，在他的琴声里竟然有了天长地久般静谧的温柔。

于归站在台下，仰着头静静地听着黎城把整首曲子拉完，然后便风一样拔腿冲去了后台，找到正在忙碌的朋友，一边作势掐着她的脖子，一边佯装威胁地说着：“刚才的面画太美了，台上那男孩子我实在太喜欢了。我不管，你如果不想天天被我念叨死，或者不想咱俩绝交的话，你就一定得把我塞进那个节目里，比如把独奏改成二重奏啊什么的，总之只要能跟他一起表演，怎么样都行。求你了，你一定要帮帮我……”

朋友没办法，只好答应去找黎城先沟通商量，于归也紧随其后。

此时，黎城刚把琴收拾好打算离开，见两个女孩子过来，先是有点惊讶，在听于归朋友磕磕巴巴地表达完来意后，他有些为难地沉默了。

因为黎城选的曲子一直是自己练习的，如果临时改成二重奏，势必要增加更多的练习时间，想到自己还有忙碌的研究生课程，以及实验室那需要整理的堆积如山的资料，便想开口拒绝。

于归是何其聪明的姑娘，立马看出黎城想拒绝的意思，做出一脸哭相，哼哼唧唧地撒娇诉苦："欧巴，我期末的学分没修够呢，挂了一科艺术史，辅导员说在晚会上表演节目能加学分呢，你就帮帮我呗。"

黎城哪里知道这是于归勾搭汉子的惯用套路，他一向是个见不得女生眼泪的人，衡量再三，还是把改节目的事情答应了下来。

为了不让别人说于归闲话，黎城还自己去找了负责活动的学弟。于归没想到黎城居然如此细心，一时有点感动，同时也有些内疚，但想到自己在台下难以抑制的怦然心动，也就硬生生把自己心里那点愧疚压了下去。

在两个人把要合奏的曲子定下来之后，就交换了彼此的联络方式，每天都约在学校的艺术系教室练习。

黎城所在的研究生教学区和艺术系其实相距甚远，但他为了不让女生辛苦，所以就跟朋友借了电动车每天来回。有时候练习的时间晚了，黎城还会贴心地给于归准备宵夜，基本都是每天安全地把于归送回寝室之后，自己再回实验室通宵整理数据。

这让于归有些瞬间会产生错觉，黎城对自己这么体贴，是不是也跟自己一样，有别的想法。

后来，见到黎城对待其他人的态度后，她才明白，黎城不是只对她好，更不是对她暧昧，而是他性格本就如此。

他总是细致耐心地对待周围的每一个人。

想通这个关节后，于归干脆就不管不顾地跟黎城告白。那个时候，他们也才刚认识了二十几天而已。

当天晚上，练完曲子，黎城照例骑电动车先送于归回去，坐在车后座的于归突然就张口说了一句："我喜欢你。"见黎城毫无反应，于归着急地拉了拉黎城的衣角，捅了捅他的后背提高嗓门又说，"哎，我说我喜欢你，你听见没有啊？"

黎城当然不可能相信于归说的什么一见钟情的鬼话，那晚，他对于于归的告白选择了无视，一直到送于归回到宿舍，他都没再回应她只言片语。

于归气得简直说不出话来。第二天，她跑到研究生实验楼，逢人就搭讪几句。

在实验室里的黎城，被进来的同学告知，楼下有个小姑娘到处跟人说是他的女朋友，让他快看看去。

黎城听到这些，就知道是于归，只好赶紧下楼找了一个相对人少的角落，正想好好教育一下这个到处宣扬是自己未来女朋友的小姑娘时，于归想都没想就突然冲上前去，毫不犹豫地强吻了黎城。

这精彩的一幕正巧被我们同宿舍的三个人目睹了，于归装作镇定地看了我们一眼，然后转身向前快走几步，头也不回地一溜烟儿跑掉了。

我看了一眼此时早就老脸通红说不出话来的黎城，意味深长地说："刚才李导说你小女朋友长得漂亮我还不信，现在看来是真漂亮啊。不过老黎，你什么时候有的女朋友，哥儿几个怎么都不知道啊？"

黎城摇了摇头，深叹了一口气，一言不发地就走掉了。

知道于归是黎城的二重奏搭档后，在并没受邀且年纪严重超标的情况下，我们整个寝室的成员都去看了那场迎新晚会。

我们三个读研的糙老爷们儿，在台下耐着性子听了台上两对男女主持人插科打诨、嬉笑怒骂了差不多一个半小时之后，终于等到于归和黎城登场。

晚会还算正式，他们都穿着礼服，一个娇俏一个挺拔，交相辉映，珠联璧合。或许是因为紧张，两个人年轻的面容上皆有淡淡羞涩。

曲子很好听，只是我不明白，为什么那样一首有着跳跃旋律的曲子，会被帕格尼尼命名为“悲怆”。

直到很久以后我才知道，有些悲怆，一直藏在快乐里。

结局已经写好，只是悲怆暂未启程。

那场晚会之后，于归把一头酒红色的头发染黑，重新拾起闲置多年的琴谱，认认真真地上课、追黎城。

有朋友取笑她二十了才想起来改邪归正。

于归认认真真地答：“如果黎城是正，我是很愿意‘归正’的。”

我听得大笑，拍拍旁边笑而不语的黎城，对于归说：“于姑娘，你且等着看这位‘正’什么时候能替天行道，收了你吧。”

于归歪头看黎城一眼，也笑起来。她的笑容静而亮，在有点昏暗的光线里，仿佛一处充满希望的光源，吸引着不知归路的游子靠岸。

而黎城看了一眼于归，便躲开了她的视线。

其实当时我和其他的舍友都看不太明白于归对黎城的执着，黎城固然是十分优秀、细心、靠谱的好男人，但远远没有那种能让于归这种女孩子一见钟情、再见深情的本事。

在和于归熟悉以后，我曾侧面地问过。

当时我们一起在学校外面吃饭，黎城起身去柜台点菜，一边翻菜单，一边小声地叮嘱服务员什么菜里放辣，什么汤里不要放醋，饮料分成冰冻和常温的单点，专注的侧脸宁静而温柔。

于归看着这样的黎城，笑着说："他很好。"

过了一会儿，她看着我的眼睛，又重复了一遍："他真的很好。"

我和黎城从大一的时候就是舍友，对他的了解也远比其他人要深。

黎城并不是那种外表能让人眼前一亮的鲜肉帅哥，而是一身沉稳笃定的气质尤为引人注意。因为受家庭成长环境的影响，他一直都与人为善，习惯照顾身边的人，细心地记住他人的喜好和需求，丝毫不会让人在与他的交往中感到有负担。

我跟于归说话的时候，黎城点完菜，向我们走过来。

黎城坐在于归的旁边，等服务员把常温的饮料送上来，就拧开瓶盖，给于归倒了一杯，然后一边笑着跟我们说话，一边不动声色地把那瓶常温饮料放在了于归手边。

于归看我一眼，抿着唇，笑起来。

我明白于归这个笑容的含义，终于了然。

于归是真的很喜欢黎城，为他收敛自己，为他改变自己，为他一点一点把那个年轻气盛的于归隐藏。于归那样真诚而热烈，反观黎城，却只是不靠近不拒绝不接受，温柔而残忍。

于归是伤心的，她不明白自己这样的付出，为什么换来的却总是这样若即若离的结果。

喜欢一个人像打喷嚏，压抑不住也无法掩饰，我能看出黎城眼睛里明晃晃的爱意，也看得到他在竭力压抑掩饰自己的感情。

在某天从实验室回寝室的路上，我终于忍不住，问黎城："你明明也是喜欢于归的，怎么就那么端得住，不肯接受她？”

黎城没有多想，答道：“我怕我会辜负她。”

只一句话，就让我懂了他原地驻足、难以启程的爱情。

于归是上海本地人，父母都从商，资产丰厚，就算在这个富商云集的地方，也算是小有名气的。于归是独生女，从小便备受呵护，从未受过一点挫折。

黎城呢？只是这座城市里无数外地年轻人中最普通的一个，父母是家乡的极为普通的中学教师，家境平凡，就连与于归合奏的小提琴，都是从小用到大一直未换过，修修补补至今。

黎城知道自己给不了于归优越的物质生活，他害怕自己会委屈于归，会坚持不到最后，会辜负了她。现如今的社会，家世门第，对很多人来说，仍是天堑，因为太过现实，所以无论如何难以逾越，难以忽略，难以粉饰。

爱那个姑娘吗？爱。但能给的，好像也只有爱了。

于归最开始是不懂的，后来她慢慢开始明白黎城的顾虑，继而又因为他的犹豫而难过。

和很多盲目陷入爱情的女孩子一样，于归并不觉得所谓家世门第会是两个人感情中的阻碍，她只知道，如果爱，无论中间有什么艰辛险阻，都该一步一步，坚定地向那个人走过去。

事实证明，她何其天真。

黎城研究生在读，毕竟长了于归几岁，他很早就已经经济独立，半只脚已经踏入社会，早早地看懂世界温情脉脉背后的残忍现实。黎城明白，于归的父母不会轻易把珍爱的女儿交到一个穷小子手里。而自己的父母呢？虽不富贵，却也有自己的傲骨和原则，更不会做攀扯富贵的人，而要等黎城能够拿出让人信服的资本去争取于归，又不知何时才能做到。

黎城也想去谈一场纯粹的恋爱，也想像席慕蓉在诗里说的那样，不问结果，只求在最美的年纪里相伴一场。可黎城目前连靠自己的力量在上海立足都很困难，又怎么能分出余力，再去承担另外一个人的情绪，另外一个人的未来呢？

所以他不能，也不敢接受于归。

这些事情，黎城明白，于归却不明白。

她生平第一次认认真真地学着去照顾一个人，她想用自己的努力说服黎城，让他交出自己深藏的一颗心。

可是黎城却说："于归，你不要这样。"

于归每往前一步，黎城就会后退得更远，他不愿意看见这个从小被父母娇惯长大的女孩子，这样委屈自己。

那样只会让他更难受。

她深夜打电话给我，电话那边的她一直在哭。

于归哑着声音说："如果他真的不喜欢我，我就不会这么坚持，我明明能感觉出来他喜欢我，他明明也是喜欢我的啊！"

她哽咽着，那样难过，像是费尽心思搭建已久的积木突然倒塌，无力回天，只余一地狼藉。

可是面对这样难过的她，我却实在不知道该如何开口安慰。

我当然明白于归捧出真心却不被珍惜的难过，却更理解黎城在心爱的姑娘面前那极力想维持的自尊。

于归终于下定决心，不再向前。

她并不是被黎城的后退伤了自尊，也不是真的因为黎城的犹豫就气馁了。

于归明白黎城对她的喜欢和保护，因为太过珍重，所以没有办法放任自己随意对待。

她慢慢做回自己，不再像遇到黎城之前那样明朗热烈，安静了很多，也成熟了很多。

爱情，无论好坏，似乎总能教人快速成熟起来。

后来，黎城研究生毕业，在另外的城市找到一份工作。

那时候于归和黎城已经刻意少了很多交集，直到黎城临行前，于归才知道黎城打算离开上海。

她知道黎城不会再回来了。

这座城市是她于归的故乡，却不是黎城的，以后，他没有任何理由在此停驻。

于归跑去找黎城，黎城正在收拾东西，他穿着白色的 T 恤，站在一地凌乱的杂物中间，背影一如既往的清俊好看。

窗外正是蝉鸣瓜香的炎热夏日，明晃晃的阳光透过玻璃，照在黎城笔直的脊背上，把他的背影打出一圈朦胧的金白色光晕。

于归因为奔跑而激烈跳动的心脏，突然缓慢下来。

她无声地上前，抱住了黎城。

黎城并不奇怪于归会来，他只是静静地站在原地，任由于归这样抱着，然后慢慢松开于归的手，去给她倒了一杯冰水。

于归握着沁凉的水杯，坐在沙发上，看着黎城在不大的宿舍里忙忙碌碌地收拾、打包，在一些已经整理完的行李上贴快递单。

于归问黎城：“你什么时候走？”

声音沙哑，深深地透着难过，一字一字地落在黎城心上。

黎城有了一点心酸，不敢回头仔细看于归的表情，但手上动作仍旧没有停下，然后故作随意地回答：“下周五的高铁。”

于归“嗯”了一声，没再说话。

黎城毕竟是个男生，放在宿舍的东西并不算多，基本上都是读研时用的书。他很快就收拾完，看着坐在沙发上失魂落魄的于归，上前摸摸她的发顶，笑一笑，说：“一起出去吃午饭吧？”

于归应了声好，乖乖跟着黎城出去。

他们在学校后门的学生街上吃黄焖鸡，于归特别喜欢吃辣，黎城一直记得，给她点了一份特辣，给自己点了一份微辣。

等菜的时候，黎城很自然地帮于归拿碗筷，开饮料瓶盖，放吸管。

黎城一直是个细心温柔的人，总是能记住所有细节，妥帖地照顾到对方的所有需要。

她静静地看着黎城，也不说话，眉眼中看不到愁绪，笑容干净快活，像个不食人间烟火的少女。

于归知道黎城最喜欢她这样的笑容。

而黎城却并没有多看她。

等菜上来了，黎城就过去帮于归盛饭，然后照顾她安安稳稳地把饭吃完，再和于归找了一个咖啡厅，坐着说话。

他们聊了一下午，又一起吃了晚饭，然后散步回学校。

黎城送于归到她宿舍楼下，于归想走，走两步又忍不住回头，冲过去抱住黎城说：“我还是好想和你在一起。”

黎城沉默了很久，温柔地回抱了她一下，说：“回去吧。”

于归放开黎城，一边流眼泪，一边回宿舍。

到了宿舍，于归走到阳台上，看见黎城仍站在楼下，他仰着头，笑眯眯地看她，挥了挥手，用口型说了一句话。

黎城说：“再见啦。”

于归看着他即将离开的身影，撑着栏杆，半个身子都探出去，用尽所有的力气冲着黎城大喊："黎城！"

黎城一惊，回过头。

于归看着他，拼命压下胸口涌起的一股灼热的悲哀，继续喊："我喜欢你！我真的很！喜！欢！你！"

她的声音很大，用尽所有力气，凄厉而绝望。

黎城看着于归，她的脸小而白，颊边乌黑的长发沾了眼泪，湿淋淋地黏在脸上，整个人显得那样的悲伤，那样的无助。

于归当然是想留住黎城的，可她也知道，自己留不住。于归只是迫切地希望，希望黎城能知道，无论以前、现在还是未来，自己是多么真切、多么真切地喜欢着他。

一声告白出口，旁边的男生宿舍迅速热闹起来，无数光着膀子的大男孩儿涌进狭小的阳台起哄："在一起！在一起！在一起！"

于归所在的女生宿舍楼也迅速回应，两栋楼几百个男男女女们，衣着各异，年轻的声音，热烈的呼喊，释放着整个夏日躁动的热量。

都还年轻，以为爱情像童话，像小说，男女主人公在众人的见证下热烈告白一吻定情，然后便可以牵着双手幸福此生。

真正经历过爱情的人才知道，现实，不是这样。

黎城站在原地，眼神晃动，像夜色里渡船上一盏动荡的灯。

那一刻，于归几乎以为黎城要妥协了。

但他终究还是对着于归挥了挥手，转身走了，影子被路灯拉成一条沉稳而伤人的直线。

然而，在黎城离开的前一个晚上，他出事了。

那天，于归和几个朋友去市中心一家酒吧玩。

黎城听说后，就在酒吧附近的一家咖啡馆等她。深夜，他打了个电话给我，说晚上可能要很晚才能回宿舍，叫我给他留着门。

我怎么也没想到，那个普通至极的晚上，那通短得不到一分钟的电话，会是我此生最后一次跟黎城说话。

那天，于归去的酒吧发生了一场大火。

事故的具体原因已经无从知晓，只知道酒吧火势渐大的时候，早就被酒精弄得头脑不清的人们，只是出于本能乱七八糟地从浓烟中往外奔逃。

就在隔壁的黎城发现酒吧着火后，第一反应就是要赶紧去找于归。

他冲进火场，找到一楼卡座里已经彻底昏迷的于归，抱着她出去的途中，又看见一个倒在柜台旁边的女孩儿。那个女孩儿早就不省人事，黎城犹豫几秒，先疾步把于归送到酒吧外，然后又重新冲进了酒吧。

这一次，黎城没能从里面出来。

第二天，消息才传回学校。

研导说，黎城的父母正在赶来的途中，要我随时准备和他一起去接二老，然后去公安局的太平间，认尸。

我茫然地听着，心里却有一个声音一直在喊着：不会吧？怎么会呢？怎么可能呢？

于归在医院里知道了黎城死去的消息，几乎浑浑噩噩地就想随黎城而去。于归的父母一边向黎城的父母道谢惋惜着，一边看着自己的女儿消沉痛苦的样子感到束手无策。

后来，我去医院见于归。

于归因为多次尝试自杀被她的父母转到精神科看管，身上穿着束缚衣，静静地盯着我，说：“黎城死了。”

我说："是。"

她笑中带泪地说："你看，黎城总是这样，一边说怕辜负我，一边又彻底地离我而去。你说世界上怎么会有这么狠心的人呢，一边说喜欢我，一边又让我那么难过。"

过了很久，她又喃喃说："有时候我恨不得他对我坏一点，不管不顾地跟我在一起。可是他偏偏就不肯，非要珍惜我，非要保护我。他怎么就不想想，没有他，我再好，又能怎么样呢？你说，黎城他怎么就那么狠心呢？怎么敢死掉呢？怎么就那么狠心把我一个人扔在这个世界上呢？死的人要是我，就好了……"

说罢，她早已泪流满面。

在黎城刚走的那几天，某些时刻我其实也很恨于归，恨不得冲到她面前活活掐死她，换黎城回来。

可是此刻的于归，比任何人都痛，比任何人都想黎城。

葬礼结束后，于归在父母的操持下启程去德国，接受心理治疗。

她不想让父母送她，问我有没有时间。

我说有。

那天我开车送她去机场，一路上大雨瓢泼，于归沉默地看着雨水打在车窗上歪歪扭扭的水痕，眼底尽是悲伤的余烬。

我们都没有开口说话，在外面嘈杂雨声的衬托下，车里一片死寂，静得像是深夜渺无人烟的墓园。

一个多钟头后，雨势略小，我开下高架，把于归送到机场。

离别的记忆拥挤而潮湿，于归背着双肩包，身上满是雨水微弱而坚定的腥味，她仍然一言不发。

灰暗人群来来往往，教人辨不清面孔，我看着眼前于归年轻饱满的白色脸颊和垂在脸边的乌黑长发，也想说点什么，但又不知道从何说起。

登机时间到了，于归没有说再见。

她很努力地对着我笑了一下，而后独自走进登机口，接着远赴异国，再无所谓归期。

直到很久之后，我都不明白，这场悲剧的起源，究竟是于归的执着还是黎城的坚持。就像我不明白，在毫无物质基础的时候，爱情究竟是该热热烈烈不计结局，只享受爱与被爱，还是应该顾虑终点，小心谨慎避免可能的伤害？

黎城一直害怕辜负于归，最终还是辜负了她。黎城说自己喜欢于归，最终还是离开了她。

辜负，人间究竟该如何定义这“辜负”二字。

爱情究竟是该热热烈烈不计结局，
只享受爱与被爱，
还是应该顾虑终点，
小心谨慎避免可能的伤害？

那个送我筋斗云的美少年

1

我叫许童，典型的大大咧咧的北方女孩儿性格，豪爽义气，偶尔还会有点没心没肺。

进入高中的第一天，激动的心情难以按捺。和我一个班的还有四五个初中时的同学，课间找他们闲聊，大家正聊得高兴，然后我莫名地被谁推了一把，身体失去平衡，向后一仰，正巧撞在了来人结实的胸膛上。我有些不好意思地急忙扭头，抬眼对上一张脸。

你知道那种小鹿乱撞的感觉么，对，就跟《灌篮高手》里赤木晴子第一次见到流川枫时的感觉是一样的。

真的是斯人若彩虹，遇上方知有啊。

我站在原地几乎看呆，等到他走远，才用手捅捅一边的男生问："这美男子是谁啊？"

"张航。"

我想了片刻，似乎有了些印象，应该就是学号排在第一的那个。我一时失去了说笑的兴致，若有所思地坐回自己的位置上。

2

接下来，连续几天，总觉得自己的魂少了一半。

周一的自习课前，我回过头，偷偷瞄了眼张航，他正趴在桌上，耳朵里塞着白色耳机，自动地屏蔽着周围的喧闹，那句话怎么说，对，有种“遗世而独立”的感觉。果然好看的人走到哪里都像带着光一样，此刻我早已对周遭的一切视而不见，仿佛觉得世界就剩下我和这个耀眼的男孩。

直到上课铃响起，才将我拉回到这个吵吵嚷嚷的现实中。似乎是为了吸引大家的注意，这时班主任气喘吁吁地抱着一个纸箱走进来，故作神秘地说：“同学们，今天我们来玩个游戏。”

此刻，低头补作业的停下了笔，昏昏欲睡的睁开了眼，看小说看得入神的也抬起了头。

“这个箱子里的纸条上写着咱们全班同学的名字，待会挨个儿上来抽，抽到谁你就要做谁一周的‘守护者’。要求：纸条上的名字只能你一个人知道，守护者用自己的方式去守护，但不能让被守护者察觉……”

我盯着讲台上的箱子，脑海里突然蹦出来一个名字。期盼已久，轮到我走上台去，当我小心翼翼打开纸条，看到上面写的名字，一时失望得说不出话来。我守护的是我一初中同学，梁星。后来，我对身边每个人旁敲侧击，软磨硬泡，警惕观察，最后也没发现谁抽到了张航，张航抽到了谁。

游戏开始第一天早晨，不少同学早早地就来到教室，有的是为了悄悄给守护的人准备早饭惊喜，有的则是满怀期待地想知道到底谁才是自己的守护者。

倏忽间，就听到有人惊呼："呀！谁送我的苹果啊？"众人回头，看到一个女生正认真地看着字条，随后坐下，脸上洋溢着幸福。

可能是因为多了一份这样的期待，感觉整个班级的精神面貌都焕然一新，知道有个人会在暗中观察自己，一个个都想展现出自己最好的一面。

陆陆续续，大部分人都收到了来自守护者的礼物，这时我望着自己空荡的抽屉，不由感叹：哪怕给塞张纸条也好啊！

正巧梁星这时走过来，一脸抱怨地说："我那守护者忒不靠谱了，毛都没给我留下！"这时我才意识到我早已全然把他忘记，不过我还是偷偷地白了他一眼。

中午骑车路过一个水果摊，心想：要不给猩猩带根香蕉？转念一想，不行，整个班上就只有我喊他猩猩，只要他稍微多想一下就能猜到是我，这样就暴露了！不行不行。

所以我走到附近的商店里，聪明地买了一盒香蕉味的酸奶，上课前，趁没人注意，往梁星抽屉里猛地一投。然后神不知鬼不觉地回到了自己座位上。正当我得意扬扬之时，居然在自己桌上发现一张字条，用笔袋压着半边。

心里莫名地"咯噔"了一下，赶紧将字条悄悄攥进了手里，环顾了四周，没发现什么"可疑人物"，这才又将那张被我蹂躏地皱巴巴的纸再次展开，眼前细细的钢笔字颇有风骨。

"《一路向北》，周杰伦的，回去听听。"

呃……我这守护者还听人间的歌啊……

我正郁闷时，突然听到教室后面传来的声音："我这守护者太不靠谱了！给盒香蕉酸奶还不给吸管！"

我："……"

随后的几天，我每天都会收到一首歌的推荐，直到游戏的最后一天，我在抽屉里发现了一个崭新的白色 MP3。它就像个烫手的山芋，让我拿着不是放下也不是，毕竟这玩意儿对我来说，算是贵重的物品了。

虽然很好奇我的“守护者”，但是从来没想过要去将他找出来，我怕这个守护者是我期待的人，又害怕他不是我期待的那个人。所以还不如不知道的好，至少可以安然地接受他的关心。

受着守护者的关心，我觉得自己走路脚步都变得轻盈跳跃起来。

放学路上，遇见几个同学，其中一个女孩儿贴近我悄悄地说：“许童，我们都好羡慕你啊！”

一时间，我不明所以。

“你的守护者是张航，校草哎！”

“啊？”我心里一惊。不过细细一想，这一系列做法倒像张航的作风。瞬间有一种梦想成真的感觉，心里扑通扑通地直跳，窃喜之余，我脑袋里另有所思。

第二天的体育课上，我来到篮球场。篮球砰砰地撞击着地面，震得人心一颤一颤的。我看到张航正一个人坐在球场边休息，便借机蹭到他跟前，把 MP3 递到他面前。他看了一眼，没有抬头，站起身来冷冷地说：“这是别人送的，我不需要，如果你也不需要，扔了还是送人随你。”说完，他就冲锋到篮球场上去了。

篮球场上的他一向是万众瞩目的焦点，看着身边众多女孩子纷纷向他投去爱慕的眼光，心里却有些酸酸的感觉。而低头看看自己手上的 MP3，又不由自主地一阵傻笑起来。

3

一转眼，到了学校秋季运动会的时间。那可是高中时代为数不多的重要活动之一，全校上下，都特别重视。

过去，运动会对我而言就是吃吃喝喝看热闹的，很少参与，因为自己不是这块料。

离这次运动会开始还有三天，我翻看着运动会报名的册子，除了女子 3000 米、男子 5000 米缺人，其他都满员。张航参加了男子 4 x 400 米和男子 400 米，都是在一天比赛。如果男子 5000 米找不到人，说不定老师会让张航这个体育委员去跑，这样一来，我摇摇头：那不行，会把他累坏的！

我心怀鬼胎地走到梁星身边，说："猩猩，男子 5000 米你去！"

梁星目瞪口呆地转过脸："小妖女，我没得罪你吧？！"

"好猩猩，你不去就没人去了！"

"自己去！"

我上手给那货背上一掌："你丫！男子 5000 米我能去啊？！"

他委屈地望着我："你平时不常说咱们是好哥们儿吗？"

就看不惯他那副烂泥扶不上墙的样儿，我不耐烦地起身："必须跑！不跑绝交！"

待猩猩视死如归地在男子 5000 米后面写上自己名字后，我也硬着头皮在女子 3000 米那里摁了"手印"。把册子交还给张航的时候，我心里莫名松了一口气。

运动会第一天，最期待的莫过于上午的男子 4 x 400 米和下午的男子 400 米。

砖红色的跑道上，来回穿梭着各班的运动员和管理员，赛场上到处散落着体育部的人，一眼就能辨识出，清一色的黑色紧身衣、紧身短裤和钉鞋，都是风一般的男子。就在我审视全场时，广播通知高一男子组 4 x 400 米的参赛人员准备上跑道，张航与众不同的身穿一身白衣从远处走来，停在与我们班级正对着的接力位置，他是最后一棒。

一声枪响，我的心一下提到了嗓子眼。全班也一下沸腾起来，很多人纷纷站起，张牙舞爪地为自己班级加油鼓劲。我双手不禁握拳，受气氛感染，大喊加油，同时视线紧盯赛况。第一棒是赵阳，班里唯一的体育部成员，随着枪声，他如一只黑色飞燕，冲过起跑线，努力为后面的队友拉开距离，但经过中间两棒后，优势渐渐不在，反而落在第三。眼看着第三棒的临近，张航开始向前方慢跑，顺利拿到接力棒后，全力冲刺。

赛场已经达到沸点，全年级的人都站了起来，而我的加油声却戛然而止，感觉四周一下也安静了，只剩下站在观众台的我和正在奔跑的张航。天变得灰蒙蒙的，他穿着白色背心、白色短裤在人群里突然好明亮，身形如离弦的箭，稳稳地射在我的心上，穿心而过。忽然间心里空荡，只留下一丝不易察觉的抽动。我低下头，他原本就是那样遥远又耀眼的存在……

一阵沸腾的胜利欢呼把我拉出幻境。一股酸涩退去，我望着远处那个淡然的身影，同时还有围绕在他身边的那些激动的连蹦带跳，可爱又勇敢的女孩们……

“没想到张航有颜还有料啊！”

“太帅了！不行了，我要流鼻血了……”

“瞧你那点出息！大家都喜欢的，我就不喜欢。”

“那你刚才干吗还抢着去给他送水？”

“我一向友好……”

“滚蛋吧你，闷骚劲都外漏了，还装淡定！”

“张航！男神！我爱你！”

……

临近午休，我起身拍拍屁股上的泥土：吃饭去，饱餐一顿万忧消！

下午，我把大家写的加油稿收集起来，自己又埋头写了几篇，在广播宣布高一男子组 400 米马上开始时，跑出去送稿子。从主席台上下来，我站在高处看了一眼跑道上一个个健步如飞的身影，想了想，没直接回班级。

他以零点零几秒的微弱优势冲过红线，紧随其后的第二名跑过终点后拍了拍张航的肩膀，笑着朝另一个方向走了。我慢慢靠近张航，他背对着我，衣服上布满星星点点的汗渍，他抬起右手胡乱拨了拨头发，礼貌谢过给他送水和纸巾的女同学，转过身，恰好与我打了个照面。

“你是来迎接我的吗？”他顶着一张人畜无害的脸说。

我微愣，随即反应过来，身子向侧稍退，故意手一摆，道：“得嘞，大神，您请！”

第二天一大早，见证了猩猩跑完男子 5000 米的惨状后，终于轮到我要硬着头皮和一群人挤在女子 3000 米的起跑线上。我不明白她们怎么还有心情说说笑笑。一位娇弱的姑娘问我跑得快不快，我灰着脸，摇摇头。她握着我的手臂，说：“待会儿咱俩做个伴，跑慢点。”

枪声一响，稍一迟钝，我就落在了最后，问我跑得快不快的姑娘撒丫子就冲到了最前面。

跑到自己班级面前的时候，我扭头，恰巧对上张航的眼睛，心中顿时惊起蛙声一片……我咬着牙往前冲，超过了两个。

不知道跑到第几圈的时候，我突然觉得天一下子黑了，眼前竟然还有星星。

我感觉自己在飘，一路飘着飘着，就听到一个声音："许童，加油，就剩两圈了！"我侧头，看到张航正跑在我内侧的草坪上，我瞬间心里一惊："妈呀，都产生幻觉了！"

幻觉又说："许童，调整呼吸，跟着我跑。"

我告诉自己要清醒，使劲把满头的星星晃掉，终于看到了太阳公公对着我笑，我这才清楚地看到，原来张航真的就在我旁边啊！不知为何，我竟然不争气地想哭，也可能是我真的差一点就坚持不下去了。甚至我竟然不要脸地想起了《大话西游》里，紫霞仙子的一句话：我的意中人是个盖世英雄，我知道有一天他会在一个万众瞩目的情况下出现，身披金甲圣衣，脚踏七色云彩来娶我……

天哪，这又是些什么乱七八糟的邪念和幻觉。

我再次晃了晃脑袋，努力抬起软绵绵的腿，满头大汗地跟着他的步伐，虽然脑袋还是沉沉的，但他鼓气的话一直围绕在耳边，就仿佛看到了光明和希望，听得我整个人都想飞。那一刻，我觉得脚下，就像是踩了齐天大圣送来的筋斗云，自己也能一个跟头十万八千里。

"最后 100 米了！加油！别放弃！"

我再次咬紧牙关，身子前倾地几乎要失去平衡，脚都快跟不上脑袋。最后几十米的冲刺，张航引领着我，拼命往前冲，又超过了两个人。

一过终点，我整个人都瘫了，刚想躺倒就被他拽了起来："跑完不能坐。”

我无力地摆摆手，说：“我不坐……不坐……就躺一会儿……”

张航强行拉着我：“不行，先走一走。”

此刻能够治愈我的不是美男，而是让我可以四仰八叉地躺一会儿。之后很长时间，我就像橡皮糖一样附在他身上。被他架着走了几圈后灵魂才归位，他放开手，我站立好。略显迟钝的我脸在这一刻红得像个猴屁股，还好这时他因为有事被人叫走了。

经过一场腾云驾雾，现在回到人间。

那个送我筋斗云的美少年，又去了哪里艳照晴天?

4

高二时我不得不承认，我的物理彻底跟不上了。

我攥着一张 25 分的试卷出现在办公室，物理小老头完全不理解地看着我说：“就算单选都蒙 C，多选全蒙 ABCD，也能得四十多分啊……”班主任也不理解，说：“大题你写几个公式，凑合凑合也不能考成这样啊！”

其实我也不理解，我认认真真做的选择题还不如蒙。

不过我十分感谢我的那份“认真”，众老师为了改善学科瘸腿的问题，调动同学之间互帮互助，安排我和张航成了同桌。多说一句，当时张航的物理成绩是年级第一。

可是，当他拿着书包往我身边一坐，我感觉自己立刻成了女人们的公敌。时间久了，最好别再问我和男神做同桌是什么感觉，因为除了我问他题，他会和我说话，其余时间他总是活在自己的世界里。

只有一次，让我感动得都快哭了出来。

这年冬天，12 月初就下起了第一场雪，而且下得特别大，整个校园里白色一片，美不可言。这天早上班主任很扫兴地组织全班下楼扫雪，我们都觉得这完全就是在破坏美景。

休息期间，不知谁饶有兴致地带头打起了雪仗，一群幼稚鬼预谋将班主任埋了，挡不住老班聪明过人，危险来临之前他就悄悄溜回办公室了，站在楼上，一览我们的欢乐。在他们撂倒几个男生之后，突然向女生发起攻击，我感觉不妙，因为我是女生中的汉子，他们的第一个目标。

逃跑被逮住，我大喊“非礼”，无效。雪埋半截了，张航突然冲过来，将我一把拉起，“不许欺负我同桌！”，我的心顿时被融化了。他们又展开新的嬉笑打闹，我第一次见到开心得像个小孩子似的张航，他白皙的脸颊微红，奔跑着和其他人你追我打，嘴里哈出的气弥漫，让我一时看不清他的脸。

此刻的他大汗淋漓，激情四溢，平常沉默寡言，不是戴着耳机就是睡觉。他有几个好友深知他性格的高冷，除了打篮球之类的活动叫上他，其他时间都不打扰。所以那次打雪仗，张航的行为让我一度以为他肯定受什么刺激了。我问他时，他想都没想就说：“开心就玩嘛，没理由。”

又是一个星期五的下午，第一节课是体育课。由于身体的特殊情况，我留在班里，没出去活动。大概半节课之后，张航突然回来，我停下写作业的笔，眼光一路追随着他。他弓着腰坐到我旁边，脸色发白，额头上全是汗珠。

“你还好吧？”我起身有些担心地问。

他趴在桌上，脑袋埋在臂弯里，没有说话。我感到一丝不安，一会儿他突然从凳子上滑下去，整个人跪到了地上，额头上豆大的汗珠向下掉，双手捂着肚子，痛苦不堪。我急忙扶住他，整个人急得都要炸了："张航！张航！你怎么了？"

"应该是……阑尾炎……"

我把他扶起来："你等我一会儿！我去找老师！坚持啊张航！"我冲到办公室，任课老师都不在，只有一个不认识的女老师，没办法，我冲到她面前，说："老师，我们班有个同学阑尾炎犯了，现在难受得不行了！"女老师二话不说，边拨打120边跟我跑去教室。

直到这次张航生病我才知道，他一直都是一个人生活，父母都在老家。我和班主任都在手术室外面等着，也许我太过焦急，班主任看了我一眼，拍拍我的手说："没事的，别担心。"

这件事过去很长一段时间之后，一种说不出的情绪仍旧会涌上我的心头。每当我扭过头看到旁边的他，总是情不自禁想要伸出手碰碰他，看他趴着睡觉的时候，也想要摸摸他的脑袋。有时候很难过，有时候很幸福。

5

我没想到会在KTV里遇见张航。

升高三的那个暑假，我和梁星等几个朋友一起，去我家附近的KTV唱歌，中途我去上厕所，然后就看到隔壁包厢里出来一个人，他也看到我，我俩同时愣住了。

"张航？你怎么在这里？"

"哦，初中同学聚会，你？"

"和几个朋友来唱歌。"

"嗯。"

我从厕所出来不见张航，回到自己包厢门口，刚想推开门，转念一想，朝隔壁包厢走去。我轻轻推开门，先探进去一个脑袋，快速扫过一圈，张航坐在点歌台，哇！心里一惊，还没听过他唱歌呢……

突然，有个人叫我的名字。

“许童！”

我看过去，咦？这不是隔壁班的校花冯晓露嘛？

“快进来。”她走过来拉我进去。

和其他人打完招呼，我坐到她旁边。

“你怎么在这里呀？”她问我。

我嘿嘿一笑说：“巧了，我和朋友在隔壁，刚才在外面看到张航，就过来看看。”

其实我和冯晓露不是很熟，就是说过几句话的关系。没想到她竟然和张航还是初中同学。

她笑靥如花地说：“原来你是过来看张航的呀？唉，我记得你俩好像还是同桌吧？听说你们平时关系也还不错。这个张航，怎么也不知道请你进来。对了，你还没听过张航唱歌吧？待会我俩合唱，你有耳福哦！”

合唱？

不一会儿，屏幕上显示的歌是周杰伦的《珊瑚海》。

灯光灰暗，房间里回荡着他们配合得天衣无缝的对唱。从我坐的角度只能看到张航的侧脸，他眼睛一直盯着屏幕，眼神明亮而柔软。

歌曲结束，大家纷纷鼓掌，很好听。

这时，冯晓露再次坐过来，拉起我的手说：“我和张航这十几年的默契，那可不是说着玩的。”

“你们，青梅竹马啊？”我问。

“嗯，也可以那么说吧。毕竟我俩从幼儿园开始就一直在一个班，也只有到了高中，才分开了那么一点距离。”冯晓露很自豪地笑着说。

“哦。”此刻我心里突然好羡慕。

她又说：“许童，要不你也唱一首吧？我还没听过你唱歌呢。”她拉着我去点歌，我连忙推脱。

“不了，不了，我唱歌不好听的，我得赶紧回去了，要不然朋友在那边该怪我了！”我心里开始有点心酸和不自信起来。

“哎呀，就唱一首嘛，耽误不了多长时间的，难不成你五音不全怕我们笑话呀？”在冯晓露把话筒递到我面前的那一刻，我竟从她的笑容和眼神里看出了一丝心机。

“晓露。”张航上前把她从我身边拉开，“不要勉强别人。”

我愣了一下，低着头从他身边走过去，直到走出门，才感到脸颊上已经湿了一片。我回到自己包厢打了声招呼就走了。

梁星看我不对劲，赶紧追了出来，大声地叫住我问：“许童，你怎么了？”

“我没事，就是身体突然不舒服，你们唱吧，我先回去了。”我站在前方，没有回头，因为此刻倔强的我不想让任何人看到我眼角的泪。

“是不是因为张航？刚刚我去买水看到他了，你回房间前是不是去找他了？长的帅就可以随便欺负人吗？你等着，我找他去！”

“猩猩！我的事，你别管！”本来已经强忍回去的泪水，让梁星这个挨千刀的这么一关心，便又感动地开始控制不住地流了起来。

“难道你以为他傻吗？你的心思我都能看出来，他那么聪明会看不出来？”

“猩猩，我真没事。谢谢你！这事你别管了。”说完，我狠心地把梁星一个人晾在了身后，然后头也不回地离开了。

我也不知道自己到底在伤心什么？伤心他们比我更早认识？还是伤心冯晓露言语里的那些有的没的？或许这些统统都算不了什么。我想重要的就是张航的那句“不要勉强别人”，对，就是这个“别人”，让我一瞬间觉得我们之间是那样的咫尺天涯。

街上的路灯都亮了，穿过拥挤的车流和喧闹的人群，我坐在离家不远的路灯下，捡起一颗小石子，漫无思绪地在地上涂画。不知道什么时候，下班回家的老爸坐到了我旁边，他一声不吭，点燃一根烟，许久才说：“闺女，老爸对不起你，事情可能……”

我将手里的石子抛向远方，笑着拍了拍老爸的肩膀：“没关系的，老爸。”老爸紧皱着眉头，看着我的笑容，也勉强笑着伸出手，拍拍我的脑袋。

“老爸再想想办法！绝不能因为这事耽误了我闺女的前程！”

我的鼻子突然一酸，强忍住委屈和眼泪，揽着老爸打着哈哈就这么回家了。管他明天是怎样呢，我只要备好我的行囊，就算断了方向，调头也能潇洒走一回。

转眼，到了高三下学期，黑板上的高考倒计时，也已经进入最后冲刺性的 30 天。

这天中午，接到老爸的电话，我听着，嗯嗯两声挂了电话。结果是可以预见的，可确定下来之后心里依旧有些沉闷。我一个人坐到教室门外最顶层的楼梯上，将头埋到腿上，还是没有控制住，肩膀颤抖着不敢出声……

“你还好吧？”

我吓了一跳，没有抬起头，只是摇摇脑袋，然后过了一会儿没了动静，我以为人走了，抬起一张哭花的脸，就看到坐在我下面一层楼梯上的张航。

他背对着我，感觉到我在看他，幽幽地说："不用管我，继续哭吧。"

"……"我吸吸鼻涕，抹干净脸，说，"你干吗还坐这里，不是已经上课了吗？"

"透透气。"

我们沉默着，四周只剩下流动的空气和燥热的气流。我将下巴顶在膝盖上，望着他笔直的背影。楼梯正对着一扇大窗，微风穿过，吹动着他白色的衣角，摇晃着雪白的纱帘，各自都轻轻飘荡着，飘荡着……

"如果明天之后我不来上课了，会怎样？"我像是自言自语地吐出这句话。

张航愣了一会儿，突然起身坐到我的旁边，侧着头问我："出什么事了？"

"也不是，就是……突然觉得很没意思。"

"许童。"

"嗯？"

"我们得一起奋斗到最后！"他无比认真地对我说，还附带送了我一个坚定的微笑。

又是这样的一句话，仿佛跟那年运动会时的"加油！跟着我跑"如出一辙。有时候我真觉得怎么就只有他会这么懂我，每当我人生想过放弃的时候，都会是他这么恰到好处地第一个出现在我面前。

想到这些，我也笑起来，挤出眼里不争气的泪花，认真地说了句：

“好！”

“对了，你是不是生我气了？”

“啊？什么时候？”我茫然。

“这学期我们都没怎么说过话，我还以为……”张航虽然把脸扭到另一边，我仍然可以看到他脸上泛起的红晕。

我突然贼笑：“那你为什么觉得我会生你气呀？”

“可能是之前唱歌那次……我和晓露只是老朋友……嗯……我只是想告诉你，要是有可能的话，我和她的最佳时机早就过了。”

这一刻，往事不想再提，一切恍若雨过天晴，心情突然变得明亮起来。

6

没过多久，高考悄无声息地来了。

人生的第一场仗，我却被现实无情地剥夺了战斗的权利，最终没能跟大家一起并肩作战走进考场。此刻我已说服了自己要去享受跟大家一起备战的过程，因为这更是一种人生经历和历练。

高考过后，班里的同学决定来一场大聚会。

租好的大巴车一早就停在了校门口。我穿着红色短袖搭配牛仔背带裤，赶到校门口的时候，大家早就到了。

“哟，小妖女，压轴出场啊！”看到我风风火火地跑过来，梁星开玩笑地说。

“许童，你终于来了！”另一位跟我要好的女同学开心地一把搂住我，“我还以为你不参加高考，聚会也不来了呢，算你有良心，没把我们给忘了。”

“怎么可能！我想你们还来不及呢，再说，这么好的活动我怎么会错过！”

大家纷纷上车，我走到车门口，发现张航正盯着我，我对他摆了个笑脸，钻进了车里。他紧随其后，直接坐到我旁边的座位上。

我悄悄望了他一眼，面无表情。

“说吧。”车一开动，他双手抱在胸前冷冰冰地说。

“说什么？”

“你为什么不参加高考？！”

“嗯，户口啊。”

他一下明白过来，语气软了下来：“那次你哭，就因为这个吧？”

我点点头：“我初中随着父母打工来到这个城市上学，高中时才知道不是本地户口无法参加本地的高考，从那时起家里人就一直想办法，但……”

车开的很快，感觉也没跟张航聊多久，转眼车就已经到达目的地了。我们租的是一处户外别墅，坐落在绿油油的草坪中间，视野宽阔，设施一应俱全，唱歌吃饭休息都让人十分满意。

一部分人还在参观，另一部分人就打开了K歌设备，在那儿声嘶力竭。

经过一场高考的洗礼，大家就像束缚在水龙头里的激流，终于找到了喷薄的出口。

中午时分，几个男生在屋外的草坪上支起了烤炉，女生们摆出各种早已备好的肉类和蔬菜，不一会，烤炉上的鸡翅和肉串伴着香气发出滋啦滋啦的声响，几盘烤肉刚上桌就被一抢而空。

大家边吃边烤边闹着，不知什么时候，几个人从里面端出了双层蛋糕，我正发呆时，梁星把我推过去，说："生日快乐哦，小妖女！"

我彻底蒙了，而后一想，今天好像真是我生日。

"小妖女，有没有被我们的惊喜感动到啊？！"猩猩再次带头问道。

一群人围在我身边，我伸出手挠挠额头："说实话啊，我想哭！"

虽然沉浸在这欢快的氛围里，但我心里竟真的有些感伤。朦胧的视线里看到的是不久后真正的离别。

突然，一只黑手将一块沾满奶油的蛋糕摁在了我整个脸上。

我就知道没那么祥和！而且那只黑手一定就是死猩猩的手！

我尖叫着起身反攻，场面变得极其混乱，有的踩着凳子"翻山越岭"，有的东躲西藏，不一会地上就瘫倒一片。趁战局稳定，我准备先去把脸洗干净。

在洗漱池，看到张航正弓着腰洗手。我站到他旁边，喊了声："张航。"

他转过脸，我一伸手，在他脸上抹了一把奶油。他诧异地看了我两秒，然后伸出大大的爪子，把我脸上的蛋糕又抹了一下。

我嘿嘿地笑着洗干净脸，抬起头，他递来一块干净的毛巾，说："出去走走吧。"

跟张航在一起的时间总会过得很快，不记得我们并肩聊天走了多久，转眼夜幕已经悄悄拉开，静寂的四周与灯火通明的别墅形成强烈的反差。

我和他在别墅后面的一棵大树下坐下来，数着星星有几颗。

"你以后什么打算？"张航问我。

"嗯……工作吧，也许在这个城市，也许四处流浪，不一定！你呢，考哪里了？"

“北京。”

“哦。”

不知过了多久，旁边传来声音：“许童……你要乖乖的。我会回来看你的……”我感到手上传来陌生而又熟悉的温暖，身体不由得一怔，他紧紧攥住我的手不发一言。

我将头侧向一边，还好今晚的月光不太亮，我任由泪水从眼角掉落……

为什么我突然觉得前途茫茫？为什么人生那么反复无常？为什么我无法一直紧握这个少年的手？为什么遇见之后还要有这长长的告别？

我默默地掉着眼泪，望着远处的光，想着即将到来的分别，耳边突然再次响起一个声音：“许童，别难过，暂时的分别是为了永远的相聚。”

我轻轻地“嗯”了一声，带着哭过后的沉重，嘴角挂着笑容：不管我们是否还能再见，都希望我们之间的距离不要超过十万八千里，只有这样，我才能架着你送的筋斗云，翻一个跟头就与你相遇。

7

时光荏苒，有些事情仿佛就发生在昨日。

人真的是很奇怪的动物，越是近的越是容易忘记，而越是久远的回忆，却总是忍不住要一而再再而三地翻箱倒柜找出来，放到阳光下，或是偷偷找个角落，一遍遍地去回想，去抹平它的褶皱。

此刻，窗外的雪下得越来越大，像极了高二那年冬天，班主任带领我们一起扫过的那场雪。

杯中咖啡的热气，温暖了我的手心和内心的同时，也渐渐飘浮笼罩到了我面前的玻璃上，我抬手轻轻擦开眼前的水雾，站在这30层写字楼的落地窗前，看着外面这个已经银装素裹的城市，任凭那段最美好的回忆在脑海里不住地翻滚……

此时，耳边传来了一个再熟悉不过的声音：“许童，下班了，该走了！”

“好！”我转过身去，看着眼前带着几分成熟魅力，但帅气如初、骨子里仍旧高冷的张航，傻傻地笑了。

是的，这里是北京。是张航所就职的公司。今天，也是我在这里上班的第一天。

故事讲到这里，大家可能有些迷茫。

当年，高考结束后，去了北京上大学的张航一直坚持给我写信打电话，在他的帮助和鼓励下，我并没有完全放弃学业，我购买专业书籍自学，并上了各种培训课程，努力缩小与张航之间的差距。

我很庆幸人生里有了张航的存在，也庆幸因为张航而没有放弃自己，在被张航激励着、并努力拼搏等待的这四年，无论哪一分哪一秒，只要当我坚持不住想放弃时，耳边总会回荡起当年他的那句“调整呼吸，跟着我跑”的话。

张航对于我，已不仅仅只是爱情，他已成为我生命的一种激励。

所以，四年的尽头，我最终驾着张航这个美少年送我的“筋斗云”，一个跟头就来到了北京。

在这里，那个送我筋斗云的美少年，将继续出现在我的故事里……

不管我们是否还能再见，
都希望我们之间的距离不要超过十万八千里，
只有这样，
我才能架着你送的筋斗云，
翻一个跟头就与你相遇。

公车遇到爱

我们每个人，都在口口声声说着爱。

那爱到底是什么？

是像科学研究的那样，只是荷尔蒙和多巴胺的作用？还是如唯心主义说的那样，是心灵和心灵之间的呐喊，即使隔着无数的时空？抑或说，爱只是种习惯？

爱是什么？

这是接下来我将要讲述的这个故事的引子，也可以说这就是这个故事的结尾。这个故事可以说是大治的一场梦，梦醒了，才发现自己恍恍惚惚走了一段说长不长，说短不短的路。

大治大学刚毕业的时候，背着一个黑色的双肩包，奔走在这个对于刚走出象牙塔的人来说无比陌生的世界。大治需要一个靠谱点的工作，哪怕专业不对口也好，他只是想先度过这一段新旧交替的日子。

为了省钱，为了毕业后尽量不再去寻求家里父母的接济，大治最初是靠骑着自行车，奔波在广州天河 CBD 的各个写字楼宇间。几天后，他发现城市这么大，自己累不说，关键是省下的这仨瓜俩枣，真不够自己花去的时间成本。于是大治又改乘公交车，幸好广州的公交系统足够发达。

那段时间，他每天都带着厚厚的一摞简历，靠在公交车上，心里默默数着自己已经去了几家公司，哪几个有希望，哪几个应该放弃。

直到那一天，大治百无聊赖之际，靠在车窗，看到了那个如兰花一般高雅秀美的女孩儿，大治也不知道人家姓甚名谁，就姑且把女孩儿叫作兰姑娘吧。

柔顺的黑色长发，一条淡黄色的连衣裙，精致的五官安静地嵌在白皙的脸上，看上去似乎化了些淡妆。

其实兰姑娘坐的是另一辆公交车，两辆车凑巧并排在等红灯。如果此时的画面是电影里的情节，那镜头语言应是我们终将一起出发，却在同一个路口转向了不同的方向，然后各自奔向汹涌的人潮，不知所踪。

那时，兰姑娘听着音乐，正望着窗外出神。见到漂亮的姑娘，每个人都会多看几眼的，大治当然也不例外。隔着两块玻璃，大治看着眼前的姑娘，不禁有些惆怅和感慨。

大学时期，大治可以称得上是不折不扣的宅男，看书，上网，睡觉，发呆，去得最远的地方大概就是学校外的网吧了。正值大好时光的男生，谁都想谈场恋爱，跟喜欢的姑娘手牵手走在校园里。只是软件、硬件都不怎么样，恋爱也就只能存在于每个辗转反侧的夜晚，脑子里自己想象的画面中了。

大学四年，凡是情人节、七夕节、圣诞节之类的，大多数情侣都会选择去什么珠江边、小蛮腰塔下，还有长隆乐园里浪漫度过。整个宿舍里就会剩下大治和另一个舍友，两人只能买好啤酒和炸鸡，打开游戏，把无处发泄的精力和怨气，全部都发泄到游戏世界里。玩烦了，喝一瓶；玩得开心了，喝一瓶半，没一会儿就喝多了，俗话说得好，借酒消愁愁更愁，酒不醉人人自醉。喝多了，他俩会像亲兄弟似的，搂着对方的肩膀，开始畅谈人生。

“你说说，咱俩怎么就找不到对象呢？”舍友眼里竟然有些湿润。

“行了，都宅得发霉了，还找对象？我看你还是找找你的拖鞋吧。”大治的口气，听起来倒是足够镇定。

“这也不是个事，你说大学都没谈个恋爱，怎么想都觉得这大学上得亏，你看看隔壁宿舍的老五，长得那么丑，找的姑娘还挺正。”舍友的情绪在酒精的刺激下，听上去更加不满和愤慨。

“你有人家那本事吗？见谁都是坐怀不乱，一通胡吹乱侃，忽悠一个是一个。咱俩，也就只能蹲在宿舍里打打游戏。”大治一语道破重点。

“哎，一醉解千愁，走一个。”舍友举起酒杯，不假思索，一饮而尽。

“我觉得吧……”大治说。

“什么？”舍友问。

“咱俩得再勇敢地出去，多出去走走才有机会，不然咱俩再怎么鹤立鸡群，也没姑娘能看见啊。”

“对呀，明天咱们先去剪个头发，打扮一下，从头开始。”

“就这么定了？”

“就这么定了。”

然而，第二天两人一觉醒来已是中午，胡乱吃了点东西，就又投身到伟大的游戏事业里去了，乐不思蜀，全然不记得自己昨天说过的话，以及做过的决定，即使还记得，或许也没有游戏里的活动诱惑力大吧。毕竟游戏是只要投入时间就可以得到回报，而爱情却不是投入与回报对等的，有的时候你会发现，两个人之间的恋爱更像是一场赌博。

兜兜转转，大治直到大学毕业都没正经地谈一次恋爱，再具体一点就是，大治至今还保留着初恋。每当想到这件事的时候，大治总是懊悔不已，他的心里一直都还记得舍友说的那句话——“你说大学都没谈个恋爱，怎么想都觉得这大学上得亏。”

当看到眼前这个纯纯的，给人一种清淡素雅感觉的姑娘，大治心中的那番悔意便再一次汹涌而出，一时间，心情低落得又像去年的股市一般。

就像前面提到的那个镜头语言那样，两人终将会奔向汹涌的人潮。随着绿灯亮起，大治知道这前世修来的缘分也将结束。活在当下，去找工作，似乎才是最重要的。

第二天，同样的时间，同样的地点，大治再次看见了兰姑娘，她除了换了一身衣服，其他的都没有改变，还是那个姿势，还是听着音乐，还是靠着窗，不知道在想些什么。

这一次，大治仔细地看了好一会儿，其实也看不真切，几十秒的时间，哪里能记得清，看得透呢。车子发动起来的时候，大治单方面在心里说了声再见。

忙碌了一天，大治回到自己的合租房里，静下心来的时候，他又想到了兰姑娘。不知怎么的，眼前就浮现出了她的脸庞，虽然并不真切。大治心里想，假如能够第三次遇见，自己一定要去和那姑娘认识一下，不枉这突然降到自己头上的缘分。

第三天，大治算好时间，坐上那辆公交车，期待着自己与兰姑娘的再次见面，结果，天不遂人愿，怎想却是扑了空。大治自我安慰，也许是公交晚点或是提前了吧。之后的几天，大治暗示自己不去多想，应该先解决工作的问题，现在他对于工作性质已经没有多大要求，只想赶紧找到一份能糊口的，能让自己稳定下来的工作。

当然，至于兰姑娘，大治还是会偶尔想起，虽然名义上才见过两次面，虽然跟她并不相识，但总是会念念不忘。大治突然觉得自己已经恋爱了，一见钟情式的爱情。

接下来的时间，大治把每天要乘坐的线路做了一个计划，以期待再次见到兰姑娘。

终于，没多久大治再次见到了兰姑娘，还是那个时间，还是那个地点。那一刻，大治心中抑制不住的激动，当时就嚷嚷着让司机开门，司机只是回了一句“没到站呢”，然后仍旧一如既往地往前开。

大治急得打开窗户准备跳下去，他一只脚都踩在窗边了，却被身后的一个姑娘抱住了，准确地说是彪悍地把大治直接扑倒在了座位上。大治在倒下的那一瞬，看见兰姑娘眼睛望着这边，眼神里带了明显的笑意，她笑了。

她笑了，大治也笑了，心情瞬间好得不知道手该放在哪里，只是在那一个劲儿地傻笑，周围的人开始还劝着大治别做傻事，几分钟后，又全都跑得远远的，开始对着大治指指点点，隐约中能听到三个字——神经病。

大治不为所动，自顾自地傻笑着，突然感觉到生活是那么美好，处处都是阳光，就连那群人的指指点点，大治都认为也许他们是善意的。

“喂，先生，珍爱生命啊。”那个把大治扑倒的女孩儿说道。

大治这时才注意到这个女孩儿，身形算不上胖，但是也微壮，普通的长相，普通的打扮，普通的人。在人堆中一眼望去，也是辨识度极低的大众脸。

“哈哈，谢谢，真的很感谢。”大治露出一个大大的笑容。也对，如果没有这女孩儿的举动，兰姑娘也注意不到他吧。

“小事而已，刚才看见你那样，还以为你有什么想不开的事情，我看电视上都是那么演的，当时我就想……”

大治看着这女孩儿突然滔滔不绝的样子，一下不知道该怎么回应了，没想到还真能碰到这种人，自来熟加话匣子，大治觉得自己还是快点逃离为妙。

终于挨到了下一站，大治赶紧下了车，没想到女孩儿还跟他挥手再见，说跟他聊天很开心，希望下次还能遇见。大治心里想：下次遇见再聊？可别，真心受不了，希望不要再见面了。

不过世上的事总是难以琢磨的，谁也说不清，要不就真不来，如果来的话，往往是结伴而来的。大治前脚刚下车，这边口袋里熟悉的电话铃声就响了起来。原来是去应聘的公司打来的电话，电话里告诉大治，面试已经通过，如果他没什么问题的话就可以来上班了。大治终于找到了工作。

大治觉得老天对自己真是不薄，遇到了一个心仪的姑娘，还找到了自己喜欢的工作，既有了面包，也有了爱情。大治查了查自己公司所在的位置，又查了查附近的公交线路，意外地发现以后还能继续乘坐这班公交车，虽然绕点远，但是值了，想想能够每天看到兰姑娘，他心里就会觉得特别的暖。

时间从指尖划过，还未来得及感受，便已流走，不经意间，几个月就过去了。

大治的工作还算顺心，除了不能每天见到兰姑娘。大治算了算，十天里大概有个三五天的时间能见到她。

每次见到兰姑娘的时候，大治都会隔着两层车窗对着兰姑娘笑，因为他学到了一句话，微笑才是拉近关系的一大利器。唯一美中不足的是，有时候会碰到那个话痨女孩儿。

事实上，兰姑娘有时候也会回应一下，至少大治是这么认为的。随着见到的次数越来越多，大治觉得自己已经抑制不住内心的欲望了，他决定不能再这么被动下去了，要主动出击才是。

站在兰姑娘经常乘坐的那条线路的出发站，大治等得有些焦急。他早早地起床，精心把自己收拾了一下，他对自己很有信心。提前向公司请了一天假的他，此时心中不停地演练着，见到兰小姐的时候该怎么说，才能有一个完美的开端。

车子摇摇晃晃地出发了，载着大治的未来。

这时候大治想起了一句电影台词：

“你见过时光机吗，孩子？”

“没有。”

“不，你见过，并且现在你就坐在时光机上，你看前面，前面就是未来，后面就是过去，你想快一点度过这时间，你就多踩点油门，想慢点，就点点刹车，也可以停下来，享受当下。”

大治此刻很想快一点度过这等待的时间，恨不得狠狠地踩一脚油门，直接到兰姑娘将要上车的地方，跟她有一场完美的邂逅。

大治算过了，今天是兰姑娘必定会乘坐公交的日子。

车子到站，门开了。柔顺的黑色长发，一条淡黄色的连衣裙，精致五官安静地待在白皙的脸上，似乎化了些淡妆，仿若那日，初次见到的那个清新淡雅的兰姑娘，一举一动都牵动着大治的心。

这时，大治清楚地听到自己的心跳声，甚至能感觉自己的脸早就烧得一片红。

“嗨，你好。”大治鼓起十二分的勇气，上前打了个招呼。

“你好，请问有什么事吗？”兰姑娘摘下耳机，回道。

“你对我没印象吗？”大治有些疑惑。

“呃，我们认识吗？”兰姑娘面露疑色。

“你不记得了吗？前段时间，对面那辆车上有个人要跳窗下来，你看到了还笑了呢。”大治指着对面那辆公交车，一边解释着，心也莫名沉了下来。

“有吗？对不起，我不太记得了。”兰姑娘莫名其妙地回答。

“那人就是我啊，你再仔细想想。”大治急不可耐地说着。

“不好意思，我真的不记得了。请问你还有别的事吗？我正跟我男朋友通电话呢，要是没什么事儿……”兰姑娘有些尴尬地说道。

“男……男朋友，哦，没事，就是看到你，我又想起了自己那天做的蠢事，随便跟你聊聊。既然你没有印象了，那不打扰你了。”

“嗯，再见。”兰姑娘敷衍地说了一句。

“嗯，好，再见。”

大治一副失魂落魄的样子坐回了自己的座位，心里像是瞬间空了一般。那一刻他并不难过，甚至也没有失恋的感觉，只是觉得自己一直紧绷的那根弦忽然断了，有些不知所措，心里空落落的，大脑一片空白。

他觉得先前自己脑海里所勾勒出的美好未来和梦想，原来就如同孩子所堆积起来的积木，没有根基，一碰就倒。

他坐着车子，呆呆地看着人来人往，不知不觉坐到了终点站。放眼望去，眼前陌生得让人想要逃离，至于那位兰姑娘，早已在人群中不见踪影，也许是在之前的哪一站下车了，大治未曾注意也不再追问，因为这些对他来说已经不存在任何意义了。

此刻，大治很想和人说说话，他怕自己不会说话了，因为现在的他感觉自己脸都僵硬了。

大治掏出手机，看了看通讯录，发现不知道该给谁打个电话。他想起了那个经常一起打游戏的室友，电话拨过去，没想到人家还换了号。

大治笑了，笑得很苦，心里更苦。

大治神情恍惚地回到住的地方，回去的路上买了很多酒，然后这天晚上把自己给灌醉了，还大声唱着《你把我灌醉》，吵醒了邻居。邻居一遍一遍地敲着门，大治纵声大吼，邻居开始破口大骂，大治依旧哑着嗓子，一遍一遍地唱着。邻居骂累了，回去睡了，大治把自己蒙在被子里哭了起来。

女人的眼泪，看了会让人心疼，而男人的眼泪，看了会让人心酸。

还记得有个名人说过，没有在深夜里痛哭过的男人，不足以谈人生。

第二天醒来，大治看了眼手机，发现快要迟到了，赶紧洗漱穿衣，快速跑下楼去。到了每天都到的站牌下，大治突然愣住了。

以前绕远坐这趟车，是为了能见到兰姑娘，现在呢，现在还坐这趟车干吗？他不觉得自己还能与兰姑娘有什么交集，他清楚地知道自己的实力，也有着自己的道德底线。茫然失措中，大治没了目标，更没了每天的动力，站在站牌下，大治愣了好久好久。

从此以后，大治像是一具行尸走肉一般，机械地活着，他跳不出这个圈，逃不出自己心里的禁锢。

偶尔还是会碰到那个话痨女孩儿，每次，女孩儿都叽叽喳喳地跟大治聊着，或者说，跟自己聊着。大治觉得自己像是个“捧哏”，那女孩是个“逗哏”。时间忽快忽慢地走着，完全由公交师傅的脚来控制。

再后来，大治一直没有换线路，因为大治发现有那个女孩儿陪伴的路程自己很轻松。完全不用精心设计对话的环节，不用想怎么去逗她笑，不用没话找话说，很平淡，很舒服。

一般情况下，都是那个女孩儿在叽里呱啦地在说，大治偶尔也会有一句没一句地接话。别看大治这样的态度，其实是大治已经习惯了这样的相处模式。后来，俩人聊到了那次大治要跳车窗的事情，大治的脸色一下子就不自然起来，女孩儿赶紧岔开话题，大治笑了笑，就跟女孩儿聊起他和兰姑娘的故事。

后来女孩儿就问大治，说这也算是个初恋吧，虽然是单方面的暗恋，也一定很深刻，那都记住了什么？大治想来想去，才发现自己渐渐地什么也记不清了，记不清第一次见到兰姑娘的心情，记不清一共见了多少面，记不清她具体的模样，也记不清她说话的声音，甚至，连她的名字都未曾问过，只是自己的一厢情愿罢了。

想到这里，大治心里一下就豁然开朗了，因为他意识到，这一切，就是一场梦。梦醒了，便回到了现实，纵然记起，也是模糊的影像，所以，何必去想那么多呢？

再往后，大治和那女孩儿在一起聊天的次数越来越多，渐渐地留了电话，渐渐地开始了约会，渐渐地见了双方的家长，渐渐地成了一个家。那个话痨姑娘就是大治现在的妻子，两人很幸福，每天的生活里都少不了笑声，有捧哏的，有逗哏的。

大治说自己很幸福，缘分这事，谁都说不清楚，开始还觉得兰姑娘是一生的爱人呢，哪想到原来把自己扑倒的女孩儿才是那个对的人。其实也对，除了自己的媳妇，谁还能把自己扑倒呢。

爱是什么？

大治说他当时的爱是一种执念，是一种不甘心。不甘心大学里没有谈过恋爱，执着于校园般的恋爱，于是把自己伤得遍体鳞伤。

现在他理解爱是一种能力，爱与被爱，都是一种能力。去爱，去接受爱，在某些时刻，真的很难。

爱是什么？你觉得呢？

「先生的爱情启示录

L 先生是个优质男，有着稳定且收入不错的工作，我俩因为工作上的一些合作，成了朋友，经常会在一起喝酒聊天。人总是对别人的故事有着探究的欲望，尤其是在喝酒的时候，或者说我就是这样一个人，其实并不怎么喜欢喝酒，只是想给自己找个听故事的理由罢了。

有一次，不知怎么我们聊到了爱情，我便顺藤摸瓜问起 L 先生他的初恋。原本也只是不经意地问起，却没想到听到的故事却是出乎意料的曲折。

L 先生嘴里叼着烟，又开了一瓶啤酒，说道："每次跟你喝酒，你都这么不痛快。来，一起干一杯，干了就告诉你。"

听完这话，我再不跟他喝一杯，自己都不好意思了，于是痛痛快快地把眼前这杯酒一饮而尽。

"我的初恋，该怎么形容呢，应该算是个影子吧。"他略带酒意地说。

"那嫂子……"我话只说了一半，暗示 L 先生应该懂我的意思。

“你嫂子知道她，有一次还说起过这事呢。”

“是你跪着搓衣板，听着嫂子训话吧？”

“净瞎扯，明明跪的是方便面，最后还让我给吃了。”

在我们俩的玩笑过后，L先生吐了个淡淡的烟圈，陷入了回忆里。

“她是个明媚的女子，是当时我们大学整个系的女神……”

为了方便，下面的故事里L先生的初恋我们就姑且称之为M小姐吧。

就像很多言情剧里相遇的情节那样，一个明媚的午后，微风吹着落叶，铺满了整条路，M小姐身着一袭纯白色的连衣裙，款款走过，阵阵微风，吹起了M小姐的一缕头发，也把她身上的香水味，吹进了一脸呆傻相的L先生的鼻子里，M小姐看着L先生的样子微微笑着，从L先生身边走过，从此也走进了他的心里。

用L先生的话来说，那一刻，M小姐就像是光的使者，从淡淡的明黄色的光里走出来，轻挪的脚步不经意地踏碎了一缕光，然后周围更为明亮的光的碎片便萦绕在她身边。这样梦幻的场景单是想象一下都会觉得美不胜收。

那一刻L先生呆住了，从那之后就开始了漫长的相思之路。

那时候的L先生不愧是个极品宅男，为了追M小姐，他花了整整一个星期的时间收集她的资料，她的空间，她的微博，她的人人网，每一条与她有关的消息他都不会放过。

前期情报工作准备就绪，然后就是方案的制定了，据他说，大概有五十几页吧。我不敢想象，五十几页的纸上写满了怎么去追一个女孩子，那得有多少计谋策略才能填满这些纸？然而，L先生就是做到了。拿着这厚厚的攻略，L先生信心满满地开始了他的追求。

M 小姐喜欢诗歌，海子、北岛、顾城是 M 小姐最为喜欢的，L 先生最开始的时候嘴里整天念叨着诗意，诗意，我该怎么才能变得温文尔雅呢？后来他灵光一闪，对！看诗集。

在熬夜苦读了几本大家的诗集后，L 先生还真变了，说话时不时地露出一些小忧郁，这不得不让人叹服，宅男逆袭啊。

L 先生开始游荡于 M 小姐出现的每个自习室，不善言辞的他不敢去搭讪，只能在后面默默地注视着 M 小姐的背影，想象着自己有一天能名正言顺地与 M 小姐站在一起。

往往爱慕都会在黑色的夜里发酵，有些酸，有些苦，这两种味道折磨得 L 先生深夜里总是难以入睡。不能再这么下去了，L 先生鼓起平生最大的勇气写下了人生中的第一封情书，只有短短的百十来字，是 L 先生自己尝试创作的一首诗：

“香水一般的，阳光，嗅入疲惫的身躯，不知何时开始，却知何时结束。那是暖暖转为凉凉的时刻，把眼睛眯成，树叶飘落的样子，就像在阳光下那样，想象，阳光很好的样子，这是幸福的时光。阳光很好，精灵在香水里舞动，陈旧的气息，也变得淡雅，漂亮。不必用华丽的辞藻修饰，精灵，白色的精灵，微笑，这就是阳光很好的模样。”

几天了，应该是三天了吧，L 先生始终在等待着回应，但是他哪里知道，不是每一份爱情都会得到回应的。然而 L 先生最后终于知道了，M 小姐不喜欢他。

也不能说是不喜欢，因为 M 小姐早就知道有那么一个男孩儿一直跟着自己，默默地注视着自己，女人的敏感在这种时候体现得尤为显著。她猜到了 L 先生的心意，只是对 L 先生没有感觉，所以只能以沉默来回应他。

L 先生没有放弃，他决定再寻找另外的突破口，他把那本攻略扔到一边，去网上学了更为先进的经验。

恋爱前的关系一定是对等的，就像现实中的高坡和低坡，站在高坡上的人怎么看得到站在低坡上的人呢?

于是 L 先生终日泡在自习室、图书馆里。用他的话说，时间代表着他的幸福，他要抓紧每一分每一秒，他要在学习上战胜 M 小姐。

其实并没有发生什么戏剧性的故事，L 先生也没有成为全系第一这个神秘的存在，但是成绩也很不错，只比 M 小姐低了十几个名次。这下 L 先生终于有了些底气，在自习室学习的时候，也跟 M 小姐有了共同话题，两人就这么一来二去成了朋友，不过也仅仅是朋友而已。

两人偶尔会一起吃个饭，看个电影，但关系始终未能更进一步。L 先生很是疑惑，明明他们相处得很愉快，M 小姐也并不排斥他的存在啊?

说到这里，L 先生笑了起来，说道："那时候还真是傻得可以，我以为那首诗就算是表白了，还一直等下文呢，哎，年轻真是单纯。"

"后来呢？"我有点好奇地问道。

后来，L 先生去学了吉他，无他，只因 M 小姐喜欢，并且在一次系晚会上，深情地唱了一首《董小姐》。

故事的转折就在这时，晚会后，两人漫步在校园里，L 先生在一个没有灯光的角落里，拉住了 M 小姐，这回没有含蓄，有的只是对于爱的渴望。

"跟我在一起吧。"L 先生如是说道。

“我们不合适，还是做朋友吧。”M 小姐仍旧婉言拒绝。

“可是，我真的喜欢你。”L 先生一直坚持，不肯放弃。

“我知道，但是……我们不可能的，不可能的。”说着，M 小姐的泪就流了下来，“我知道你的心意，你很好，但是，我们真的不能在一起，对不起。”

M 小姐跑回了宿舍，留下了 L 先生呆若木鸡地在那里站了很久。回到宿舍，用被子蒙上了头，L 先生没有哭，只是茫然失措，他不明白，为什么他让自己变得足够优秀了，却还是被拒绝。

从那以后，L 先生学会了抽烟，学会了喝酒，学会了放荡不羁。

之后，L 先生还加入了一个乐队，作为吉他手兼主唱，在酒吧里声嘶力竭地唱着摇滚，似乎那是他宣泄情绪的唯一出口，常常喝醉了睡在乐队的排练室里，当然，身边总有不同的女孩儿。

就像那句话说的，男人不坏女人不爱，L 先生这时深刻地体会到了这句话的含义。对呀，不坏怎么能追到女孩儿呢，可是如今的 L 先生早就不似从前，这些女孩儿他一个都不喜欢。他喜欢的是追到手的感觉，不断地得到，然后又很快分开。

这大概就是报复的快感吧。可是 L 先生依旧想不通，想不通为什么不可能在一起，还要默许他的靠近，想不通女孩儿为什么都喜欢有点坏的男人，想不通为什么女孩儿嘴里抱怨着男人太花心，但还总是去找这种花心的大男孩儿，想不通他做这一切的意义何在，有时候甚至会想，活着有什么意义。

说这是青春的迷茫也好，说这是成长的代价也罢，如果这是成长必须经历的路，那么一边痛苦着，一边在这个漩涡里深陷，享受着这种极为虚幻的快感的 L 先生不知道自己是不是真的成长了。

日子一天一天过去，L 先生再也没见过 M 小姐，似乎这是他的一个梦，梦境被戳破后，原本真实的画面变得模糊起来。虽然L先生周围没有人再说起过M小姐，M小姐却深深地刻在L先生的心里，他想M小姐，很想，可是又能怎么样，听说后来M小姐不知为何竟然休学了。

在一次表演时，L先生又唱了一次《董小姐》，唱到最后一句的时候，L先生的眼泪就这么流了下来，没有哭泣的声音，像是被洋葱熏了眼睛后的那种流泪。吵闹的酒吧里没有人注意到这个唱歌的人，L先生望着眼前的灯红酒绿，突然厌倦了这样的场景，这不是他想要的，是的，他想要的是M小姐。L先生点了根烟，收起了自己的吉他，就这么默默地走出了酒吧。

L先生退出了那个乐队，他没有去找M小姐，这是他最后的尊严，放弃也是他给M小姐最后的爱。L先生决定去旅行，在大三那年的暑假，他收拾好行囊，前往西藏，只身一人。

他这么做，只是为了给自己一个交代，为了在那种神奇瑰丽的地方，找到更好的自己，其实说白了，就是为了忘掉M小姐。

六、七月的成都热得L先生有点后悔了，可是想到那段迷乱的时间，他心里又燃起了渴望，一定要去，一定。

青旅的老板告诉L先生最好组个队，孤身一人徒步进藏，虽然看着挺牛，可是大山里的路况，以及不时出现的突发状况，一个人真的很难应付。不过，L先生没有听，还是一意孤行地一个人出发了。

不过突发状况很快就出现了。

“嘿！同学，一个人吗？”

“嗯，有什么事吗？”

“我也一个人，咱们一起吧！”

“哦，谢谢，不过我习惯一个人了，如果没有别的事，我要去吃饭了。”

“这样啊？那好吧，那你先去吃吧，拜拜。”

第二天，L 先生正在收拾行李的时候，又看见了这个脸有些圆，看起来胖胖的女孩儿，他没有在意，收拾好行李就出发了。可没想到的是，女孩儿一路跟在他的后面。

“为什么一直跟着我？”

“没有啊，这么宽阔的马路，又不是你家的。”说着她还转了个圈。

这下把 L 先生给逗笑了，说道：“好吧，那你先走，我走了 3 个小时了，打算休息一下，这么宽阔这么长的 318，你随意地走吧。”

“哎呀，都这么长时间了啊，那我也休息一会儿。”

L 先生一时竟无语了，只得随她，不再说话。

路，很长，虽然很累，但终究是要走的，不然旅行的意义何在？之后，他们一路走走停停。

时间过得也快，L 先生转头看了看那个女孩儿，第二天了，她还在跟着。

“喂，你干吗一直跟着我呢？”

“我一个人害怕啊，你不觉得一个女孩儿徒步很危险吗？”

“那你干吗非得跟着我呢，青旅那有那么多团队，你跟着谁不行？”

“因为我认识你啊。”

“嗯？”L 先生听到这样的回答有些意外。

“咱们是一个学校的，你不认识我，可是我认识你。L 先生，你唱的《董小姐》很好听呀。”

“这……”L 先生一时不知道该说些什么，只得无奈地笑了下，“那一起走吧。”

这女孩儿我们就叫她Y小姐吧。

女孩儿很是自来熟，马上就自顾自地聊了起来，L先生有一搭没一搭地应着。这么长的路，有了这么一个女孩儿的陪伴，L先生突然觉得好像没那么累了，路看起来也没有那么长了。

开始L先生是不打算搭顺风车的，但是现在L先生看着女孩儿累的时候，就会休息下，或是搭个顺风车。纵然这样，Y小姐的身体渐渐地也有些吃不消了。

直到Y小姐因为高原反应晕倒，L先生吓坏了，他不知道该怎么处理，不过他知道这可能会致命，于是求助了后方的一个小团队。

“你们这小情侣还真是大胆，丝毫没有户外经验就敢勇闯318？”

“她没事吧？”L先生有些着急地问。

“没事，吃了药，好好休息下就行了。我们帮你拦个车，你们先去最近的青旅那里吧。”

L先生望着躺在床上的Y小姐，突然有了一些心疼和内疚，因为帮她脱鞋子的时候，他注意到了她脚底的水泡，看看都疼，可是Y小姐从没说过，每天还是笑嘻嘻地逗他笑。L先生觉得自己也是粗心，她一个女孩儿，自己怎么就不知道照顾她一下呢。

“你这是何必呢？”L先生有些不明白原因。

“因为我喜欢你啊，喜欢好久了。”Y小姐的脸上突然有了害羞的表情。

“我知道了，不然你也不会一路跟着我来西藏。可是，为什么呢？”

“我一直记得第一次看见你的时候，你坐在自习室里一直望着M小姐，那时候我觉得你完全就是流氓一个，纯粹是垂涎人家的美色。

后来经常看见你那神魂颠倒的样子，就更讨厌了。再后来，出于好奇，就打听了一下，才知道你原来是个痴情男。”

“后来呢？”

“知道你是痴情男，就没有那么讨厌你了，你知道的，女孩儿都爱八卦。看你那么努力地追求 M 小姐，觉得你很认真、专一。系晚会上你唱那首歌的时候真的好耀眼，大概是那时候喜欢上你的吧。再后来听说 M 小姐休学了，你经常去酒吧唱歌，我就常常跑去看你演出，莫名觉得很心疼。”

“你经常去看我演出？”

“嗯，看你为了一个女孩儿伤心的时候，我就做了个我人生中最重要的决定。”

“什么决定？”

“我要拯救你这个痴情大男孩儿。”

“谢谢。”

“不客气，你也救了我一次，咱俩扯平了。”

“扯平？你是为了我才这样的，不算扯平，我还欠你一次。”

其实 L 先生欠的不是一次，而是整整一生。

故事到这里，其实结局很容易就猜到了，L 先生他们走没走到拉萨已经不重要了，重要的是 L 先生有了新的生活，而与他并肩站在一起的正是 Y 小姐。后来，L 先生听说 M 小姐休学是因为父亲企业破产了，被迫以家族联姻的方式嫁了人。不过无论什么原因都不再重要了，毕竟每个人都有自己不得不走的路。

故事总是有点狗血，不过人生不就是无数充满意外的片段拼凑成的吗？

“对了，嫂子说了些啥，你还没说呢。”

“她说，M小姐很漂亮，也很优秀，证明我的眼光还不错，不过，也证明了她更优秀，哎，女人啊。” L先生一脸幸福地说道。

我猜当时的情景应该是L先生无比深情地吻了吻他的爱人，然后说了句“睡觉，明天还得去工作”。这就是生活，生活不允许整天谈情说爱，但是爱又无时无刻不填满生活的每个角落。

L先生说过，他活得像小说里的励志主角，但是现实就是现实，谁都会遇到一些很难跨越的坎，关键是有个人能陪在你身边，让你不再孤独地面对这个世界。他也很感谢M小姐，是她的优秀激励着他去努力，不是有那么一句话么，你若盛开，蝴蝶自来。

后来的某一天，我收到了L先生给我发的一条微信，内容是他写的一首散文诗：

“我没有一双慧眼，去看清未来的样子。我没有一条可以时光倒溯的隧道，去消弭过往的遗憾。我所能感受的、感知的，可以掌控的，只是这一秒、上一秒，我写下了现在存在于纸上的字，下一秒，我把混乱的思绪简化，化为纸上的字符，已写下的，我不能再改变，未写下的，我不知道将会怎样呈现在眼前。如果说未来的憧憬或是担忧或是迷惘，那过往被忆起时，会是在触景生情抑或是百无聊赖的时候，不选择在沙海里迷失，也不选择在梦里只知幻想，我选择活在这一秒，这一秒，活在当下。”

谁都会遇到一些很难跨越的坎，
关键是有个人能陪在你身边，
让你不再孤独地面对这个世界。

时光恋人

这已经是我跟韩辛认识的第三年。

有一天，韩辛在微信上正跟我语音聊天，当我们聊完彼此的生活和近况之后，他又突然开口问我：“过段时间的年假，来云南玩吧？咱们也算有日子没见了，来了我顺便带你去见识一下云南的海。”

我先是一愣，云南有海吗？几秒后我反应过来。这让我想起了宁浩的《心花路放》，想起了郝云的那首《去大理》的歌。云南是有“海”的，只不过是洱海，苍山洱海的那个“海”罢了。

大约一周过后，公司的年假说话间就到了，我也没做什么别的计划和打算，便目标明确地收拾好行李，买了张由北京飞往大理的机票，应邀去了那个深居内陆的彩云之南，去看“海”。

那天，韩辛开着一辆绿色丰田越野车来大理机场接我。许久不见，我们两个男人来了个兄弟般的拥抱后，我发现他仍是身着简单的白色衬衣黑色西裤，高大沉静，一如从前，未曾改变。

我们决定先去韩辛为我安排的客栈。

客栈离韩辛工作生活的地方很近，但是离机场还是有些距离的。我其实是个平时只懂得工作，却不知道该如何打理生活细节的人，然而韩辛却与我不同，他向来比我会照顾人，比我会生活得多。所以，这趟云南之行，所有的行程和去向都是韩辛提前帮我安排妥当，几乎没让我操一点心。

记得过去我跟韩辛还开过玩笑，你这么会照顾人，哪个女人能不爱啊？哥们儿我要是个女人我也会爱上你。当然，对于韩辛这样一个向来少言寡语、沉稳冷静的人来说，面对我这样的神经质，他也只是选择一笑而过。

车子大概走了一个半小时，我们到达客栈时，刚好下午七点。这个季节夜色将黑，幸运的是，我们正好赶上客栈的晚饭。

我俩风尘仆仆地坐在一群陌生人的中间，一起吃饭聊天。看得出来，大家都是来自全国各地的背包客，听着大家用各种方言热情地介绍着自己和家乡，这倒也颇为有趣。

客栈的老板是个年过四十的中年男人，轮廓英俊，面目和善，已经结了婚，还有一个女儿。

小姑娘此刻就在他的身旁，看起来大概四五岁的样子，齐耳短发，头上还戴着花环，一只手拽着父亲的衣角，脸上的笑容清澈而灵动，就仿佛那冬日冰面上折射的灿烂阳光。

韩辛从口袋里掏出一把糖果，蹲下来，关切而温柔地摸着她的头发。我看到韩辛的眼神里流露出一种我从未见过的怜爱。

小姑娘显然也是熟悉他的，在得到父亲的允许后，接过韩辛手里的糖果，愉快地笑了起来，像一只撒欢的小小雀鸟。

韩辛说这个小女孩儿叫陈阙，名字取自父母的姓氏。

不知为何，我对名字里带着父母姓氏的小孩儿总是心生好感，大概是艳羡那样承载着父母爱意的名字，又或者说这像是传承了上代人的那番矢志不渝的情感。

这是云南的第一个夜晚，就这样在热热闹闹中度过。

次日，在清晨的第一缕阳光中，在窗外清脆悠远的鸟鸣声中，我渐渐清醒，只觉心里有股难以形容的愉悦。这里的天空蓝而清澈，万里无云，仿佛明丽深海，没有丝毫杂质。

我和韩辛一起吃过早饭，然后出门散步。

离客栈不远的地方就有集市，远远地能听见里面传出来的叫卖声。我和韩辛一路逛过去，那里的集市与平常的集市并无二般，拥挤，热闹，充满尘世里芸芸大众的勃勃生机。

午饭后，回到客栈，我和韩辛一同在客栈老板自制的竹椅上坐下，听着来自天南海北的人聊天。

听他们说自己的旅途，说着自己的故事，那样的场景很宁静，很温暖，也让人恍惚中有一种遗憾，遗憾自己在此时此刻竟是这般词穷。

不知道聊了多久，渐渐地人都散了，只能听见风声、树叶摇动的声音，院子里的树木摇晃着，影影绰绰，光影斑驳，让人困倦欲眠。

也就是在这样的时刻，韩辛突然轻声开口说道："其实我曾经也喜欢过一个人。"

客栈老板看着慢慢开口说话的韩辛，笑了一下，起身去换了些茶叶过来，双手起落，重新泡一壶茶，弯腰为每一个听众满上茶。

韩辛继续说："我喜欢过的这个人，也曾喜欢我。"

此时都在静静地听着他的故事。当然，这些也是我跟韩辛认识的三年多来头次听他说起，我好奇地看着眼前这个向来寡言的青年，坐在林木摇曳的阴影中，说起自己的曾经。

韩辛的故事开始于十五年前。

十五年前，韩辛第一次在宁波见到陈辰。

那个时候他还年少，意外生了一场病，躺在医院里，身体尚还虚弱。

陈辰跟着家里的大人一起来看他，小小的女孩子，留着齐耳短发，脸蛋圆润白皙，笑容腼腆可爱。

陈辰拉着父亲的手，见韩辛看她，有点羞怯地把脸埋在父亲的腿上，过一会儿，又抬起来。她的眼神灵动纯净，仿佛雪地上一只找食的雀鸟，偶尔抬起头，打量雪地外充满烟火气息的人间。

那时候，父母告诉韩辛这个小女孩是刚搬到他家隔壁的陈辰。

韩辛病愈后，出院，继续念书。后来陈辰也转学到韩辛所在的学校，两个人相差几级。

他们的父母是同事，工作繁忙，经常顾不上两个孩子。很自然的，稍微年长的韩辛便承担起了每天送陈辰上下学的工作。

最开始韩辛当然是不耐烦的。可是没办法，面对那样小而可爱的姑娘，谁能忍心呢？后来韩辛渐渐习惯了照顾陈辰，到最后，几乎快要变成陈辰的第二个爸。又或者用现在流行的话来讲，这应该叫作如兄如父。

漫长的相处中，韩辛看着自己照顾的小小姑娘慢慢长大，从一个买不到 Hello Kitty 会哭的小女孩长成亭亭玉立的少女。

他也终于有了不为外人道的隐秘心事。韩辛慢慢开始努力让自己变成女生都会喜欢的那种男孩，成绩优异，笑容干净，温暖白衣，足以闪耀所有女生的梦境。

当然，没有人知道，这一切改变，只是因为陈辰最喜欢的那本小说里那个翩翩白衣的男主角。

韩辛在学校里声名鹊起。很多人都知道，那个年级，那个班级，有个美好的少年，叫韩辛。他渐渐受人瞩目，可是韩辛并不自豪和高兴。

因为陈辰还是和以前一样，阳光灿烂大大咧咧，丝毫没有被他的改变影响，依然把他当成邻家哥哥，一心一意地撒欢胡闹。韩辛知道那样的撒欢胡闹里，没有情意，只是对哥哥的依赖。他只能谨慎地藏起自己柔软的心思，慢慢成长，也让自己变得越来越好。

终于，韩辛要离开宁波，离开陈辰去更远的地方，去北京，去那座巍峨的追梦之城，念那所全中国学子都一心向往的清华大学。

韩辛离开的时候，陈辰哭成了泪人。她连送都不敢去送，韩辛在机场等了很久，到最后只能带着遗憾离开。

在那之后，韩辛打电话回去，听父母说，一向贪玩的陈辰突然开始用功学习了。韩辛不敢深想这其中的原因，因为他害怕失望。

大学的第一个寒假，陈辰来机场接他。小姑娘瘦了，而且长高了，扎着高高的马尾辫，嘴边挂着月牙般的微笑，美好得让人不敢直视。

韩辛觉得陈辰长大了，甚至觉得她连眼神都坚定了，不再和年少时一样，眼睛和心时时刻刻都在毫无边际地往外飘。

进入清华这所人才济济的大学之后，韩辛也渐渐褪去少年时代浑身的傲气，他经历的越来越多，懂的也越来越多。他已经走进成人的世界，但是陈辰，却还是一身校服，不知哀愁地站在自己最灿烂的年华里。

韩辛觉得渐渐难以形容自己对陈辰的感情，友情，亲情，还混杂着一些难以名状的心动和爱。

韩辛与陈辰之间的距离越来越大。无论陈辰怎么努力追赶，韩辛总是走在她的前面，很前的前面。

他们差的不是分数，不是家世，而是时间，无法跨越，从不停留的时间。他们终究不能并肩，终究有一个人，只能远远地走在前面。

当陈辰进入韩辛就读的清华大学学习时，韩辛已经大学毕业，开始在本校继续攻读研究生。

虽然还是聚少离多，但两人总归在同一座城市、同一所大学了。

韩辛还是会习惯性地照顾陈辰，接机，注册，宿舍，一一安排，没有让陈辰和她的父母费一点心。

可不知为什么，陈辰不开心。

她开始拒绝韩辛的照料，虽然他们都知道，陈辰之所以倾尽全力考到北京的这所学校，是因为韩辛。

韩辛没有察觉陈辰的别扭，只是隐隐地感觉到，当初那个他每天接送、需要他照顾的小女孩已经长大了，能独当一面了。

换言之，他该放手了。

韩辛不是不伤心的。自己从小照顾的姑娘，自己喜欢的女孩子，已经成长到不再需要他了。失意之余，也是无可奈何。

韩辛重新把自己的精力投入到学业上，直到某一天，陈辰打电话给他，告诉他，她有男朋友了。

韩辛心想，终于还是到了这一天。他从小牵手保护的那个女孩长大了，爱上了别人，而他只能以旁观者的身份祝他们幸福。

他本来打算挂断电话然后一个人去大醉一场的，可是陈辰没有给他这个机会，她在电话里说，我现在就在跟他说话。

韩辛愣了很久，一时有些不太明白。几分钟后，还在沉默的他才听见陈辰抖着声音调侃道："怎么，你不愿意啊？"

他怎么会不愿意。韩辛直接去找陈辰，当面告诉她自己的答案。

他们就这样在一起。

从那之后，韩辛名正言顺地照顾陈辰，陈辰理直气壮地接受韩辛对她的好。

那个时候深情正炽，他们都以为可以永远和对方在一起，就这样一直一直走下去，直到白发旧颜，依然相爱如故。

但是在这个世界上发生的故事，不总是会有圆满结局的。

韩辛一边读着研究生，一边兼职工作，每天的生活都像是在与时间赛跑。而陈辰却正过着最自由热烈的大学生活，每天除了学习之外，脑子里都是爱情，和深深爱恋着的那个人。

而韩辛面对的已经是铁马冰河的生活。

他似乎没有那么多精力，去随时理解陈辰那突如其来的小矫情。

韩辛一直在提早打算着，每走一步都是在为他和陈辰的未来做准备。

他在日复一日繁重艰难的生活中，仔仔细细地规划着自己的未来。

而陈辰在得偿所愿进入梦想的大学之后，变得慵懒起来，她只求期末不挂科，只求食堂里永远都有她想吃的菜，可以偶尔和朋友去唱唱 K，玩乐逛街淘宝时男朋友能陪在身边，爽快地付出全款。

在陈辰的大学生活里，满满挤着的都是自由和快乐。那个时候她对自己的未来是模糊的，唯一确定的，是她的未来里一定会有韩辛。年轻的女孩子总是单纯的，只希望自己喜欢的人能满足自己所有的小要求，再不济，哪怕只是陪着、哄着，放在手心里疼着，也是好的。

可是当时的韩辛都做不到。

他太忙了，要完成学业，要兼职，要工作，要生活。

陈辰开始怀疑，怀疑自己，也怀疑韩辛。

她开始不确定自己对韩辛的感情，究竟是亲情，是依赖，还是想要携手一生的爱情。

爱情对每个人都是一门难懂的学科，没有课本，没有老师，没有前人的经验可以借鉴。每个人的爱情都需要自己经营。

炽热的荷尔蒙慢慢冷了下来，感情渐渐变得平淡，陈辰开始慢慢学着去了解韩辛的艰难。

她试着改变，去体谅韩辛。

可是韩辛的动作太快，他总是在陈辰之前就把所有的事情妥帖地安排好，一边往前走，一边等着陈辰赶上来。

陈辰渐渐在这种追赶中感到疲惫，韩辛却毫无察觉。

他们终于开始争吵。

韩辛不理解，他一直了解和喜欢的那个陈辰，为什么会对他们的感情有那样多的怨怼和不满。他开始怀疑自己，是不是真的能给陈辰想要的生活。于是韩辛退了一步，他拉开和陈辰的距离，不再试图照顾陈辰生活里的每一个细节。

他想给陈辰一点时间和空间。

他自己也不确定，陈辰到底是喜欢着他这个人，还是只是习惯了他无微不至的照顾。

爱情里，一个人的怀疑和不确定足以引爆所有的不安因素，更何况是两个都缺少安全感的人。

陈辰在韩辛的后退里手足无措。在经历了最初的慌乱和恐惧过后，陈辰还是想去理解韩辛后退的原因。她始终相信韩辛是想跟她走过这一生的。

但是在这个兵荒马乱的世界里，韩辛也是真的没有办法全天候无死角地保护她照顾她。

电视剧里只手遮天的霸道总裁在现实里是不存在的，现实里，她喜欢的那个白衣少年已经成长为一个西装革履的青年。

他面对的，是需要全副武装的生活。

而她，怎么忍心让韩辛一个人为他们的未来辛苦奔波。

陈辰开始慢慢学着照顾自己，她不想自己永远在韩辛的保护下生活。

陈辰一步一步向前走，走到真实的社会里去。

她看见了外面的世界很精彩，于是有了目标，有了希望，有了对未来生活的蓬勃向往。

韩辛看到她的成长，既欣慰，又悲伤：欣慰的是，陈辰终于学会了照顾自己和身边的人；悲伤的是，他一直照顾的小姑娘，终究要开始面对危机四伏的人间了。

他们在北京安定下来。

韩辛结束了研究生学业，开始在兼职的公司里全时上班。

陈辰大学毕业，找了一份工作。

两个人决定在北京定居、结婚。

陈辰在日复一日的艰辛生活里咬牙支撑，她想放弃，想回到父母身边，但是看着一直付出从未放弃的韩辛，她说不出口。

韩辛当然也明白在北京生活的艰难。

但他也知道，在艰难的北漂生活里，也藏着巨大的机遇。

韩辛想给陈辰好的生活，在他的概念里，好的生活代表着高薪工作，有房有车，富足的生活，还有一场幸福的婚礼。

可是陈辰并不在意这些物质上的需要。

她厌恶北京每个白天浓重的雾霾，厌恶上下班拥挤的地铁，更厌恶那个没有丝毫温情的铁血之城。

她迫切地想逃离那里。

她和韩辛谈了一晚，把自己的想法解释给他听。

也就是在那个晚上，韩辛悲哀地发现，眼前的陈辰已经不是那个牵着他的手一心一意跟他走的小姑娘，她已经成熟到可以做主自己的人生，选择想要的生活了。

韩辛没有办法跟着陈辰回到他们的家乡，他有自己的梦想，有倾注了他所有时间和精力的事业，还有对未来的追求。

陈辰知道韩辛所付出的努力和坚持，所以从头到尾，她都没有要求韩辛跟着她一起回去，只是她真的不适应这样的生活，所以选择了向现实妥协。

后来，陈辰离开了北京。

她走的时候，韩辛去送她。

他们像一对送别的兄妹，兄长温和沉静，絮絮嘱咐，而妹妹笑容浅浅，对兄长的每一个关心，都欣然接受。

进安检口的时候，陈辰向站立在外面的韩辛用力挥手，眼睛里有笑容，也有无奈。

韩辛很平静地笑，挥手，就这样把自己生命的一部分，鲜血淋漓地割舍了出去。

韩辛独自在北京工作、生活，渐渐升职，有了车，但还是买不起北京寸土寸金的房子。

他和陈辰还保持着联系，可是谁都没再提过与未来有关的话题。

后来，陈辰告诉韩辛，父母为她安排了相亲，她觉得那个人不错，有了结婚的想法。

韩辛听到这个消息时很平静，因为从两人分开的那天，他便知道会有这样的结局。

陈辰告诉韩辛说自己想定下来了。

韩辛说他理解，也明白。

陈辰说："韩辛，我很遗憾，最后嫁的人不是你。"

韩辛回答她："这不怪你，是我没有那个人幸运。"

陈辰笑起来，笑声温柔动听，她在电话那头半是感慨半是认真地说道："我最后嫁的人，为什么不是你呢？从你第一次牵我的手送我上学的时候，我就以为自己长大以后一定会嫁给你呢。"

韩辛在电话这边也笑了起来，但是，眼泪慢慢地流下来了。

陈辰结婚的时候，韩辛回去了。

他穿着白色的衬衫，温润如风，看着陈辰披着洁白的头纱，走过落满花瓣的红毯，嫁给了别人。

那个他，有着英俊的眉眼，和温厚的笑容。

陈辰挽着别人的手，笑容腼腆又可爱，让韩辛恍惚间看见他们年少时候手牵手的画面。

跟韩辛在一起的时候，陈辰总是要求自己做一个成熟的大人，照顾自己，也照顾别人。

韩辛已经记不清自己有多久没有看过陈辰那样孩子气的笑容。

这一刻，韩辛明白，为什么陈辰那么心甘情愿地嫁了。

因为在那个男人面前，她终于做回了最初的自己。

那一天韩辛知道，自己彻彻底底地送别了照顾多年的小女孩。

韩辛说完自己的故事，起身给自己倒了一杯茶，热气蒸腾间，慢慢地说道："后来我才真正明白，很多爱人之间相距的都是空间，而我们两个人之间相距的却是更为遥远的时间。那个时候我还不知道自己放弃了什么，直到现在，我终于明白了，我放弃的不是一个人、一段感情，而是那个人今后的所有人生。从此以后，她的快乐，她的悲伤，她人生中的平淡和风雨，我再也没有资格参与了。"

故事讲完，但气氛依然是沉默的，每个人都在若有所思地想着什么，也许是想起了自己年轻时候那些遗失在路上的美好吧。

韩辛这个时候转过头，看着我，笑着说："我承诺给你的故事，今天兑现了。"

是的，我刚认识韩辛的时候，曾经对他的故事特别好奇，这也算是我的一个习惯，每认识一个新的朋友，就想要知道关于他们人生中的某一个故事。

韩辛曾说他的人生乏善可陈，唯一有点色彩的故事只有那么一个。他又说让我等等，等他有一天真正学会了把内心放下的那一刻，他就会讲这个故事给我听。也似乎是因为这个故事牵筋带骨长在他的身上，他还没有割舍出来的勇气，所以，他没有办法把这个故事讲述给别人听。

许久之后，或许韩辛觉得自己可以放下这个牵缠他多年的故事了，所以，在这个千里迢迢的地方，给我讲了那个他生命中的小女孩。

这天下午，我们一起去了洱海。

我们各自租了一辆自行车，绕着洱海骑行。

途中，我又问起韩辛放下这个故事的原因。

他回答我，他要结婚了。

这个干净到直接的男人，觉得如果结婚之后还放不下这个故事，会对不起自己的新婚妻子。

此刻，我看一眼清透的洱海，又看一眼身边的韩辛，心想，可能感情就是这样吧，你心心念念的，你无法忘怀的，到最后总是会莫名其妙地被时光证明，那只是一场错付。

但你怎么能，又怎么愿意承认，那个你为之付出一切的人，是错的人，是不该爱的人呢？在这个世界上，如果相爱，便没有对错。你们只是没有到老。那不是错，只是遗憾。

然而等时光落尽，忘怀所有遗憾过后，你却仍旧为之高兴，你啊，曾经在年少的时候为她换上一身白衣，只为满怀欣喜地想要完成一场美丽的相遇。

佩佩追爱记

佩佩和陈名终于分手了。

他们没有争吵，没有气话，更没有摔门而出的愤怒，只是两个人一起吃了一顿饭，看完一部电影，然后走出了电影院，从此分道扬镳。

圈里的朋友知道后，都没有想劝和的念头，只是都说，有点可惜。可惜他们没有走到最后？

我知道这件事，是在北京街头的一家烧烤摊上。佩佩抓着一大把撒满孜然的羊肉串，以一种特平静的口气告诉我说，她和陈名分手了。

彼时，坐在对面的我，正拎着双一次性筷子挑烤茄子上的白肉，闻言讶异地抬头看了佩佩一眼，不知道此刻是惊讶于他们终于分开的事实，还是惊讶于佩佩此刻的平静。

佩佩说：“纠缠了那么多年，最后却变成了住在同一个屋檐下说话不超过十句的陌生人，是该分开了。”

我放下筷子，看着佩佩，笑眯眯地调侃她：“你自己死心也好，起码这次你不会再选择跳河殉情了吧？”

佩佩笑了一下，眼神中闪过一瞬间落寞的情绪，而后淡淡地说：“不会了。”

沉默了几秒钟，佩佩用空闲的左手撑住下巴，然后咬了一口肉串，仿佛自言自语般补充了一句：“肯定再也不会了。”

佩佩和陈名的故事，开端很浪漫。

记得那是几年前一个绿意盎然的春天，佩佩突发奇想想证明其实自己也是个新时代的文艺女青年。平日里她总跟我们说，如果有一天她也能像爱情电影或者韩剧里那样，在旅途中遇到自己的梦中人那该多好。

所以那年春天，佩佩便一个人坐火车北上去青岛看海，但是她忽略了此时的北方气候跟她想象的是完全不同的，四月的青岛依旧还是清冷，她没在海边逗留太久，便又辗转去了八大关和中山公园，去看那迷人的德式建筑和那盛开的樱花。

也就是那时，她真的就实现了自己的梦想，遇见了在青岛读书的陈名。

佩佩说，见到陈名的第一面，她心里就只有一个念头，就是他了。原来这个世界真的有童话，不光佩佩这么觉得，连我都有些相信了。

就这样，带着死皮赖脸好不容易从陈名嘴里套出来的联系方式，佩佩又怀揣着一颗扑通扑通的少女心回了成都。

回来后，佩佩故作矜持了几天，趁着一天下午没课，佩佩按照陈名留下的联系方式打电话过去。然而电话没有接通，按照里面中国移动版温柔女声的提示，陈名给佩佩留的那十一个数字组成的手机号码，其实是个空号。陈名算是用这样的方式，委婉地拒绝了她。

佩佩彻底懵了，接连几天她都是一副茶不思饭不想的样子，我以为佩佩会就此放弃，毕竟童话里的故事都是骗人的。

有一天深夜，应该是10点多钟，因为明天一早有课，宿舍里的人都已经早早熄灯睡下。熟睡中，我们恍惚听到有人在楼下喊我的名字，然后又仿佛听到不同楼层不同宿舍里还有许多男生在跟着起哄："李然，你老婆叫你呢！"

"李然，赶紧下去！"

"李然，你干吗呢，还不下去？噢！"

开始我一直以为这是在做梦，等下铺的室友叫着"李然，醒醒"把我一把推醒的时候，我清晰地听到佩佩在楼下喊得有多大声，我估计全宿舍楼的人都听到了："李然，你个贱人！王八蛋！你还好意思睡觉呢？你们男人没一个好东西！都他妈是骗子！你赶紧给我滚下来！你听到没有？赶紧给我滚下来！"

佩佩在楼下不停地喊，便有人不停地起哄："同学，好大的脾气呀？他是骗子，我不是骗子，要不我下去吧？"

此时，我们整个宿舍的人也都被喊醒。其中一个室友还好奇地问我："你真跟佩佩好啦？"

还没等我尴尬地解释出口，另一位室友又语重心长地说："你怎么能骗人家佩佩呢？不是哥儿几个说你，佩佩可是一挺好的姑娘，你可得对人家负责啊！"

"不是，你们不了解情况，这事跟我没关系，我没骗她。"我一度都不知该如何解释。

"你整天跟她在一块，不是你骗她还能是谁，人家大半夜都找上门来了，你还不承认！"室友继续集体逗我。

"滚，我跟她不是你们想的那样。赶紧睡你们的觉，少废话。"

回答完室友的疑问，我听到一间宿舍里传来了烦躁的声音："谁他妈叫李然？赶紧滚下去！还让不让人睡觉了？！"

羞愧不堪的我只好冲着楼下喊了一声："好，好。姑奶奶别喊了，行吗？听到了，现在马上下去。"稍后几秒钟，我连睡觉穿的白色背心和黑色大裤衩也没来得及换，下床穿起一双人字拖，拿着手机钥匙就迅速而尴尬地跑了下去。

就这样，我被她拖到学校外面的烧烤摊里，她一边向我哭诉自己的不幸遭遇，一边还在不停地撸串。

我面无表情地看着对面丝毫没有身为女性自觉的佩佩，有点崩溃地揉了揉脸上青青的胡碴，然后我终于忍不住说："姑奶奶，咱先说好，咱以后能不这么大半夜的在我们宿舍楼下喊我吗？您这一喊，好嘛，搞得全宿舍楼的人都在骂我。"

"我都难过成这样了，你还跟我计较这些，你觉得有意思吗？我发生了这么大的事，你也不管不问，你还是哥们儿吗？"佩佩眼中带泪地抱怨起来。

"这还都成我的错了，是吗？就算你心里不痛快要找我，这大半夜的你发个信息也成啊，犯不着在楼下这么喊我吧？"

"这么多天你都不管不问，我给你发信息你能回吗？我不这么喊你你能出来吗？说的好像还都成我的错了似的。我今天叫你出来是找你说我的事，让你跟我一起想想办法的，不是听你在这跟我抱怨的，好吗？"

我发现这女人要是不讲理起来，男人根本拿她们没辙。我顺了一口气，然后也只能无奈地说："那你还能怎么着？再找人要一回手机号码咋滴？"

我的原意本来是毫不留情地吐槽，但听完我说的话，佩佩撸串的动作突然猛地一停，两眼放光地盯住我，而后醍醐灌顶般拍桌起身，双手叉腰突然大笑起来。

笑完，佩佩把手里的竹签子往桌上一丢，掉头跑了。

我沉默地看着佩佩撒着欢跑远的背影，回脸看一眼满脸愕然的老板，努力挤出满脸热乎乎的微笑，无比真诚地说："老板，我出来得急没拿钱包，只带了手机，您这能手机转账吗？"

老板看着我先是一惊，然后很无奈地摇了摇头，表示他们这里还没有那么高科技。

"那能给记回账吗？我是旁边大学的学生，要不我把我手机号码留下，您相信我，我一准不会赖账的。"我更加尴尬地笑着问。

好不容易说服老板给我记账，我趿拉着人字拖往回走，走了一段路，回想起二十分钟前我对佩佩说的最后一句话，心底瞬间一凉。佩佩不会真打算去找人家再要一次手机号码吧！

几天后，佩佩用实际行动告诉我，她是说到就能做到的。

佩佩竟然真的去了。

知道佩佩已经身在青岛的时候，我正在宿舍里刷牙，一边接着佩佩的电话，一边差点没把满嘴的牙膏沫给咽下去。

因为佩佩在我接通电话后说的第一句话就是："我现在在青岛火车站，要去陈名学校找他啦！"

我："……"

佩佩从来都是个即使撞了南墙会想办法把南墙拆了，也不会轻易死心的姑娘，在陈名学校蹲了几天点未果后，干脆就在人人上发了一篇帖子寻人。

那篇寻人帖迅速被看热闹不嫌事大的学生们顶上热门，然后，陈名终于为给佩佩虚假手机号这件事付出了"血的代价"。

他红了，彻彻底底红了。

迫于舆论压力，最后陈名还是去见了佩佩。

那天他们约在了青岛的五四广场，靠近海边，午后的阳光照在海面上，波光粼粼。面对佩佩的欣喜若狂，满脸无奈的陈名跟她聊了很久，最后佩佩终于了却心愿，拿到了陈名的所有联系方式，也由此知道了，陈名并不是山东本地人，甚至他跟佩佩还是老乡，一个正宗的四川人。

我再次见到佩佩时，她心满意足地拿着存着陈名各种联系方式的手机，跟我炫耀，我一言不发地冷眼瞪她，只想弄死眼前这个先是在我寝室楼下大喊大叫，然后又声称要请客，结果把身无分文的我丢在烧烤摊上的小丫头片子。

其实那个时候，我一直在用伪装的愤怒来掩饰内心的种种不安。

我不知道该怎么告诉佩佩，作为旁观者，男人的第六感告诉我，无论怎么看都觉得陈名跟她是不合适的，他们分明是两种人，但我说不出让她放弃的话来。所以，我只能选择沉默。

那是佩佩人生中第一次如此喜欢一个人。

佩佩不知道该通过什么方式去表达自己的感情，和陈名之间的遥远地域距离，也让她没有太多表达方式可以选择，幸好现在互联网足够发达，这才让佩佩一直保持着和陈名之间并不怎么频繁的联系。

直到大学毕业，佩佩都没有真正追上陈名。

佩佩失败的倒追史难免成为她身边旁观者嘴里隐秘的笑柄，日子久了，佩佩即使心再宽，也难免有了点后悔和想要放弃的情绪。

佩佩在毕业的那一天跟陈名表白了，破罐子破摔般跟陈名说："如果你不接受我，那我们就不要再联系了。"

陈名明显愣了一下，说：“你这是在威胁我吗？”

佩佩敏锐地抓住他话里的漏洞，反问道：“你觉得这对你来说是威胁吗？”

陈名再次沉默，过了很久很久，才说：“佩佩，我现在不能答应你什么，我怕现在答应你会让你失望，我只能说，我会努力的。”

佩佩似懂非懂，只能隐隐约约地感觉到，其实陈名对自己并不是完全没有感情的。

而陈名之所以说自己会努力，其实是跟所在大学的研究生导师申请，到佩佩所在的城市成都进行实地调研，大概会待一年。

那一天，佩佩收到陈名发来的信息，信息里附的图是佩佩大学正门的照片。收到信息的时候，佩佩正在实习公司里跟着上级熟悉业务，看到照片，她有些不敢相信，她跟领导请假打车回了学校。

一下车，佩佩便看到了站在学校门口的陈名，冲她笑着打招呼。

佩佩愣了半天，才敢确认眼前高大清俊的人就是自己日思夜想的陈名，迟疑了好一会儿，才在陈名始终温暖的笑容里放下突如其来的防备感，放肆地扑了上去。

然后，佩佩开始了人生的第一段恋爱。

我又一次是最早发现她的秘密的。其实真的不怪我，因为佩佩光天化日里毫无矜持可言地扑进陈名怀里的时候，我正拎着一袋准备回校盖章的文件，站在他们后面。

刚一松手，佩佩转头就看见了身后表情仿佛被雷劈了一样的我。佩佩吓了一跳，突然就莫名地忸怩起来，牵着陈名的手，含羞带怯地看着我，支吾了半天，愣是没有说出一句完整的话来。

陈名看着佩佩，嘴角不自觉地翘起暖洋洋的笑。

我幽幽地看了陈名一眼，走上前，伸手拍了拍他的肩膀，意味深长地说了一句话："以后你的日子可不好过啊大兄弟。"

佩佩立刻爹毛，一拳砸在我肩膀上，差点没活生生地把我打个对穿。

陈名终于没忍住，笑出声来，说："我现在已经有那么一点不祥的预感了。"

陈名来了，佩佩开始热恋。

再后来，他们的黏腻程度连我这个饱经考验的万年单身汉都无法直视，一度想把他们所有的联系方式都拖进黑名单，用实际行动拒绝跟他们的生活有任何肉眼可见或不可见的交集。

幸福的时候，日子总是过得很快，转眼就到了冬天。一天，佩佩拖着我，没错，我也很想知道为什么又是我，满大街到处找快要作古的传统毛线店。她说自己想给陈名织一条厚实的毛线围巾，让我一起帮忙挑选男生比较喜欢的毛线颜色。

虽然我不懂佩佩一个自己过冬都完全只靠一身正气的南方手残党，为什么突然想要投身手工纺织业，但在佩佩的人身威胁下，还是忍气吞声地帮佩佩定了毛线颜色。

一个星期后，在陈名的生日聚会上，佩佩送出成品。

我看着陈名脖子上那坨不明织物，不禁由衷地感叹能和佩佩在一起的果然是个狠角色，居然有勇气把那团毛线球往脖子上绕。佩佩也知道自己织的围巾很失败，看着陈名围着围巾，满脸坦然的幸福，眼圈一红，眼泪就刷刷刷地掉下来。

陈名把佩佩的眼泪擦干净，略略弯腰亲了她一下。

满桌的热闹瞬间沉寂，一群埋首火锅的吃货们面面相觑了一会儿，默默地开始起哄。我幽幽地夹了一筷子肉塞进嘴里，感觉自己作为桌上唯一的单身汉简直受到了一万点暴击。

那个时候我真的以为他们可以一直这样幸福甜蜜地走下去，但有时候，所有的你以为也只是你以为而已，因为觉得顺理成章，所以当结局出乎意料的时候才会格外地难以接受。

陈名一年的实地调研很快结束，他回了青岛的大学，几个月后，辗转在北京稳定下来，继续研究生学业。

距离变得遥远后，佩佩说："那个给我安全感的人远在天边，我只能自己给自己安全感了。"

我说："有时候爱的人不在身边，两个人各在天涯，你知道你们都在以自己的方式为未来努力，这不就是安全感吗？"

佩佩说："道理我都懂，但我还是怕。"

我理解佩佩的患得患失，因为在乎，因为深爱，因为害怕失去，因为害怕失去后的一个人生活。佩佩想知道陈名每分每秒的动态，而陈名日渐忙碌的学业和生活让他无法给佩佩想要的时时刻刻的回应。他们的争吵逐渐增加，到最后，彼此都渐渐开始感到疲倦。

某个深夜，佩佩打电话给陈名，电话接通后，响起的却是一个陌生的女声。佩佩在那女声响起的第一时间挂断了电话，而后彻底崩溃，在十一点的大街上打电话给我，泣不成声。

次日，陈名打电话过来，而后他们之间爆发了交往以来最激烈的争吵。

佩佩咄咄逼人，陈名百口莫辩。陈名试图跟佩佩解释，自己是不慎把手机落在实验室，被同实验室的女同学捡起带走，因为联系不到他，所以没有及时归还。而佩佩已经被心里的不安逼迫到了死角，根本听不进陈名的解释。

那个通话的最后，陈名已经不想再过多地解释，他沉默地听完佩佩在电话那头已经口不择言的情绪宣泄，最后无比冷静地说："佩佩，如果你继续这样，不如我们试着分开。”

佩佩一下子失去声音，她挂断电话，绝望的眼泪风干在脸上，拉扯得皮肤刀割般疼痛。

佩佩打那个电话的时候，我们在一家湖上餐厅吃饭。

挂断电话之后，佩佩靠在走廊的木窗边，呆呆怔怔地看着窗外绵延的水光，不流泪，也不说话。我们在包厢里察觉到了佩佩和陈名的争吵，站在门口，不敢上前，只能远远地看着佩佩。

过了很久，佩佩像是突然回过神来，动作利落地把上身往窗外猛地一探，头也不回地狠狠扎进了餐厅下的湖里。

我一愣，迅速冲上去，跟着跳进湖里把佩佩救了上来。

佩佩没什么事，脸色苍白却镇定，反而是一群旁观者吓得失色，拿来毛巾帮她擦干衣服头发。

我全身也湿了，气急败坏地骂她：“你疯了吧！”

事后，几个朋友商量着轮流陪着佩佩，以免她再做出什么傻事来。佩佩在旁边坐着听她们商量，表情木然，半晌，很淡很淡地说了一句：“不用陪我，我要辞职，去北京。”

一片哗然。

我看着佩佩平静而坚决的脸，无言以对。这一次，我知道佩佩依然会像以前一样，毫不犹豫地千里跋涉，到陈名身边去，为了她想要的爱情和安全感。

果然，次日佩佩递了辞职信，在之后的一个星期交接完工作，去了北京。没有告别，也没有电话，只发了一条微信：我走了。

当时我已经应聘到一家旅游杂志社工作，看见这条消息，没时间也没打算回，就去忙自己的事情了。可能是因为真的不知道该怎么回。

陈名事先并不知道佩佩要去北京，接到电话时，佩佩人已在北京。

陈名跟导师借了车去接她。那个时候他们已经很久没有见面了。在北京的盛夏里，佩佩穿着一身白裙，夜色里，纤细柔美的身影像一支纯净而饱满的百合花。看着那样安静的佩佩，陈名一下子就心软了。

佩佩走到陈名面前，与两年前一样，给了他一个无声而热烈的拥抱。

拥抱之后，他们重新开始。

但是有些裂缝，不是用一句“重新开始”就可以弥补的。

那是一种怎样的感觉呢，佩佩无法用语言形容，只是在微信里对我说：我突然发现，我跟陈名再也回不去了。

碎过的镜子再怎么填补也还是有裂痕。

他们跟以前一样，牵手，拥抱，亲吻，一切好像没有什么不同。佩佩却越来越清楚地感觉到，有什么东西，从那些无法愈合的裂痕里，渐渐流失干净了。

也许是他们的爱情开始趋于平淡，他们之间慢慢少了那些细小却炽热的浪漫。佩佩织围巾的手艺随着时间渐渐精进，陈名却再也没有在任何场合戴过佩佩亲手编织的围巾。

佩佩在一次聊天时跟我说起这件事，不无感慨，她说：我竟然不觉得难过，只是有点害怕，当你不经意间发现这个细节的时候，全然没有那些想象中的感情起伏，只觉得平静，麻木的那种平静，好像并没有费什么力气说服自己，就轻易接受了这样的现实。

我不知道该回复什么，只能沉默。

佩佩找了新的工作，和前一个工作性质相同，只是所在的公司规模更大，薪资也相对更高。

丰富的工作经验让佩佩很快就上手了新的工作，几个月之后，就被上司提拔，工资翻倍。佩佩这才知道了这个偌大的城市让无数年轻人前赴后继的魅力所在，它不会辜负你的努力，不会辜负你的梦想，只要你足够坚持。

陈名一边读研，一边找工作，专业所限让陈名的就业范围极其有限，眼看毕业在即，陈名的工作还是没有着落。这段时间，他们的生活费用大半由佩佩承担。

佩佩并不介意，她足够理解陈名，甚至还安慰他说："现在我多付出一点，等你找到好工作，就可以养我啦。"

陈名对她这样的说法只能报以微笑，但其实，陈名的心里早就掀起了滔天巨浪。

佩佩第一次发现不对，是几个月后，陈名研究生毕业的当天。

她提早下班，准备给陈名一个惊喜，一进门却听见陈名在他们的房间里打电话。陈名的语气平静而温和，带着一种连他自己都不曾察觉的柔软，一如他们恋爱开始时，说出的每一句话每一个字都浸满难言的宠溺一般。那是佩佩很久不曾拥有过的温柔。

佩佩只是怔了一下，很快便平复了情绪，她是愿意相信陈名的，在门口换了鞋子，就径直走去厨房，如往常一般叫了陈名一声。

陈名的声音渐渐低下来，很快就挂了电话，从卧室里走出来，看着在厨房准备做饭的佩佩，难得温柔地问："晚上吃大餐？"

陈名丝毫不知自己脸上残留的温柔和情绪有多明显，佩佩只觉心上一阵刺痛，难以描述，嘴上却没有多说什么，只是笑着跟陈名说："对啊，庆祝你研究生毕业，吃大餐。"

佩佩沉默地在狭小的厨房里做饭，陈名在外面看电视，即使电视上播的是无聊至极的新闻，他脸上都有让人无法忽略的笑意。

吃过饭，陈名去洗澡，手机放在床上。

佩佩看着手机在她面前无声地亮起来，只有一个简单的名字，黎惜。

她很平静地接起来，说了一声：“你好。”

对面柔软的女声一愣，声波一颤，说：“你是？”

佩佩微微一笑，说：“我是陈名的女朋友，你找他？他在洗澡，你稍等，我帮你叫他。”

说罢，佩佩就真的扬声叫了陈名一声，得到陈名的回应之后，走到浴室门口，温声说：“有位叫黎惜的小姐打电话找你。”

浴室里的水声猛然停住，佩佩低头去看手机，通话已经结束，一分十一秒。

女人的交锋，还未开始就已经结束，胜负立分。

陈名这次洗澡比往常多花了一倍的时间，佩佩只当作什么都不曾察觉，笑着把手机递给他，轻描淡写地说：“用不用打个电话回去？”

陈名说不用。

这晚，他们都一夜未眠。

佩佩宁愿相信，陈名是不会背叛她的，但是，他们的爱情也是真的不再似从前那般热情而浓烈了。他的温柔，他的包容，他恒温的微笑，渐渐在爱情里消失了。当深爱变成平常，当照料变成习惯，当爱情里的两个人渐渐失去新鲜感，当朝夕相对的那个人，对别人有了隐约的好感……

第二天，佩佩趁陈名出门，收拾好自己的东西，从他们一起租住的房子里搬出去，无声地宣告分手。

陈名也就真的顺势沉默，没有再联系佩佩。

佩佩重新找房子安顿下来，这个时候，她的职位又往上升了一级，随之增长的，当然还有薪资待遇。

佩佩已经可以在北京过上不错的生活，即使没有陈名。

我以为他们的故事就这样结束了，不会再有什么下文。然而，事实也总是不按预定的轨道发展，人生就是因为充满变数才令人刻骨铭心。

一年后的某天，佩佩在一个酒局上结束应酬，醉醺醺地打电话给我，哭着说："我不甘心！我不甘心！"

那个时候我正在西藏旅行写专题，在藏区的璀璨星空下接到佩佩的电话，听她在电话那头号啕大哭。我在她电话的背景音里听见车笛声，别无选择，只能挂断电话，然后打给已经一年多没有联系的陈名。

接近十一点的时候，陈名发短信给我，说已经把她安全送回了家。

第二天，佩佩发微信过来，一大段声情并茂的文字，中心思想却只有四个字——死灰复燃。

我没有立即回复她，过了几天，我从西藏直接飞去了北京。

佩佩开着车过来接我。

许久未见，她成熟了很多，一身简单的西装衬衫衬托着她满满的精致干练的女人味，引人不由自主地注目而后驻足。

佩佩说，也许以前那样深刻的爱再也不会有了，但总归还是爱的吧，如果只能将就，我宁愿是他。

我在北京待了一段时间，处理一些杂志社和出版社合作的事情，佩佩经常出来跟我聚会，有时候和陈名一起来，有时候自己。

有一次我们三个人一起吃饭的时候，我见到了一个衣着靓丽，自称叫黎惜的年轻女人。

陈名的神色瞬间僵硬，沉默地坐在自己的位置上，一言不发。

黎惜一身名牌，巴掌大的脸孔上妆容精致，和佩佩的温柔秀美不同，她的美散发着强烈的攻击性。

她一进来，十分客气地跟佩佩打招呼："这位就是佩佩小姐吧？久仰大名呀。记得第一次跟您说话好像还是阿名把手机落在我家那次。"

佩佩拿着筷子的手指缓缓捏紧。

黎惜扬唇一笑，姿态优雅地在陈名身边坐下，靠着陈名的肩膀，柔声细语地说："阿名，你胃不是不好吗，怎么吃上麻辣火锅了？对了，你参加留校面试那天系的领带落我家了，怎么老是丢三落四的？爸爸让你明天来家里吃饭，正好顺便把领带一起拿回去。"

陈名唇色发白，似是轻微地点了点头。

黎惜看一眼早已脸色惨白的佩佩，脸上扬起一抹胜利的笑容，红唇嫣然吐气如兰，功成身退。

佩佩沉默地坐在自己的位置上，过了很久，艰难地开口，说："陈名，如果我没有记错，你研究生的导师，姓黎。"

陈名用默认回应了佩佩的问题。

其实那一刻我很担心，我的双眼一直目不转睛地盯着佩佩的一举一动，因为我太了解佩佩的性格了，我怕佩佩会在忍无可忍之后瞬间爆发，即使不会动手，但是用什么"小贱人、狐狸精、不要脸、小骚货"这样的词汇，骂她个体无完肤那也是分分钟的事。但是让我出乎意料的是，佩佩竟然破天荒地一言未发。

当然，毫不意外，那天晚上，他们再次分手。

一周后，还在北京忙着跟出版社对接合作的我，突然收到佩佩发来的照片。照片是从远处偷拍的，画面尽头一对年轻而般配的男女手挽着手，背景是一家名牌睡衣店。

接着，佩佩发过来一段文字：“女人的直觉总是这样没有道理，粗心大意，却又心细如发。我一次一次地发现陈名的不专心，却又相信他不会出轨，一次一次给他机会。直到现在，我才明白，我输给了他的前途。”

看到佩佩的这些话，我的心突然也揪了起来，生疼生疼的。

她的爱情我从开始到结束一直是一个旁观者，她明明值得拥有最好的一切，却被本该给她幸福和安定的人反复伤害。

最初我对佩佩也存着友情之外的东西，但在佩佩爱上陈名之后，我就放弃了这样的心思，我曾想，作为朋友陪在她身边看她幸福也是满足的吧。可是这些年，看着佩佩在这场爱情里千疮百孔，我突然后悔了，就算没有爱情，至少我不会让她受伤难过，可以给她快乐。

就这样，我大胆发了一条微信给佩佩：“如果你已经准备好彻彻底底地放弃陈名，可以爱上别人的话，那不如考虑考虑我，至少我能让你快乐，比现在快乐。”

佩佩没有回我消息，我也没有再联系她，只是沉默着等待。

2016 年的春天，我再次去北京办事，见到已经成为公司高级主管的佩佩。

脱下昂贵的小西装，佩佩还是那个热爱撸串的四川姑娘，这天晚上，她带我去了一家她经常去的烧烤摊，点了满桌的肉串。

佩佩说：“很久以前，陈名是我最喜欢的人，也是我向上的动力。最开始，他让我变得更像我自己；后来，他让我变得越来越不像自己。经历了那么多的事情，你要是问我还爱不爱他，说真的，我还爱他。但是，我也真的累了，已经筋疲力尽，平静地放开彼此，也许是最好的结果。”

佩佩没有辜负自己的一见钟情，从始至终，都用尽力气去爱，去追逐，去纠缠。很多人感情变化的过程大多相似，交集，追逐，暧昧，热恋，争吵，分手，复合，再分手，再复合，反反复复中，消耗着本来就不多的精力。

后来，佩佩终于看见爱情里自己的无能为力，她无力控制和陈名之间感情的流失，就像无法徒手握住一捧水，一把细沙。感情的消失总是会直接体现在语言的匮乏上。有些事情，从回头的那一刻开始，就已经注定是错的，只是佩佩一直都不敢，也不愿意承认罢了。

几分钟后，佩佩仰头喝了一口冒着气泡的啤酒，侧脸看向我。佩佩的眼睛里有朦胧的雾气，也有十足的坚定，她说：“我已经彻彻底底地放下陈名，准备爱上别人了。”

我愣了一下，也看向她。

她突然张口问我：“喜欢我为什么不早说？害得我绕了这么大一圈才回到原点，发现原来幸福一直就在我身边。你说我们要是就这么错过了那可怎么办呀？”

我有些不好意思地说：“是你当初非要嚷着去找你的梦中人的嘛。不过没事，我愿意等你回来，我可以一直等你到地老天荒。”

她笑起来，说：“那你准备好让我快乐没？”

我也笑起来，说：“时刻准备着。”

就这样，我们在北京绿意盎然的春天，在烧烤摊上，走到了一起。

在爱情里，在激情慢慢退却之后，两个人能在一起，最重要的或许不是爱，而是感恩。谢谢他在人群里发现了你，视若珍宝牵手到今；谢谢你把最珍贵的青春，只为他而燃烧。

而且，我们要敢放弃，敢放下，敢重新开始。

爱情守候者

最近这段时间我爱上了泡吧，公寓楼下街道的拐角就有一家不错，叫“前度”，在整个重庆也算小有名气。

在这个如同醉生梦死的地方，我也算是它的常客。

每每进到这里，饮一两杯特调鸡尾酒，听一两首煽情的音乐，你就会不知不觉地中了它的魔法，毫无保留地在这里放纵，撩妹，吹牛，一时间内心强大到好似无所畏惧。也就是在这里我认识了六子。

六子姓刘，名字极其拗口，人却随性，是这家酒吧的老板。记得我第一次来这家酒吧的时候，正值大学毕业，本是一腔热血心怀抱负想要留在学校继续考研，但结果却是不得不面对考研失利的现实打击，这也算是给我当初的激情狠狠浇了一盆冷水，自己瞬间失去了方向便躲进了这里。那晚趴在吧台上就是一顿怨天尤人的抱怨，同时还掺杂着嘈杂的音乐声，最后任由一杯杯啤酒将自己彻底放倒在了吧台。

当我醒来的时候，耳畔依稀还响着音乐，自己却躺在沙发上，裤子上衣被扒了个精光，身上就只剩一条内裤。

“你醒了？”有人在问我。呃……我刚想说些什么，干涩的嗓子扯着我的胃，紧接着就是一阵恶心的翻滚，然后一阵猛咳。

“喝点水吧？”

我艰难地抬起头，眼前是个高大且有些微胖的男人，脸颊略带络腮胡，眯着一双小眼睛，典型的糙男的模样，此刻正关切地注视着我。

而我，却要命地关注着其他地方——这家伙也只穿了一个大裤衩，还是花色的。我一下子脑补出了千万种不和谐的画面，一股奇怪的念头从我的脑海里奔涌出来：这个人不会是变态吧？！

“你好，大家都叫我六子，你昨天在我这里喝得烂醉，要打烊的时候服务生让你付钱顺便问你家住哪里，结果你一问三不知就知道傻笑，调酒师想把你给抬出去被我拦下了。看你年纪轻轻的就来买醉，有啥想不开的？给哥说说……”

六子，这是个人名吗？还没从刚才的念头里出来，我木讷地打起了招呼：“你好……六，六子。”

接着我就把自己醉宿的原因简单说了一下，我这个人向来不太健谈，本就少言寡语的嘴还没吐几个字，就被他打断了：“真是后悔收留你一晚上，你看看你，一点都不像个爷们儿，这么点事情就扛不住了？就应该把你扔在酒吧外面。我当初大学毕业的时候，创业比你考研难了几倍，赔本儿失意的事情也常有，要像你一样我不得跳楼去啊？”

话糙理不糙啊，他话说得虽然直接，却让我感到了些许惭愧。

就这样我认识了六子，不仅跟他成了朋友，还在他的鼓励下重新振作，找了份喜欢的工作。

后来我成了前度酒吧的常客，一来二往，才发现六子是个自带奇葩特质的人。

有一次，我带几个同事去前度，正巧碰见他组织了一桌人玩游戏，然后我们获邀参加。

游戏简单，也很刺激。一帮人围坐一桌，用嘴咬着传餐巾纸，下一个人撕下一片，继续撕传，时间一到，嘴上有纸的罚酒。

原本这样的游戏是男女岔开才有意思，可是那天不巧，男女比例不那么均衡，到六子的时候没了女生，他便跟我一个男同学挨着坐下了。

游戏由一个美女起头，一圈轮下来，眼看着纸巾越来越小，到六子的时候，就剩下一个角。六子一脸坏笑，微鼓的小肚子贴着靠向我的同事。原以为纸片太小，我的同事会直接认罚，没想到这位也是一个从不服输的，两个人眼看着就快脸贴脸了，我的同事有点犯难了，他稍微倾斜的身子慢慢向后移动，就在这时，意想不到的事情发生了：六子果断地将仅剩的一点纸片送进了我同事的嘴里，两个人结结实实吻在了一起！

那一刻，全场沸腾起来，高喊着在一起，在一起。我似乎都已经听见周围人的心声："卧槽，这样也可以啊？！"

"这六子，莫非喜欢男的？！"

但是后来我才发现，他的内心世界远没有外表看起来那么糙，甚至比我们想象的要细腻的多。他的爱好也远比我想象的还要广泛，比如，他时常在我的面前宣称自己是一个爱情理疗师。

有一次，六子在河边散步，碰见了一个姑娘，被男朋友甩了正要跳河寻短见，周围的人好劝歹劝都无济于事。此刻六子这朵奇葩反其道而行之，他掏出手机就迎着走上前去，任由那个姑娘怎么警告，他都充耳不闻，把周围的人吓得不轻，只骂这个小伙子没人性，净添乱。

六子倒像没事人一样，边走边喊，你倒是赶紧跳啊，我是你男朋友的哥们儿，他常跟我说你这个傻女人，没了他肯定寻死觅活的，他托我把这段视频录下来好去给别人炫耀！看他自己多有本事，哈哈……

这姑娘一听，像是受了很大刺激一般，转身就从河栅栏上跳了下来，对着六子一阵拳打脚踢，边打边说，老娘才他妈不会让你们这群渣男得逞呢！六子这顿揍挨得还是很值的，后来那姑娘反而成了他的朋友，还成了酒吧的会员！

但他这个理疗师也有“不靠谱”的时候。

鑫是个标准的富二代，也是酒吧的常客，他最近看上了酒吧最新的驻唱歌手晓月，背后撺掇着六子帮他追那个姑娘。六子嘴上答应着鑫，一个劲儿地让他掏钱点歌，另一面却私底下对晓月说不要理会这个富二代。

所以两三个月下来，两个人除了坐一起喝了点酒，鑫愣是一点便宜都没占上，到第四个月的时候，这个家伙终于熬不住放弃了，身边还多了另一个妹子。

我跟六子说，你这不是耽误人家幸福呢吗？他没给我回应，而后私下里对晓月说：“这个小子很花心，你如果接受了他，之后没了新鲜感，过不了几天就会被他给甩了，不值得！”

别看六子对别人的爱情看得这么透彻，什么事要是真摊他自己身上，其实他也没辙。

阳春三月，我和六子约好开车出去透透气。

六子的车技很好，一路上都是他开车，我拍照，一路向北，不知不觉竟开到了九寨沟。

九寨沟的景色自然是没得说的，这里因水而美，水清碧蓝又朦胧神秘，许多造型各异的植物或婀娜多姿，或苍劲挺拔，凹凸有致，一景一境，我们二人行走在这童话般静谧神奇的地方，彻底沉迷了。

到了盆景滩的时候，我们两个都有些乏了，于是找了一块大石坐了下来。这是一片不大的滩头，水面倒映着奇形怪状的树，衬得那一汪汪清水像极了圆润的玉，平静安详。可六子就是不安分，非要打破这块美玉，他弯下身，捡起脚底的鹅卵石打起了水漂，长长的水纹拖着尾巴一路扩散开来……

你真是不解风情。我调侃他说。

六子没有理会我的话，往上提了提略微下垂的裤子，继续着他的破坏。他有点胖，扔石头的样子像在投铅球，扬起的胳膊略显笨拙，却能打出一个完美的弧度。但这次，这个家伙失了准，一下没发挥好，扔出去的石头没有在水面上飘起来，反而重重地砸在了水面上，巨大的水花溅了出来，正好溅在了一个背对着我们的姑娘身上。

“呀，谁啊？”那个姑娘猛地跳了起来，脸上的水花依稀可见。

我一看闯了祸，连忙起身向姑娘道歉：“对不起对不起，你没事吧？都是我们的错，六子快来给人家道歉……”说话间，我转过身望向六子，却意外地看到他一脸的尴尬。

这是一种很奇怪的表情：六子的眼神几乎是呆滞的，僵硬的脸颊微红，嘴巴更是夸张得能吞下一块鹅卵石，一种感觉隐隐告诉我——这两个人认识！

再回头，女孩的脸上也写满了惊愕和讶异，同时我竟也看到了一点愧疚的意味。一个清晰的称谓从她的嘴里飘了出来："六哥，你……你怎么在这里？"

六子半天才缓过神，不紧不慢地走到女孩面前，故作镇静，试图恢复自己的神情，却还是被一句尴尬而结巴的招呼给打败了："茉莉，你，你……好久不见，最近好吗？"

"呃……好，那个……你……你过得好吗？"茉莉也跟着结巴起来。

俗套的对白，不争气的聚首，六子的眼里一闪即逝的伤感并未躲过我的眼睛，正当他还要说些什么的时候，一个傲慢的男人走了过来，一手提着鸡尾酒，而另一只手霸道地搂住茉莉的腰，似是关切地问她："怎么了，亲爱的，这俩人是谁啊？你的朋友吗？"那语气掺杂着刻意，又充斥着敌意，令人不快！

女孩死死地盯着六子，眼里充满着歉意，嘴上却吞吞吐吐："问……问路的。"这明显的谎言让她的脖子变得通红。

两个人朝着不远处的公路走去，从这里可以清清楚楚地看到那里停着一辆豪车。六子目送着他们，咬牙切齿地从嘴里挤出一句"贱人"。

人生就是这样，常常预料不到下一秒会发生什么，显然六子的春游心情也被这样的不期而遇搞得兴趣全无。晚上回到酒店，六子先是出去了一会儿，我没有多问，过了十一点就先睡下了……

夜，格外安静，即使是白天沸沸扬扬的九寨沟，此刻也安详地睡去，毕竟"春眠不觉晓"嘛。

"醒醒，快醒醒。"突然一个声音打断了我的梦，是六子，"哥哥要去行侠仗义，你去不去？"

我迷迷糊糊，也不知道他的葫芦里卖的什么药。等我完全清醒，已经被他拽着出了门。

这是一家星级酒店的停车场，六子带着我偷偷摸摸避过了保安，于一排排豪车之间悄悄穿梭，不一会儿，在一辆红色的法拉利 488 前面停了下来。

“这辆车怎么这么面熟？”我奇怪地道。

六子没有回答我，只是用手势示意让我小声一点，这时我突然发现他的手里不知何时多了一把扳手，只见他三下五除二，不一会儿就放完了车胎里面的气，嘶嘶的漏气声让他计上心头：只见他两腿一迈，昂首挺胸一站，解开裤带就往车门上开闸放水，边放还边回头坏笑着问我，你要不要也来一下？

“我才没有你这么缺德！”我算是不解风情地说。

这时我才想起来，这辆车的主人好像是白天碰到的对我们有明显敌意的那个男人，那混小子，也该是朵奇葩。

“谁？在那儿干吗？”六子正爽的时候，一个声音不知从哪里传过来——不用想就知道是巡夜的保安发现了我们。六子二话没说，提了裤子，收起作案工具撒腿就跑，别看这死胖子平时挺着个肚子，跑起来却一点不含糊，东拐西窜地两三个保安愣是没追上，倒是把我累得半死！

九寨沟，某条小溪边的凉亭里。一声声豪放且不加掩饰的笑声，掺杂在流水声里，六子大声喘着气，放肆地嘲笑着我，但笑声里却渐渐带了哭腔。

我一时不知道该说什么，索性就坐着等六子自己主动开口。

冷风阵阵，六子抖了抖精神，点起一根烟，微风吹散了他吐出的一缕青烟，拂过他那已然憔悴的脸庞。

“我的前女友，叫茉莉，我们在大学认识的……”他开始跟我说起这个故事。

原来六子和那个女孩大学的时候就已经认识，那时她还是六子心中唯一的女神，为了她做什么都心甘情愿。

有一次，茉莉和闺蜜在外面逛街的时候遇到了流氓，女孩慌乱中拨通了六子的电话，结果他带着全班四十几个男生，拿着拖把扫帚就冲了出来，两伙儿人打得天昏地暗，被派出所全部关进了号子，当时学校差点因为这事把六子他们全部开除学籍。也许就是那时，茉莉对六子产生了情愫。

别看六子现在发福了，成了个糙老爷们儿，他上学那会儿却是班里出了名的小鲜肉。大学结束时，六子鼓起勇气向自己的女神表白，茉莉激动地骂他：“傻瓜，我以为这辈子我们就这么错过了！”

后来，像大多数人的爱情一样，两个人一起疯，一起玩，唱都喜欢的《一个人的天荒地老》，喝同样刺激的预调鸡尾酒，无忧无虑，羡煞旁人。

但幸福总是短暂的。毕业后不久，六子自己创业开了酒吧，开始一段时间，酒吧的生意很不景气。眼看着两个人到了谈论婚嫁的年龄，茉莉有些沉不住气，她劝六子关掉酒吧，安心复习考公务员，一步步稳定下来，可六子说，自己 20 岁时就能看到未来 50 岁的样子，一辈子一成不变，这并不是他想要的生活。他相信只要自己坚持，酒吧会在他的手里有起色，他也能打拼出属于自己的事业。

于是，往后的日子，两个人的争吵不断，茉莉在老家的父亲听说女儿找了一个不靠谱的“穷鬼”，气得大病一场，死活不同意他俩的事情，还执意让女儿离开重庆赶紧回家，凭着他地方县长的身份，为自己女儿在老家安排一份好的工作自然不在话下。

茉莉虽然孝顺，但她也不想轻易放弃来之不易的爱情，本打算趁着年假，回家好好做做父母的思想工作，可没曾想这一回去，竟陷入了家里的相亲阴谋。

相亲的对象有钱有势，看到长相甜美的茉莉瞬间有了好感，因为不想过分违逆父母，茉莉只能默默地忍受，没有拒绝，但也不做回应。

记得那是一个金秋的夜晚，六子依稀记得那时街道两旁的枫叶正红里泛黄，像极了灿灿发光的金子。酒吧里依旧人影稀疏，茉莉气冲冲地到吧台问调酒师阿强要了杯最烈的酒。

“家里今天又给我打了电话，问我相亲的意见。”茉莉重重地放下杯子，转过身对着正在调试吉他的六子气急地说，“你要是再不务正业，我就真的回老家了！”

“不务正业？我自己开酒吧创业，不考公务员就是不务正业吗？”六子的火气一下子憋到了胸口，本就心情不畅的他放下手里的乐器，站起来质问道。阿强见气氛不对，早就溜之大吉。

“你现在卖酒，还卖唱，连基本的生活都保障不了，这样咱们怎么会有未来！还不如我回家……”

“你走啊！”还未等茉莉说完，六子失去了理智，他顺手将女友眼前的杯子摔到了地上，一场战争在所难免，两个人由口角演变成了玻璃战……

有人说，女人天生长了一颗玻璃心，也许那天六子无意中也摔碎了茉莉的玻璃心。就这样，她转身离开了他，只是六子没有想到的是：这一离开就断送了两个人的未来，彼此只能渐行渐远。

后来，六子再次联系到她的时候，才知道她在老家已经找了一个有钱人嫁了，酒吧的名字也由此改成了“前度”。

时间，就像是一张疗效很差的创可贴，明明已经愈合的伤口，却也经不住些许撕扯。六子长长舒了一口气，眼睛里明亮的水珠在灯光下闪烁着，滑下了脸颊。也许是怕尴尬，他别过脸，猛地吸了两口烟，连着一句“这个贱人”将云雾一起吐了出来……

潺潺的溪水敲打着岸边的岩石，似乎也在为六子愤愤不平。我们没有久留，而是找了一个角落，窝在自己的车里睡了，迷糊中我发现这里正好可以看见法拉利的一举一动，我想那是六子故意的。

天边开始泛起鱼肚白的时候，一阵狂躁的叫骂声吵醒了我和六子。

“你知道老子这车多少钱吗？是三百多万，是三百多万！你一小保安干吗使的，你赔得起吗？”此时像一条疯狗一样四处乱咬的不是别人，正是昨天与茉莉在一起的男人！尽管旁边的保安一个劲儿低三下四地道歉，但他始终没有一点收敛的意思，周围的人纷纷投来异样又夹杂着轻蔑的眼光。

“就是车胎掉了，重新安装上就好了，咱犯不着生这么大的气，我看算了吧。”也许是这男人无休止的谩骂，让茉莉也感到了些许尴尬。

“你怎么知道其他地方没出问题？这可是我最爱的一辆车，换个轮胎也要十多万，谁他妈这么缺德！你什么都不懂，一边去，不要烦我！”那个男人没好脸色地白了茉莉一眼，依旧叫嚣着。

茉莉只得无奈地转身离开了。

六子见茉莉被骂得狗血喷头，心中莫名地起了火，刚要下车，似是想到了什么，便停下了动作，用几乎颤抖的双手点燃了一根烟，嘴里碎碎地念叨着：“活该！”

只是这件事后，我们自然也没了继续领略祖国大好河山的心情，只得驾车往回走。

后来的一段时间，我陷入了自己忙碌的生活，忙得晕头转向。直到一天，六子叫我。

六子总会有一大堆不能拒绝的理由，叫我去参加他们的酒吧聚会，以便我能缓解一下我那无可救药的工作癌病情，这次他的理由很特别：前度祭奠会。

“前度祭奠会”，名字模糊，意思却很明确。

这一次，我酒吧外面驻足良久。

酒吧外面很绚烂，五颜六色的霓虹灯不失浪漫，欧式的风格略显浮夸，却恰到好处地衬托着镂空的两个大字：前度。这儿，是故事的开始，也是故事的结束。

没等我进门，驻场歌手晓月就出来迎接我，这让我不免觉得意外：“怎么是你？六子哪里去了？”

晓月并未回答我，而带着我进了门，远远地指着舞台，在那里，一个微胖的糙老爷们儿正在深情地唱着歌：

“已经对坐了一夜恐怕天色就要亮了，我开始有点明白我们的爱也要散了，你像过去那样走来紧紧用双手将我环绕，你的温柔其实如刀要我还你怎样的笑，我明明都知道这将是最后的拥抱……”

这歌词，是《一个人的天荒地老》！

周围的人听得如痴如醉，我也静静地听着，一股伤感在人群中蔓延开去，有人竟默默地留下了泪水。

一曲终了，六子在掌声里下了台，将吉他给了晓月，笑着问她：“我唱得怎么样？”

“好，你是老板，我敢说个不好吗？”晓月故意跟他开起了玩笑。

“今天这是什么聚会？”我转移了话题。

“前度祭奠会，悼念我们的前男友前女友。”六子突然提高了嗓门，顺手举了一下酒杯，立刻引来了周围的欢呼热捧。“我是这家店的老板，感谢大家对前度的支持，今天酒吧通宵营业，酒水免费！欢迎以后常来捧场！”刹那间，DJ 像疯了一般肆意轰炸开来，舞池里挤满了热舞的人们，而六子则把我们几个老友请到了最角落。

几人围坐一圈，今天，没有精彩刺激的游戏，没有让人脸红的笑话，只有我们，只有酒。

沉默了一会儿，六子突然起身，用手上的戒指敲了敲酒杯，清脆的声响指引着我们面朝他的方向：“各位兄弟姐妹，咱们大家都是多年的好朋友，今天我六子感谢各位捧场，来参加我的趴，先干为敬！”说话之间，一杯啤酒已经咕噜噜下了肚，“5 年前，我的前度诞生了，她是我的生命，是我的一切，可她离开了我，奔向了另一个人的怀抱，我想留住她，所以我的酒吧起了这个名字，现在，哥们儿我打算放下了，就是现在，我放下了，我的酒吧也将会有一个新的名字！”

“来吧，咱们为了六子的新开始，干杯！”我站起身，提议道。

大家伙儿纷纷举杯，欢呼应和着一饮而尽。

那一晚，六子喝得烂醉如泥，以至于第二天我清醒的时候，他还有些迷糊，于是我送他回了公寓。他的公寓不远，但却需要拐好几个弯，我这瘦弱的身板差点没坚持下来。

到了门口，一个意想不到的身影映入我的眼帘：一个蜷缩着靠在墙边的瘦弱身躯，长长的秀发披在身上，恰好挡住了她的脸，但我还是一眼就认了出来，这个人不是别人，正是茉莉！

不知何时，六子已经从我的背上醒来，他呆呆地看着眼前的身影，布满血丝的两只眼睛像发怒的豹子，上一秒还是风平浪静，下一秒就要爆发："你他妈还有脸来啊？！"虽然脱口而出的是句伤人的话，但我听出了莫名的心疼。

此时的茉莉早已经哭成了泪人："六哥，其实我跟他在一起一点都不幸福。我今天来是想问你，我要是现在离开那个男人，和他离婚，你还能不能再接受我？我们还能不能在一起？"

此时的六子背对着茉莉，身体站得僵直，我害怕他做出什么冲动的事情来，便紧紧抓住了他。

六子的身体开始颤抖，似是极力克制着自己的情绪，然后转身走了过去，不知怎么，我竟然松了手。他低下头，慢慢扶起蹲着的茉莉，默默转过身，在自己的公寓门上输入了密码：0405——那是茉莉的生日。

而我，则识趣地离开。

其实，有时候爱情需要一点点固执的等待，每一段爱情里都有一个默默守候到永远永远的人，他不奢求太多，只求你能在无所依靠的时候想到他宽大的肩膀，给他一个为你创造美好生活的机会！

邮件爱情故事

知道阿树的故事时，我还是某个网站的驻站作者，定期在网上更稿，偶尔会在文末留下电子邮箱，鼓励读者来信。

写邮件的大多都是小姑娘，大部分是在抒发自己遇人不淑的不幸。

我当然没有办法一封一封给她们回信，只是会偶尔登陆，快速浏览一圈收件箱的新邮件后，惯性地记录下一些有意思的故事来，然后清空邮箱。

有一天，我收到一封主题为当天日期的邮件。邮件的内容很简单，只有一句话：我爱着一个永远得不到的人。

看看发件人的资料，居然是一个年龄与我相近的男生，头像用的是自己的照片，白衬衫黑头发，表情沉静而淡然。我微觉震撼和好奇，在深夜的电脑前敲击键盘，回复了他。

一来二往间，我渐渐知道了这段求而不得的爱情。

1

2015 年 3 月 17 日，凌晨 12 点 15 分，我收到了阿树发来的第二封长邮件，阿树正式开始给我讲述他的这段感情经历。阿树满怀希望地说，我一直默默爱着的这个女孩叫橘子，是我大学本科时的同班同学。与其说爱，不如说是我对她的一份暗恋或者是种无声的陪伴。怎奈橘子一直以来对我始终无意又或许从未察觉，我也实在不知该如何开口，因为我向来对待感情不善言辞，重要的是她在大学时就有中意的男生，他们的感情也一直稳定。他发这封邮件的目的是想说，最近这些天橘子过得很不好，他们的感情出现了隔阂和危机，虽然我一直默默陪伴照顾在橘子身边，但是仍旧不忍看到橘子这样为情伤心和难过。难道说，是时候鼓起勇气，向橘子表明我的爱了？又或者说我跟橘子之间的机会是不是来了呢？其实只要橘子愿意，我始终相信我可以给她带来更多的幸福。为我加油吧。

2013年夏天的时候，阿树离开学校，开始实习。

他不顾父母的反对，毕业之后坚持要留在深圳工作，生活难免拮据，却始终强撑着，不肯向家里妥协。

阿树大学和研究生读的都是室内设计，父亲在老家开着一个建筑公司，一直都想让阿树毕业之后回去接班，但是阿树宁愿在深圳住二十平米的出租房吃三块五的桶装泡面，也不愿意回家接受父母的安排。

大部分人都不理解阿树，阿树也没指望谁能理解。

他习惯穿白衬衫黑裤子，背深棕色的双肩包，每天早上六点钟起床，花一个多钟头从出租屋去公司上班。

深圳很大，像阿树这样漂如浮萍的年轻人很多。

但他们充满胶原蛋白的脸上，却都有着同样疲惫的黑眼圈，在拥挤的地铁上或站或坐，眼神有的落在手机上，有的落在车窗外，表情格外统一，冷漠而麻木。

有时候阿树是他们中的一员，尤其是通宵达旦的加班后，但更多时候，他都在塞着耳机听歌。

阿树挚爱 R&B，每一部手机里都塞满了国内外各种 R&B 说唱歌曲,大众小众不分男女歌手,特点是嗓音唱功基本形同虚设,基本靠念。

橘子经常嘲笑阿树对音乐的审美一直停留在高中时期。阿树无法反驳，一是因为他确实是在高中开始听 R&B 的，二是因为橘子从小就在父母的影响下广泛涉猎东西方器乐，足以俯视他这个五音不全到国歌都能唱跑调的乐痴。

橘子以前是阿树的同班同学，现在是他的同事，上海人，父母是上海著名交响乐团的大小提琴手,大学本科毕业后没有继续读研，而是在深圳开了一个室内设计工作室。

后来阿树研究生毕业，想都没想就入股了橘子的工作室，成了她的合伙人，由此可见，橘子或许才是阿树执意要留在深圳的真正原因。

工作室的人不多，除了两个老板之外，只有十几名员工。员工大多数是刚毕业没多久的学生，优势是年轻有朝气敢闯敢拼，劣势也很明显，就是都没什么工作经验。正因如此，一些简单的工作常常变得复杂。

早上九点钟，工作室陆陆续续有人打卡上班，快十点的时候，橘子才一副昏昏欲睡的样子从外面进来。阿树看她一眼，摇摇头，轻轻地叹了口气。橘子坐在阿树旁边，半闭着眼睛吃阿树带的早饭，吃完，头一低，枕在自己的手臂上，又睡过去。

阿树对这个场景早就习以为常，这也成了他每天早上必定要做的工作之一。阿树先是起身把橘子吃早饭剩下的垃圾收拾好丢进垃圾桶，然后去会议室找一床薄薄的小毯子，把睡着的橘子一裹，一切收拾妥当之后再坐下继续画稿。

橘子睡醒之后，迷迷糊糊地开电脑，定设计稿。

两个钟头之后，到了午饭时间，橘子去见客户，顺便请客户吃饭，跟阿树打过招呼，就先走了。

阿树和同事一起叫外卖，吃完继续上班。

橘子却一直没回来，阿树打电话过去，听见她近乎崩溃的哭声。

阿树听着，心里一个哆嗦，问清楚橘子的位置，迅速出门，打了个车，用最快的速度赶到了橘子说的地点。

他到的时候，橘子腿上有明显的血迹，她站在有点空旷的地下停车场中间，乌黑的长发混着汗水泪水，黏在耳边。

橘子的情绪已经完全冷静下来，她随手捋捋自己凌乱又狼狈的头发，冲早被她吓得脸色惨白的阿树一笑，说："没事儿了，我们回公司吧。"阿树不知道该说什么，矮身把橘子背起来，什么都没问。

两人一路沉默，橘子静静地伏在阿树的背上，把脸埋进他有点瘦削的肩膀，眼睛紧闭。

阿树感觉到自己肩上漫延开的湿润，咬了咬牙却依旧保持了沉默。

阿树送她去医院处理腿上的伤口，医生说只是普通的划伤，消了毒处理干净后就让他们走了。

他们从医院出来的时候天色已经昏暗，两个人就在外面找了一家餐馆吃饭。

吃饭的时候，橘子说起中午发生的事情。

她和客户吃完饭，送走客户准备开车返回公司时，在停车场不经意间看见了她未婚夫钟良的车。

橘子就打电话给钟良，随口问他："你在哪儿呢？"

钟良答："还能干吗？在公司上班啊。"

橘子愣了一下，言笑如常地跟他说了几句话，说有事要去公司找他，然后挂断电话，人却没走，就坐在自己车里，等钟良出现。

没多久，钟良急匆匆地从电梯的方向过来，身后跟着一个女人。

那个女人生得极为妩媚，长发微卷，凌乱地披在背后，经过男女欢好，妆容已不再精致。她一脸甜蜜地快跑几步追上钟良，挽住他的手臂，眸光流转，眉目生春，两个人亲密地依偎在一起，往停车的地方走，在车前耳鬓厮磨一会儿后，才拿出钥匙准备上车。

橘子坐在车里冷冷地看着他们，过了一会儿，拎着车上她准备送给钟良父母的一套瓷质茶具，很平静地推门下车，走向那一对旁若无人的男女。

钟良背对着她，没有察觉。

等到橘子把那个木盒砸到那个女人头上之后，钟良才发现橘子，被砸的女人尖叫着，钟良下意识地把那个女人护到身后。盒子掉在地上，里面的瓷器摔成碎片。

钟良这才反应过来，脸上出现了惊慌失措的表情，他还没来得及解释什么，就被橘子迎面而来的一巴掌打得偏过了脸，接着就是毫不留情的第二巴掌、第三巴掌。

橘子脸色铁青，把旁边的女人踹到地上，然后用力踢了几脚。

那个女人渐渐反应过来，从地上爬起来，一边骂人，一边扑过去，跟橘子打起来。钟良在旁边看不下去，想上前拉开她们，结果不小心推了橘子一下。橘子跌在地上，腿被瓷片扎了个口子，血慢慢淌下来。钟良本想扶她，却被橘子冰冷的眼神逼退，她只说了一个字："滚。"

于是钟良就滚了，带着他身边那个女人一起滚了。

而橘子站在原地，看着满地反光的青色瓷片，自嘲地笑一笑，靠在停车场方形的柱子上，慢慢地哭了出来。

故事的情节虽然老土，痛苦却很清晰。

橘子是在刚毕业的时候遇见的钟良，英俊、成熟、上进、完美的钟良。她一直都知道钟良玩心重真心少，但她和很多在爱情里盲目的女人一样，心里总有那么一点微小的侥幸，也许自己能成为他的独一无二与众不同。

事实证明橘子错了。

“订婚算什么，对他这样的人来说，就是结婚了，又怎么样呢？”橘子这样跟阿树说。

阿树看着已经完全恢复平静的橘子，心里火辣辣地疼。

但他还是什么都不能说。

橘子依赖阿树，信任阿树，但阿树不是她期待的那个人，不是那个能执子之手，陪她去往天涯海角的人。

阿树在邮件里这样写道：I met my soulmate,but she didn't.

我遇见了我此生的挚爱，但是她没有。

因为她没有，所以阿树只能默默地陪伴。

阿树陪橘子一起吃完饭之后，开橘子的车送她回家，此时橘子已经恢复如常，坐在副驾上淡定指挥阿树左拐右拐，最后进了一个小区。

橘子已经和钟良住在一起，于是阿树忍不住问橘子：“你要不要先暂时住在外面？”

橘子一瘸一拐地拒绝了阿树的护送，听见阿树这样问，她摆摆手，淡淡地说：“不用，虽然分手是分定了，但话还是要说清楚的。”

阿树看着她进了楼道，在原地站了一会儿，慢慢走出小区，打车回公司，还要把白天压下来的工作做完。

公司还有同事在加班，阿树在自己的位置坐下，打开邮件一字一句地写道："你看，生活不是小说，不是偶像剧，我始终没机会往前走，她也不会回头，看不到守在身后的我。她不会脆弱地倒在我怀里哭泣，我也不会因为担心在她的楼下等一夜，因为工作室里还有很多工作没有做。"

记得有位女作家说过，曾经我们都以为自己可以为爱情死，其实爱情死不了人，它一会在你最疼的地方扎一针，然后我们欲哭无泪，我们辗转反侧，我们久病成医，我们百炼成钢。你不是风儿，我也不是沙，再缠绵也到不了天涯，擦干了泪，明天早上，我们都要上班。

2

2015年5月8日，深夜11点31分，再次收到阿树发来的一封长邮件，他给我详细讲述了这段时间发生的事情。阿树有些无奈和失望地说，橘子果然是我心中的女超人，经历过钟良出轨这件事，她竟然还能让自己保持平静。至于我呢？我以为我的机会来了，我明明可以为了她做任何事，明明可以让她不用一个人独自面对一切，可是，这么好的机会，我鼓了半天的勇气终究还是无法说出口，我是不是真的无药可救了？我是不是真的很蠢？我恨我自己，在感情上我就是懦夫，就是个废物。废物又怎么能给橘子带来幸福？我还有希望吗？

橘子第二天中午来到办公室，带着一大堆打包的小龙虾，兴奋地大叫昨天的客户已经签单，大家的年终奖终于有着落了。

工作室里不知情的同事们立刻开心起来，趁着中午休息的时候，下楼买了啤酒上来，聚在会议室里开开心心地欢呼庆祝。

橘子也跟他们一起瞎闹，拿起放在工作室里充当摆设的小提琴，即兴拉了一首贝多芬的《欢乐颂》。

大家吃完闹完就去工作了，橘子凑到阿树面前，跟他说："我把那个死渣男赶出门了，放心，一点没吃亏。"

阿树点头说："那就好。"

橘子嘻嘻地笑了笑，然后说："昨天谢啦。"

阿树看着橘子雨过天晴的笑脸，心里微微发苦，却没有多问什么，只轻轻地说道："不用谢。"

只能说不用谢了，不然还能说什么呢。

那天晚上，深圳下了小雨，钟良来工作室找橘子，依然西装革履，脸上被橘子打出来的红肿还未完全消退。

他们谈了很久，钟良尚想挽回，橘子却决意分手。

橘子从小到大受到的教育还有她的自尊和骄傲，都令她无法容忍钟良的背叛，即使她是那样喜欢过这个男人。

之后，钟良又来找了橘子好几次。

他最后一次来的时候，和橘子在会议室里吵起来，在公司同事形色各异的目光中，一向骄傲的橘子难堪得几乎快哭出来了。

阿树因为看不下去，和钟良大打出手。

钟良在这一架后终于死心，同意和橘子分手。

然后，这对差点就要走进婚姻殿堂的男女，坐到谈判桌上，清清楚楚地交割好各自的财产，而后和平分手。

阿树问我：这会是我的机会吗？

我不知该如何作答，很久之后，依然不知如何回复，唯有沉默。

那一段时间，橘子的压力很大。

新客户签单后，橘子和阿树的工作量进一步增加，繁重的工作后，还有家人朋友们对橘子和钟良分手事件的不断询问和关注。

有时候阿树会看见橘子关着会议室的门打电话，从最开始的平静，到最后几近崩溃的低吼哭泣。

阿树只能默默地注视着她。

而橘子每每擦干泪从会议室出来，又会恢复往常那副开心到没心没肺的样子，乐呵呵地跟阿树打个招呼，继续埋首工作。

她那样倔强，那样骄傲，阿树只能远远地看着，不能上前。

与新客户签下的单子并不顺利，客户要求严苛，工作室反复修改后给出的设计稿虽然让人眼前一亮，但客户却希望修改到完美。

橘子只能两处奔波，和客户反复沟通细节，这方面阿树帮不了忙，只能在工作室里，带着同事们一遍一遍修改设计稿的各种细节。

那段时间，他们都瘦得厉害。

阿树在疲劳中觉得快乐，这样相互扶持的生活，让他有一种参与进橘子生命的错觉，忙碌，辛苦，却很满足。

那一单设计稿反复修改了将近三个月，才被客户认可。

对方把尾款打进橘子户头的时候，橘子看到短信，激动地跑到阿树面前，用力抱了阿树一下。

阿树还没反应过来，橘子已经去拥抱其他同事了。

所有人听到设计稿定稿通过的消息都在欢呼雀跃，只有阿树，还在感受着身上残留的温度，轻微地战栗了一下，慢慢坐到柔软的办公椅上，揉了揉自己刺痛的太阳穴。

阿树知道，对于橘子，他只是工作上的伙伴，生活中的好哥们儿。

离得很近，却不会拥有彼此。

阿树本来想要靠近的步伐，就这么退了下来。

有时候阿树也会想，到底为什么他会喜欢上橘子，会这样漫无天日地爱着她，会这样毫无希望地等待着她。

论相貌，橘子不是最好的，她甚至不是阿树最开始幻想的那种知书达理、温柔秀美，需要他保护的女孩子。

她就像一个女超人，能理智地做出自己的选择，能勇敢承担所有后果，也从不后悔自己的选择。

通过一点一滴的努力，工作室发展成了公司，阿树还是橘子的合伙人。

橘子越来越干练大气，阿树越来越沉默寡言。

橘子一如既往，外能酒桌上谈合作，内能彻夜工作赶稿，阿树则负责带领设计部的骨干，做着各种类型的设计稿。

他们租廉价房子的时期过去，两个人都在深圳有了属于自己的房子、车子，成了别人眼中的成功人士。

很多人都以为这一对合伙人是恋人，或者夫妻。

阿树也希望是这样。

可事实上，他们的关系从未越界，橘子受过情伤之后，越来越专注在事业上，一颗心早就上了锁，再也没有被打开过。

随着公司的顺利发展，阿树感觉橘子已经渐渐地从上一段感情的阴影中走出来，他偶尔也会像公司的同事那样，假装不经意地问起她的感情生活，鼓励她重新开始新的恋情。

阿树也想过，要不要干脆表白。

他幻想过各种美好的可能性，却也知道，那些美好只存在于他的想象中，表白之后就意味着友情的结束，那是几乎注定的结局。

所以阿树只能等，毫无希望地等。

他当然知道自己的等待愚蠢而毫无意义，却还是无法迈开一直站在原地的腿，走向别人，走向另外一种生活。

3

2015年8月26日。深夜10点50分。一段时间过去，我又收到了阿树发来的邮件。阿树再次给我讲述这段时间里他跟橘子的一切。阿树生气暴躁地说，为什么会是这样？为什么？为什么我默默守在她身边付出了那么多，最后竟然连一个素昧平生的人都比不上？她是眼瞎吗？为什么宁可选一个陌生人都不选我？老天爷是不是故意在耍我？为什么对我这么不公平？我快要疯了，恨吴生，恨橘子，更他妈恨我自己，从现在起我恨透所有人，所有人都他妈应该去死！

一次偶然的机会，橘子在社交场上遇见吴生。

一个家财万贯却只喜欢泡茶遛狗的络腮胡男人，他穿着灰色的衬衣，笑着问橘子联系方式的时候，橘子的心，清清楚楚地跳了一下。

吴生向橘子要联系方式并不是想搭讪，而是因为见过公司经手的一处庭院，想请橘子的公司为自己设计一个私人庭院。

因为一点私心，橘子给了他自己的私人号码。

第二天，吴生打电话给橘子，问了公司的地址，来见阿树。

他不像别的客户那样难缠，向阿树说完自己对庭院的几个要求，就利落地签完单离开。

橘子立刻问阿树对吴生的印象。阿树当时正在收拾吴生签好的合同，闻言，看了橘子一眼，心中百味杂陈，却只是低头笑道：“不错啊，签单那么干脆，一看就是个大款。”

橘子红着脸嗔怪地白他一眼，喜滋滋地跑了。

那个时候，橘子已经不像刚和阿树认识时那样年轻，阿树却在她有点羞涩的笑容和欢快的背影里，看见了她往昔的影子。

阿树有点了然，了然后平静接受，不再像当初知道橘子和钟良在一起时那样，连呼吸都觉得难过。

他对自己的反应感到欣慰也感到悲伤，在邮件里写道：我确认自己曾那样深刻地爱着她，并且多年等待后，仍然深爱。但当她终于愿意面对受伤的自己，终于愿意开始新的感情时，我竟然也觉得释怀。也许是我渐渐不再执着于得到这个人，而是看她得到幸福，哪怕给她幸福的人不是我，也是满足的。

吴生很快察觉到橘子的意图，慎重考虑后，竟然真的答应了橘子，慢慢地了解对方，开始交往。

那段时间，橘子走路都像在飘。

她跟阿树说：“幸好我当时聪明，给了他我的私人号码，否则今天胡子的身边就不是我了。”

橘子私下里叫吴生为胡子先生，阿树想到吴生特别增龄的胡子，笑着说：“是啊，幸好。”

这个绰号很快让吴生发现了，他好气又好笑，第二天就把胡子剃了，来公司接橘子和阿树一起出去吃饭。

刚开始橘子没认出来，等吴生一把圈住她，才如梦初醒。

两个人一个万分惊讶一个十足淡定，橘子跟吴生闹了一会儿，才看见站在旁边表情微妙的阿树，有点羞涩地叫吴生赶紧开车走人。

吴生笑着去开车，阿树叹了口气，跟着这一对恩爱的情侣上车，心里说不上难过也并不嫉妒，只是有点羡慕，也有点难言的尴尬。

吴生不像钟良，不会甜言蜜语，不会做所谓浪漫的事，但是他很有耐心，也很温柔。他欣赏橘子的骄傲，也愿意包容她。

吴生带着橘子喝茶，写毛笔字，有时候会下厨给她做一顿饭，煲一瓦罐汤，照顾橘子挑剔又娇弱的胃。

他慢慢地瓦解橘子倔强的外壳，让她露出一颗柔软的心

橘子常常跟阿树说起吴生，说他做了什么，说了什么，如何在某个细节触动她的心。阿树从未见过这样陷入爱情的橘子。

哪怕是和钟良最甜蜜的时候，橘子都不曾有过这样的表情。

阿树想，自己果然无法带给橘子爱情。

他好像从未做过让橘子感到浪漫或者旖旎的事情，从爱上橘子开始，阿树一直都用自己的方式，跟随她，支持她，帮她追逐自己的梦想，保护她小小的自尊和骄傲，默默无言。

面对橘子的骄傲，阿树选择保护，选择尊重，所以在橘子心里，他是朋友，是合伙人，是除了父母之外的至亲，却不会是携手一生的爱人。吴生同样尊重橘子的骄傲，却选择了另外一种方式，让橘子毫无压力地放下伪装，变成了一个真正沉浸在爱情里，享受爱情的小女人。

4

2015 年 12 月 15 日。凌晨 1 点 05 分。很久之后收到阿树发来的最后一封邮件。他最后一次说了他跟橘子之间的故事。恢复平静的阿树说，谢谢您这将近一年来对我故事的倾听和回复。没有您的劝解和引导，恐怕我的内心和生活将无法平静和继续。您说得对，人不应多生怨恨，有时理当看开，并给予他人更多的祝福，更何况还是自己最

爱的人。在橘子跟吴生开始交往的这段时日，是自从我认识橘子后见过的她最快乐的一段时光。看来吴生确实是个值得橘子去托付终身的人。又或者说，吴生或许比我更适合更懂得橘子，比我更有实力，更有能力，更知道怎样才能让橘子真正幸福。有了这样的人代我照顾橘子，我也是时候放心离开了。即使我再苦苦追寻，但万事也不可强求，那么，还是多多祝福吧。

2015年刚进冬天的时候，吴生跟橘子结婚了。

求婚和结婚的过程阿树都得以亲眼见证，他看着自己喜欢了这么多年的女孩穿上圣洁的白纱，戴上别人的戒指，唯一的感觉只能一句话形容：为她开心，也为自己开心。

橘子含泪说我愿意的时候，阿树是真心实意地希望他们幸福。

他很高兴橘子能有个安静的幸福的归宿，也知道吴生是个比他更适合橘子的男人。

爱到最后，痛苦已经模糊，只剩祝福，也只能祝福。

她终于找到那个合适的对的人，他们会彼此相携，平平淡淡地度过之后的人生。

婚礼是西式的，在英国伦敦的某个安静的教堂举办，吴生曾在附近的大学念书。

阿树穿着一身昂贵的西装，去参加橘子的婚礼。

橘子穿着款式简单的婚纱，挽着她父亲的手臂，走向吴生。

那幅场景很美，也很动人，就连最不相信誓言的人都忍不住想要流泪，想要有一次机会，站在圣洁的教堂里，对着某一个人，许下无论生老病死，无论贫穷富贵，都互相扶持的誓言。

那天仪式的最后阿树抱了橘子，他说："我永远会是你能够信任的人，无论你我未来会有怎样不同的人生。"

橘子哭得更厉害，她紧紧地抱着阿树的腰，不停地说："阿树，谢谢你，我最好的朋友。"

阿树有点恍惚地想，谢我什么呢？谢我喜欢你，谢我成为你的合伙人，还是谢我为你留在深圳？不客气，那是我自愿的，所以不要感谢我，就让我体体面面地退场吧。

那天阿树跟我说：爱情多像一把温柔的钝刀啊，经年累月，一刀一刀划在心上，一点一点地痛，到最后，便麻木了。

看见橘子终于有了幸福的归宿，阿树决定离开深圳。

他和橘子谈起公司的问题，橘子打算把公司留给阿树，自己和吴生移民瑞士，去国外生活。

处理好相关手续后，阿树去机场送橘子和吴生离开。

之后，阿树把公司迁往上海，回到翘首以盼的父母身边，去履行自己身为人子的责任。

后事，不明。

爱情不就是这个样子吗？爱你的也许你不爱，不爱你的你却苦苦追寻，到最后，终于还是要屈从现实，选一个最合适的人。

橘子从没给阿树希望，却教他学会爱情。

在橘子之前，阿树从来没有想过，有一天他会那样专注、温柔、长久地注视一个人，仰望她，追逐她，甚至不求在余下的人生中得到她，只求相伴一场，只希望她能得到她想要的幸福。

阿树爱橘子，爱到愿意让别人给她幸福，阿树爱爱着橘子的自己，爱到愿意重新启程，遇见自己的未来。

明知不可能的爱情里，我爱你，也爱那个爱着你的我。

冤家路窄的爱情

1

这个世界上有两件事情是能让陈早瞬间暴走的。

一个是扰了她的清梦，另一个便是提到丁一。

陈早第一次遇见丁一，是在妈妈的肚子里。那时候的丁一也跟她一样，不过就是子宫里刚成形的一个胚胎而已。虽然陈早看不见丁一的模样，但是两个妈妈之间没完没了的玩笑话都让她听腻了，有时候她甚至略带邪恶地想，万一对面肚子里的那个是跟她一样的性别呢?

索性，每当两个圆滚滚的肚子碰到一起的时候，她一不做二不休地踢起了妈妈的肚子，以示反抗。

但结果总是事与愿违。

“丁一妈妈，你看我家宝贝一见到你的肚子就闹腾得厉害，大概是太高兴了，哈哈……”

高兴个鬼，陈早发誓，只要有一天她能从这个暗无天日的地方出去，她一定要揭竿而起，来个彻彻底底的大反抗。

2

陈早一直觉得，其实丁一才是教会她第一个人生道理的人，而这道理就是：人生不如意事十之八九。

其实陈早妈妈跟丁一妈妈早在念高中的时候就是形影不离的好闺蜜，她们上学的时候在一起，找工作的时候在一起，就连最后嫁人的时候，婚房都买在了一个小区。

当然这跟陈早没什么关系，也不是她能决定的，相反，她觉得妈妈能有个这样好的闺蜜，她是替妈妈高兴的。

但是以后的事情她就要强烈抗议了，这两个恨不得一辈子在一起的闺蜜，一起做了一个“伟大”的决定，如果生下的是一男一女干脆让他们结婚好了，这样两家的关系就能亲上加亲了，不光孩子能在一起，连大人们也跟着成了一家人了。

然而对于这个决定，陈早是彻底拒绝的，并且一直都在为之而奋斗，从未放弃过。

比如她在周岁宴上，趁抓周的时候想要去抓破丁一那张满是口水的脸。

比如她在幼儿园时，趁丁一偷偷把饭倒掉的时候打小报告。

比如她在小学时，趁丁一溜进游戏机房的时候通知了家长。

再比如她在初中时，趁丁一给校花塞情书的时候把情书偷出来给了老师。

但是，有些人是注定要成为你生命中的男主角的，比如她和丁一，费尽心思地远离，却从未成功过。

而她做的所有的一切，都被两个妈妈误解为陈早实在太关心丁一了。

“早早好喜欢你们家小一，抓周的时候冲着小一就过去了。”

“哈哈，谁说不是，从小就关心小一不吃饭长不高。”

“记得小时候小一喜欢打游戏机，最怕的就是被早早看见。”

“还有，小一追校花的时候，早早还吃醋来着。”

“果然我们两个的决定是正确的！”

“是啊，他们两个真是天生一对。”

好吧，陈早对于这两个对他们两个的打闹乐见其成的家长，算是彻底绝望了……

3

陈早妈妈跟丁一妈妈关系好得不得了，这两个人基本每周都要约在一起，大人不在，陈早跟丁一也只能无聊找事情做。

至于做什么?

当然是被关在一起各干各的了。

不过，丁一家的空调温度总比她家低上两度，对于她这种感觉神经末梢发达，一到夏天就热得恨不得待在冰窖里的人来说，简直就是一种享受，所以每到夏天她能去丁一家，也是一件值得高兴的事儿。

这天，陈早趴在丁一的书桌上睡得正香，长腿欧巴正跟她说着甜言蜜语的情话，忽然她觉得好似有人使劲推了自己一把。

陈早惊醒后眨了眨眼睛，长腿欧巴消失了，眼前只有一张欠揍的脸。

她觉得自己的怒气值瞬间就到了顶点，咬咬牙拍桌而起。

“丁一！我说了多少次了，我睡觉的时候你不要吵我！”

“你的口水流到我的书上了。”

“……”陈早无言以对，只好咬牙看着一脸镇静的丁一，又恶狠狠地看了一眼他的课本。

好像……书角是有一团不明水渍。

陈早脸红了一下，却依旧蛮不讲理地辩解，在丁一面前，她从来都不需要掩饰自己的任性。

“谁知道是不是你无聊故意陷害我的。”

“小爷我才没你那么闲。”

“丁一,你是不是又便秘了？你在这个时候最喜欢胡搅蛮缠了。”

“……”陈早此话一出，丁一瞬间无言以对。

其实，那个时候，也许还太过年少吧，陈早未意识到，有时候太过刻意的反抗，也不外乎是太过在意罢了。

4

陈早的高中时代，是在暗恋里度过的，当然了，这个男主角肯定不会是丁一。

但是，在那段时间里，她跟丁一的关系却出乎意料的好。

没办法,谁让丁一不仅跟她暗恋的帅哥是同班,更是好哥们儿呢。

说起陈早沦陷的原因，那也是让人费解的。

那是高一的某个下午，老师们都去开集体会议，整个年级都在上自习。那时候陈早是班里的语文课代表，此时正忙着收作业的她，听到整个班里已经乱作一团，吼了几嗓子却收效甚微，便只能拿着黑板擦在讲台上敲得震天响，结果手都敲麻了，倒不如突然的摔门声来得有用。

“谁在敲个不停，不知道在上自习吗？”是一个略带磁性的男性声音。

陈早愣住，她有点想躲到讲桌底下去，却无奈“凶器”还在手里紧紧地握着，她只能硬着头皮转头望向那个让她无比尴尬的“罪魁祸首”，却意外地发现来人竟是如此帅气好看，好看得让她的心都漏跳了一拍。

然后，这位隔壁班的班长成为她的男神。

当陈早把这情窦初开的小秘密悄悄告诉闺蜜的时候，却免不了遭一顿白眼的下场。

想想这行为确实是够自虐，但是挡不住她对男神一颗炽热的心。

谁让他事后对她温柔地道歉了呢？谁又让他的脸长得那么帅呢？

在那个花痴的年纪，陈早简直就被迷得无可救药，用她的话说，不管怎么着，他都是同学中最亮眼的那一个。

可是，巧就巧在，男神不仅跟丁一是同班，更是死党。

所以，结果就是，陈早在追随男神脚步的时候，总会看见丁一在她男神的身边阴魂不散。

她课间去找男神借书的时候，丁一在。

她中午想约男神吃午饭的时候，丁一在。

她放学后去看男神打球的时候，丁一依然在。

最让她不明白的是，她男神明明就比丁一帅出好几条街，怎么支持丁一的呼喊声就比支持她男神的高呢？

对于这件事情，她百思不得其解。

所以，她简直是扯开了嗓子给男神使劲加油，她就不信，她的男神还能比不上丁一？结果最后她喊破了嗓子，还是免不了丁一给她买水喝。

没办法，谁让她嗓子比较娇嫩呢。再说，这明明就是丁一的错，谁让给他加油的人那么多呢？

那个时候，正流行索尼的 CD 机。

陈早观察了很久，课间也好，回家的路上也好，男神的耳朵里，总是会塞上耳机。

她很好奇，男神到底在听什么，她不好意思直接问便只能曲线救国，去问丁一。

丁一告诉她，她的男神在听 Linkin Park，于是她就趁着周末的时候专门去音像店买了这个美国乐队的歌曲，却没想到，竟然意外地合她的胃口。

男神的爱好果然跟我相同啊。她不禁这么想。

5

青春期的爱情叫人甜蜜、纠结，陈早从未想过这世界会如此复杂又难以理清头绪。

时间孤独又热闹地流过，陈早跟所有同龄的人一样，经历了高考的非人折磨，然后结束了她的高中生活。

让陈早痛心疾首的是，她跟男神的志愿是南辕北辙的两所大学，而她那么拼命努力却跟丁一考到了同一所学校……

她连喜欢都还没说出口的暗恋就此宣告终结。她急得直哭，突然想到这件事情的唯一罪魁祸首肯定是丁一。

当她一把推开丁一家大门的时候，家长们正在兴奋地讨论着他们的努力总算没有白费，离他们的愿望又近了一步。

这时候，陈早唯一想破口而出的四个字就是“我要复读”，却在想到被无边的题海所淹没的高三时，又生生地咽了回去。

她只能在跟丁一单独相处的时候才愤然地质问他。

“为什么你告诉我的是你的志愿！我问的明明就是……他的。”

“你说他，又没明确告诉过我到底是谁，我还以为你问的是我呢。”

“丁一，你自作多情！”

“切，你以为我愿意跟你一个学校吗？小爷我也是很为难的。”

“……”

其实，那个夏天陈早一直在考虑要不要写一封声情并茂的情书，也考虑过要不要来一次简单粗暴的表白，不过后来都没有付诸实践。

不是她脸皮薄，而是在她把情书写好，表白的形式也想好了的时候，发现男神已经北上去了北京，甚至打算跳出国门，投向美帝国主义的怀抱了。

那段时间，陈早烦闷得很，想偷偷找人喝酒，却发现身边能相信的汉子，也只有丁一而已。

那个时候，陈早还不知道，无论何时你第一时间想到的那个人，才是你生命中的浓墨重彩。

6

陈早有个缺点，那就是怕生。别看她平日里一副天不怕地不怕的样子，每当一到陌生的地方，她就瞬间收敛起跳脱的本性，一副柔柔弱弱、逆来顺受的可怜样。

所以，在刚去杭州上大学的那段时间，丁一简直就是她的救命稻草，她恨不得丁一一天 24 小时陪着她。

他们一起吃饭，一起上自习，一起打游戏，连出去逛街都要拽上丁一。

她第一次发现，丁一原来是个冷笑话高手，不知道他哪儿来的那么多笑话，但奇怪的是，他简直就是个笑话过滤器，再好笑的笑话只要从他口中说出来，冷得让人恨不得披上羽绒服再加一床保暖被。

可是，他偏偏不自知。

陈早很想赤裸裸地嘲笑他的笑话太 Low，但是一想到自己没少跟着他蹭吃蹭喝，不管大事小事他都陪在自己身边，为了不太打击他的积极性跟自尊心，陈早还是忍了。

其实，在这个美好的年纪里，长得漂亮的女生还是很受男生关注和欢迎的。

陈早个子虽然小小的，但是身材苗条，面容娇俏。在狼多肉少的物理系，自然是系花级别的，追求者少不了。

但是，从小就跟丁一混在一起的陈早，眼光那可是高得不得了，在众多的追求者里，她愣是一个没看上，还不时地跟丁一炫耀一下自己不可抵挡的魅力。

陈早说，这个高的太胖，那个好看的太矮。

丁一说，这个高的胸太小，那个好看的牙太丑。

两个人愣是一个都没看上，在春色满园的校园里，愣是当了两只“狼狈为奸”的单身狗。

“你说，我跟着你这么挑，会不会变成嫁不出的大龄剩女，然后被我妈嫌弃扫地出门？”陈早托腮看着丁一，眨着眼看了半晌，也没看出丁一淡定的脸上有什么变化。

就在她充满鄙视准备使出“排山倒海”的时候，丁一终于开了口：“你们物理系的是不是都很闲？”

“……闲个鬼，我们天天忙得要命，你以为是你们那群 IT

男啊？”

“哦。”说完，丁一就拍拍屁股闪人了，留下陈早一个人在原地腹诽，瞧瞧，她怎么就看不出他有其他姑娘说的英俊潇洒呢。

明明就像个兔子。

呸，狗熊还差不多。

7

陈早有一阵子没去找丁一了，原因是，终于有个长得好看又优秀的男生入了她的眼。

看看这风流倜傥的样子，看看这打篮球英姿飒爽的样子，再看看这学霸的样子，简直就是她初恋的翻版，好巧不巧的他也是 Linkin Park 的铁杆粉丝。

对于这个男朋友的不二人选，陈早是满意的。

陈早突然发现，杭州的美不光在西湖在断桥，在这个摩登建筑和秀美山水相得益彰的城市里，到处都是迷人的。比如此刻清晨的校园，这一抹明媚又不灼热的朝阳，陈早觉得就很美。

陈早在丁一的宿舍楼下等了将近十分钟，丁一才顶着鸡窝头出现了。

“我说，你今天好慢，是跟妹子聊得太晚了么？”

“小爷要你管，多事。”

“行，我才懒得管你。我是来跟你说一声，今年生日我不跟你一起过了，咱俩各过各的。嘿嘿嘿，我要跟我的长腿欧巴小男友去过了，你自己召集你的狐朋狗友吃饭去吧。”

“哦。”

陈早听到丁一的一声简单的回应，便如获大赦地跑远了，边跑边兴奋地想着今天约会的行程。她终于脱单了，终于不用跟丁一一起过生日了。

从她周岁到现在，整整二十年，她的生日一直都是被强行跟丁一一起过的，在家的时候，她在老妈的威逼利诱下，跟丁一凑在一起过，来到大学之后，她因为怕生，只能扯着丁一陪她过生日。

现在好了，她终于有了男朋友，终于可以解放了。

这位新男友，没辜负陈早的期望，他把陈早的生日安排得很浪漫。

西湖岸边，西溪湿地，烛光晚餐，生日惊喜……满足了少女对于浪漫的全部幻想，更何况是在杭州这样一座既美又浪漫的城市里，陈早简直就要醉了，如果她知道过生日是这么美好的一件事，她就早点找男朋友了。

不过，那个总跟她一起过生日的丁一，不知道今天怎么过的生日。

就他那种，不喊他吃饭，他就能忙得天昏地暗的人，现在大概还在饿肚子吧。

算了，保不齐他现在已经召集了一群哥们儿正在胡吃海喝了呢，说不定，没了自己这个拖油瓶早就美人在怀了呢。

想到这里，陈早忽然觉得没了心情，连刚刚因为男朋友给自己的惊喜涌出来的感动都消失殆尽。

那个时候陈早还不知道，无论是你难过的时候，还是想要分享快乐的时候，当你时时刻刻惦记一个人，你早就默许那个人侵占了你心里最重要的位置。

8

几天后，陈早跟在丁一的屁股后面，一蹦一跳地顺着操场的跑道走，丁一忽然就停了脚步。

于是，陈早不跳了，她脚崴了。

“丁一，你停下来也不告诉我，疼死我了。”

陈早一屁股坐在地上，干脆不走了，她也闹不清，自己最近怎么就这么多小情绪。

算她矫情好了，她最近看什么都不顺眼。

尤其是那个跟丁一走得很近的漂亮姑娘。

漂亮可不是她说的，是丁一寝室的几个男生说的，用他们的话说，就是人漂亮气质又好，性情温柔，简直就是直男的不二选择，顺带还酸溜溜地加一句，丁一算是捡到宝了。

陈早快要被那种明明很不爽，但是又没立场说话的感觉憋死了。

可是，她又不明白自己到底为什么不爽，所以只能把丁一拽出来，用以平复她无比忐忑的内心。

结果，她脚扭了。

“我脚疼，不走了。”

“我背你去医务室。”

“不用，我男朋友还没背过我呢，怎么能让你这么招摇过市背我去医务室。”

“屁话，小爷我以前少背你了？”

“反正现在不行。”

“那我给你把人喊来，让他背你。”

“不用了。”

“你闹什么脾气？”

“分了，没人背了。”

陈早说到这里，不知道为什么，就是觉得委屈，就像忽然心口多出来一个大洞，酸酸的怎么都填不满，最后终于忍无可忍地哭出声来。

她哭得痛快，却不知道什么时候整个人都已经趴在了丁一的背上，丁一走得很慢，她哭得惊天动地，这一路上回头率前所未有的高。

陈早的脚被包得像个猪蹄，丁一只能讨好寝室大妈，在她的跟随之下，跑去女生寝室背着陈早每日按时换药、吃饭、上课，把陈早照顾得无微不至。

这可把陈早的室友们羡慕坏了。

“陈早，我从来没见过一个男人这么体贴，你上辈子是不是拯救了银河系？”

陈早只顾着傻乐，这段时间以来，她忽然就开了窍，好像眼前的丁一跟以前不一样了。

从小到大丁一对她从来就是打不还手骂不还口，她想要的丁一总会有办法帮她变出来，她来大姨妈的时候总会肚子疼，无论多晚丁一总会把药送到寝室楼下。

丁一记得她所有的喜好，她不吃香菜，他就耐心地一根根帮她挑出来；她怕热，刚进夏天，他就给她准备好风扇放在宿舍里。

他对她的好，多得数都数不过来。

9

陈早的脚好了之后，准备给丁一一个惊喜，便在丁一的教室门口等着他。

都等到最后一个人出来了，她也没等到他。

“陈早，你不知道么？丁一两个礼拜之前就把文学院一男的揍了，被通报批评还写检查，这几天不知道去哪里了，不见人影。”

“什么呀，我记得丁一很早就一直在考雅思，说是想要去国外上学，不知道是不是去北京考试去了。”

陈早听着丁一寝室的哥们儿七嘴八舌地说着，觉得脑袋都要炸了，她这段时间到底错过了什么。

有些垂头丧气的陈早低着头就往外跑，却在门口撞到了一个姑娘，她抬眼一看，是那个前段时间总是跟丁一走得特别近的漂亮姑娘。

“你是陈早？”

“我是。”

“看来没认错，刚才我找丁一他也没在，这是他托我订的两张 Linkin Park 的演唱会门票，说是给喜欢的姑娘订的。”

陈早拿着这两张票的时候心里是清透的，她忽然想通了很多事情，原来喜欢 Linkin Park 的不是她暗恋的男神，原来他是故意说错志愿，原来她爱过的人都像他。

恍然大悟的陈早忙不迭地给丁一打了电话，她现在就想把自己想通的事情告诉他，一刻都等不了。

“丁一，你在哪儿？”

“我在机场啊。”

“等我。”

“我是去……”

陈早没听丁一说完，就匆匆挂了电话，她想要告诉他，在这么长的岁月里她早就习惯了他的存在，此刻她最想做的，就是给他一个拥抱。

陈早跟丁一一起搭过积木。

一起从幼儿园里逃过课。

一起站在墙根挨过骂。

一起淋过雨晒过太阳。

一起走过春夏秋冬。

……

这么多年来，他们都一起走过。

这个时候，陈早终于知道，原来那个对的人很早就出现了。

终

故事的最后，丁一不过是想要去异地的外婆家，陈早却意外地给了他一个惊喜。

很多时候，我们总是没有这样的幸运，总会跟彼此爱的人擦肩而过，而在错过的岁月里，早就被时间偷走了选择。

想说的那句，其实我当初喜欢的是你呀，早就在时间的缝隙中消散。

或许，在浮躁的岁月里，真的应该静下心问问自己。

你，最惦记谁？

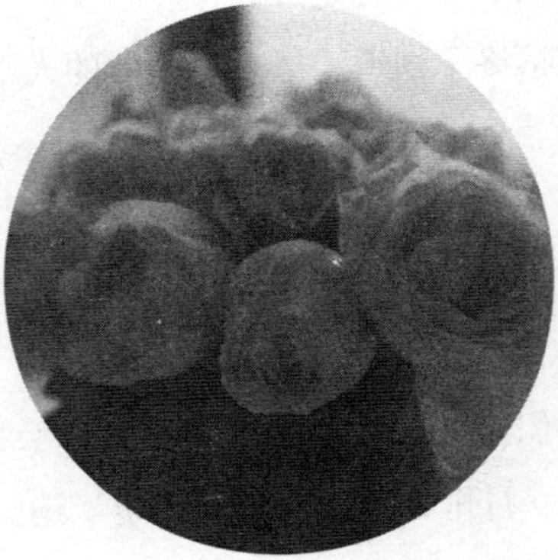

很多时候，我们总是没有这样的幸运，
总会跟彼此爱的人擦肩而过，
而在错过的岁月里，
早就被时间偷走了选择。

你是我追逐不到的那道光

朋友里有个活泼漂亮的姑娘，姓薛，名字拗口，难记也难读，时间久了，我们总习惯喊她薛姑娘。

薛姑娘的故事，朋友中很多人都知道，她的故事之所以在朋友中传开，一半是因为她率真坦荡又乐观俏皮的性格，因而朋友多，而另外一个最重要的原因就是，她从高中就开始了暗恋的长征路，并且充分发扬了长征不怕困难，坚忍不拔又越挫越勇的精神。

她的男神姓安，长相清俊，笑容温和，说起话来礼貌谦逊，是那种天生就能讨女生喜欢的类型。就算对方未曾给过她回应，她依然乐此不疲地追逐着，而且一追就是好多年。说不清为什么，但就是不可自拔地沉溺其中。

薛姑娘喜欢男神，从见他的第一眼就喜欢，她也从不忌讳在任何公开场合承认这一点。而正因为她的坦诚率直，给了我们一种她早就对她的男神表白了并且已经成功的错觉。

但事实正与此相反，所有的感情都是她的一厢情愿，这是一场实实在在的单相思。

甚至在最开始的两年里，男神根本就不知道薛姑娘的存在。

记得那时薛姑娘每节课一听到下课铃响就往外冲，就为了男神偶尔出来上厕所，经过班门口的走廊时，与他来一场不期而遇的邂逅。

课间的时候，教室外的走廊上都是熙熙攘攘的学生，但薛姑娘就是有本事在人群中一眼找到她的男神，哪怕男神和所有男生们一样，穿的都是千篇一律丑不拉几的蓝白条校服。

作为同桌的我，一度对她这种火眼金睛一样的识人能力佩服得五体投地。

薛姑娘总是认真地说："喜欢一个人，就是感觉他会发光啊！在灰色的人堆里找一个会发光的人，这还不容易吗？"

我虚心点头表示受教。

薛姑娘就这样暗恋着她的男神到了高三，这期间她最大的成就就是她的男神眼中终于有了她的影子，要说手段和办法那也简单明了，用的就是她那一口媲美英语磁带的正宗英伦腔。

但男神也仅仅是知道了有这样一个女生的存在而已。

其实薛姑娘也不是没想办法表白，只不过一是遇不上好时机，二是但凡她一对上男神的眼神，心里就止不住犯怂。

比如某个即将放学的周五下午，薛姑娘去男神的班级，想约男神周末一起出去看个电影，刚走到男神教室门口，就看见男神坐在自己的位置上，周围有几个女生围着他说话，听上去好像是想周末约他出去，问他有没有时间，薛姑娘听到这些心情还莫名其妙地紧张了一下，怕男神答应了她们。

男神有点尴尬又有点无奈地向身边的女孩们解释自己周末要去补习班，突然看见门口站着的薛姑娘，如释重负般地快步出来，问她有什么事。

薛姑娘看着近在咫尺的男神，想到他一分钟之前说的话，不由自主地攥紧了手里的电影票，一时也不知道自己该不该再开口约他。

就这样两个人面对面地站了几秒，薛姑娘在心里默默地叹了一口气，认命般地回身，把放在书包里新买的“五年高考三年模拟”掏出来，放在男神手里，意味深长地说了一句，知道你英语不好，这是我特意给你买的，送你了。

男神无言以对地看着薛姑娘，苦笑出声来。

然后薛姑娘又迅速以一副哥俩儿好的架势拍了拍男神的肩膀，说了一句“不用谢”，而后大义凛然地绝尘而去。

那个周末，薛姑娘躲在自己的房间里伤心了整整两天，周一来上课的时候，眼睛还通红，吓得我以为发生了什么大事。

原来那个周末刚好是男神的生日，她如此这般伤心难过的原因，不外乎喜欢的男神过生日，一般女生都送各种精心准备的礼物表达自己心里的爱慕，也就只有她，送了男神一本英语辅导书。

为此薛姑娘接连消沉了几个月的时间，偶尔见到男神也只是打个招呼就跑了。本以为时间会让薛姑娘的热情慢慢退却，可没想到的是，薛姑娘竟然在这并不平坦的爱情道路上越挫越勇，她并没有打算放弃。

当面告白不行，那写情书总行了吧。

这次薛姑娘信心满满地跟我说：“我打算给我的男神写一封‘深情感人’的信，到时候你帮我送到他手里，我就不信这样还能出什么幺蛾子！”

我一想到我好歹也是个铁骨铮铮的汉子，不说多么鲜肉有型，那也至少算得上阳光灿烂、才貌双全，怎么能替人做这种偷偷摸摸送情书的事呢！我当即毫不犹豫地就拒绝了她。

被薛姑娘刀光剑影的目光盯了一节课之后，我压力巨大地举起白旗，表示愿为她赴汤蹈火。原因并不是因为我怂，而是我真的打不过她……

于是薛姑娘开始了漫长的创作历程。

咬秃三根笔杆子之后，薛姑娘憋出一封长长的情书，还坚持要我替她抄一遍，理由是我写字比她好看。在我被薛姑娘打过第三次之后，还是一咬牙一跺脚，老实地替她抄了一遍。

抄完之后塞进信封，信封上写上男神的名字，薛姑娘还慎重地往上喷了点香水。

准备工作宣告结束之后，薛姑娘一脸信任和期待地把情书交到了我的手上，而后还特别认真地叮嘱了我一遍又一遍注意事项。瞬间让我感觉自己就像是谍战片里的地下工作者一样，任务艰巨，为了革命工作甚至即将要跟敌人展开一番斗智斗勇。

不得不说薛姑娘的准备工作做得十分细致，连男神他们班课程表都打探得一清二楚。我拎着粉红色的信，蹑手蹑脚地潜进男神所在的班级，准备趁着他们去上体育课不在班里的工夫，偷偷将信塞进男神的书桌里。

可是人算不如天算，我刚走到男神的书桌前，一个中年男人的声音就在身后幽幽响起："这位同学，你在这里干什么？"

我一惊，不知该怎么应付这突发状况，心里顺带把薛姑娘千刀万剐了一遍，手上的信也掉在了地上，回头一看，是男神的班主任。

班主任表情微妙地在我、掉在地上的粉红色还特意折成心形的情书，以及男神的位置三者间流连了一会儿，脸上又不时地露出痛心和不解的表情，然后说："你跟我到办公室来一趟。"

我跟着他到了办公室，被他无比委婉地教育了一节课，教育的内容包括爱情虽然是不分性别的，但是你和安西都处于人生中最宝贵的年华，不应该局限于个人的感情耽误学习，最后一定会后悔的……听到这些的一瞬间，我撞墙的想法都有了。

接下来，我百口莫辩地听着这个慈祥的班主任讲经布道，数度想要解释，都被他用一种“你不用解释，我懂”的眼神堵了回去。

一节课之后，我被放回班级。

面对薛姑娘憋笑憋到内伤的表情，我心如死灰，发誓此生再也不会帮任何人写情书送情书。

经历过又一次失败后，薛姑娘安分下来，颇有点认命地跟我说：“果然，如果没有缘分，不管怎么努力都逃不过擦肩而过的结局啊。”

薛姑娘的表情里有淡淡的失落，那失落里还带着一点自己都不曾察觉的难过。

鉴于前一刻因为一封情书受到的一万点伤害，我立刻在旁边幽幽地补刀：“不要说得好像你表白了就能把安男神拿下好吗？”

薛姑娘闻言蓦地愣了几秒，等回过神来，她便一边作势大笑一边撸袖子准备对我拳脚相加。

我一边躲，一边看见薛姑娘微微红起来的眼眶。

可是薛姑娘依然没有放弃，她的暗恋之路走得艰难，但又似乎乐在其中，只要能远远地看她的男神一眼也是好的。快毕业的时候，抱着破釜沉舟的想法，她再次约了男神，和一帮“狐朋狗友”。我当然也在这群“狐朋狗友”中间。

薛姑娘这次机智地把地点选在了KTV，她跟几个小伙伴约好，先让气氛热闹起来，然后让她上去高歌一曲，借机向男神表白。小伙伴们热情答应，各自忙碌，准备给薛姑娘加油，好让薛姑娘赶紧把她的男神收入囊中。

聚会当天，一群人热热闹闹地挤在KTV包间里，借着即将到来的离别情绪，又唱又跳，把气氛炒得火热，像是恨不得要把离别的不舍和终于摆脱无边题海生活的兴奋一起释放出来。

男神穿着淡蓝色的衬衫，坐在乱舞的群魔中，清清朗朗地笑。

薛姑娘一边偷偷观察着男神的一举一动，一边抖着手一杯一杯地灌自己酒。事到临头，薛姑娘心里不免发怵，但又隐隐约约觉得不甘，只能暗自咬牙坚持，借酒壮胆。

可是薛姑娘又给了大家一个出乎意料的结局。

薛姑娘把自己灌醉了。

答应热场的小伙伴们也放倒了，横七竖八地摊在包间的各个角落里，人事不省，发出各种迷糊的哼唧声。

而本应该是主角的薛姑娘，倒在离男神最远的位置上，睡着了。

房间是包夜的，大家来之前都已经做好了通宵的准备，也就没有所谓的要接送谁回家。而男神不知道情况，凌晨时分接到家里的电话，跟我打了个招呼，就准备先行离开。

离开之前，男神看了一眼靠在沙发上满脸酡红的薛姑娘。

那眼神里夹杂着何种情绪我并未深究，而我站在一群烂醉如泥的人群中间，有一种众人皆醉我独醒的错觉。我看了一眼男神离开的清瘦背影，又看了一眼依然沉在睡梦中的薛姑娘，摇了摇头，深而长地叹了口气。

几个小时之后，薛姑娘突然醒过来，看到了满屋东倒西歪的混乱状况，转脸盯着对面那个空下来的位置，发了很长一段时间的呆。

我以为薛姑娘会大哭一场，可是她没有。

薛姑娘只是站起来，穿过地上躺着的人，摇摇晃晃地站到麦克风前面，点了一首歌，然后沙哑着声音，安安静静地把那首歌唱完了。

日后那首歌成了某部狗血电影的主题曲，《You are my sunshine》。

多年后，张靓颖也用令人惊艳的海豚嗓，翻唱了这首来自美国乡村音乐家 Jimmie Davis 的经典老歌。

但不知道为什么，我始终认为，多年前在那个混乱而又安静的 KTV 包间里，薛姑娘用她沙哑的嗓音静静唱出来的，才是我心中最不能忘却的版本。

那天，唱完歌，薛姑娘对着包间里男神原本坐着的位置，很轻很轻地说了三句："我喜欢你，我喜欢你，我喜欢你。"

说完，她蹲在麦克风前，轻而克制地哭了一场。

每个人都是一条弧线，只有找到属于自己的那条弧线才能凑成一个整圆，才有了缘分，而男神之于薛姑娘，大概就是无法交汇的两条弧线吧。

薛姑娘想，也许自己应该放弃了，毕竟如果一个男孩喜欢你，怎么会舍得让你那样盲目地追逐呢。

本来故事到这里就应该结束了的，但是它没有。

后来，薛姑娘填了南京的大学，一路辗转，去了那个种满法国梧桐的古老城市。

而她的男神则一路北上，去了北京。

薛姑娘并没有刻意关注男神，打听他的消息，只是很多消息会不受控制，经由多人辗转传到她的耳朵里。

虽然没再和男神见面，虽然没再和男神联系，虽然没和男神在同一个城市，薛姑娘却清楚地知道男神的每一个动向，每一个更新的喜好。

她也没有刻意想要继续着自己傻傻的单恋，只是很多时候，人的感情是不为意志所控制的。

在大学里，她遇见过很多比男神更好、更优秀的人，他们中有些人成为薛姑娘的朋友，有些人成为薛姑娘的追求者，有些人则匆匆一面，成了生命中平凡的过客。

薛姑娘不是没想过，就这么选择一个人，谈一场恋爱，只要能好好和一个人在最好的年华里相爱一场就好。

可是，那个人再好再优秀都不是他。

真的想要将就的时候，才发现，将就也是需要莫大的勇气的。

于是薛姑娘再次“没出息”地屈服于自己的内心，她拿到了男神的联系方式，并且付诸行动。

男神也还记得她，两个人隔着遥远的距离和网络，反而坦然开怀，聊生活，聊学业，聊自己期待的未来。

他们会看同一本英文小说，喝同一种饮料，去影院看同一部圈钱的国产电影，然后再一起妙语连珠地吐槽一番。

薛姑娘就这样义无反顾地重新陷进可望又不可及的感情里。

她不曾告白，男神也不曾点破什么。

薛姑娘就这样一路单身到大四，在即将毕业的时候，一腔孤勇地应聘到北京的一家互联网公司实习。她千里迢迢地去了男神所在的城市，却没有告诉他。

男神告诉薛姑娘他准备读研，在学校附近租了房子，与薛姑娘工作的地方是北京城的两端，从概率上来说基本没有什么遇见的可能。

男神后来知道薛姑娘在北京，是因为某天薛姑娘到大学城推广公司推出的新软件。

软件的主要用户群体是大学生，因而需要在学生中调研、收集改进建议，薛姑娘正忙得不可开交的时候，转头突然看见拎着包、一脸错愕的男神。

她也愣在原地，一时间两个人隔着人群遥遥看着，相对无言。

男神惊讶是因为没想到会在北京见到阔别已久的薛姑娘，薛姑娘愣住，是因为与男神并肩站立的长发披肩的陌生女孩。

薛姑娘努力使自己露出无比自然的笑容，冲男神挥了挥手，重新投入自己的工作。

过了很久，她的同事才惊觉一向活泼话多的薛姑娘有些不对劲，仔细一看，薛姑娘坐在那里一言不发，满脸泪痕。

薛姑娘也不知道自己在伤心什么，是和男神猝不及防的重逢，是他那让薛姑娘感到陌生的脸，还是他身边紧紧靠着的长发女生。

事后，男神打电话联系薛姑娘，不解地问薛姑娘为什么来了北京却不跟他联系。

薛姑娘只能乐呵呵地回道：刚来北京，忙着安顿，就没联系你。

男神问薛姑娘工作的地点和公司情况，还一直鼓励她要努力工作，然后说有时间一起吃饭。

薛姑娘还是笑着说好，因为薛姑娘从来学不会拒绝他的要求。

男神看不见薛姑娘脸颊边滑落的眼泪，也看不到她尽管伤心难过还是笑着说好的无奈，依然温柔地说完再见后，挂断了电话。

薛姑娘看着手机屏幕，打开微信，在我们几个熟悉的朋友建的微信群里发了个消息说，我又失恋了。

因为这句话，群里的气氛瞬间冷场，良久，有一个人实在忍不下去了，仗着薛姑娘远在北京揍不了他，狠狠地骂了一句：“薛姑娘你是不是傻啊？！”

作为薛姑娘多年的同窗兼男闺蜜，我承认我也很心塞，我其实不希望她在这一场看不到希望的暗恋中再继续沉溺下去，也不希望这个善良活泼的女生因为一个人受到这么多伤害。

薛姑娘在下面淡定地回道：“这还用你说，我自己都觉得我傻。”

可所有人都知道，就算明知道不会有结果，感情也不是说放下就能毫不留恋地转身说再见的，有些事情，不是理智说不可以，就能轻易放弃的。

薛姑娘不再主动联系男神，一个人独自生活在北京，住最便宜的地下室，吃最简单的快餐，从最基础的工作做起。

随着时间流逝，薛姑娘的境遇慢慢好起来，她够聪明，也懂人情世故，慢慢地受到领导的注意，工资也渐渐可观起来。

那段时间，薛姑娘把所有的时间都花在完善自己上，考驾照，练口语，更深入地了解自己所从事的行业。

薛姑娘开始穿贴身的小西服，化精致的淡妆，在这偌大的城市中努力地寻找着一席之地。

她渐渐清楚，也许爱情里是真的不存在所谓的天道酬勤，但在残酷的职场生活中，你不勤奋，就只能被社会远远甩到底层去。

男神依然在学校读研究生，偶尔会约薛姑娘吃饭，有时候带上女朋友，有时候不带。

他们变成钢铁都市里再普通不过的朋友，不谈情，也远远达不到交心的地步，只是简单相聚，浅浅寒暄，而后便又匆匆分离，回到自己的生活轨道中。

这样的现状维持了一段时间，薛姑娘依然过着一个人在北京的生活，很偶然的一次机会，薛姑娘从一个朋友的嘴里知道，男神和女朋友分手了。

她说不清自己听到这个消息的时候是何感受，只是觉得沉寂已久的心，突然又裂开了一道不易察觉的缝隙。她知道不管怎么努力，只要有一点希望，她都会动摇，只要男神需要安慰，她都会出现，只是她忘了，他需要的是不是她的陪伴。

薛姑娘去了男神在校外租房的地方。

她还跟同事借了一辆车，途中去超市买了蔬菜、卤料、水果、零食，还有一大箱冻过的青岛啤酒。

薛姑娘想，如果男神难过，自己至少可以陪他醉一场。

可是薛姑娘的车刚进男神住的小区，就看见那个记忆中熟悉又陌生的身影，而此刻他的怀抱里就是传说中已经分手的女朋友，在夏夜燥热的微风里，他们紧紧拥抱在一起。

女孩流着泪，乌黑的长发黏在湿淋淋的脸上，仿佛一朵雨后的海棠，饱满，艳丽，伤感而动人。

男神紧紧地抱着她，下巴温柔地抵在她的头顶上。

薛姑娘的车就停在他们不远处的树下，熄了火，车边也没有路灯，她坐在一片黑暗里，静静地看着前方唯一的光明里那对相拥的男女。

很久之后，薛姑娘告诉我，那一刻她并没有什么难过的感觉，也许只是对这样熟悉的感觉麻木了吧。

薛姑娘在车里坐了一夜。

接近天明的时候，她打了一个电话给我。

那时候我正在通宵改稿，接到薛姑娘的电话，惊讶之余，心里泛起深深浅浅的不安。

她依然还是那句重复过好几遍又让人心疼的台词：“我又失

恋了。”

我竟也不知道该怎么安慰她，她在那边继续说：“这一次应该是最后一次。”

薛姑娘的声音始终很镇定，我握着鼠标的手指却忍不住无意识地抽搐了两下，然后故作轻松地调侃说：“你上一次也是这么说的。”

薛姑娘轻轻地笑：“你真当我傻啊，我上次可没这么说。”

她缓缓地把今天发生的一切告诉我，语气平静，有一种深深地疲惫，也夹杂着不得不放下的无可奈何。

听完她的话，我说：“薛姑娘，一梦到沙洲，方知寒枝冷难栖，你这场梦梦得太久，该醒了。”

薛姑娘沉默了两秒钟，说：“你能不能不打击我？是不是我朋友啊？”

我苦笑了一下，说：“高中的时候你不敢告白，大学的时候你不敢承认还喜欢男神，毕业了之后你不敢承认是为了男神才去北京的。薛姑娘，你这一场关于爱情的美梦，该醒了。”

薛姑娘没再说话，沉默地挂了电话。

那天，薛姑娘在太阳即将照进北京城的时候开车离开男神的小区，把买的东西拿进自己新租的房子里，洗澡化妆，接着若无其事地去上班。

你看，其实薛姑娘也是不断成长的，薛姑娘再也不是当初那个在大庭广众之下因为失恋肆意流泪的女孩了。

之后，薛姑娘下定决心拉黑了男神的所有联系方式，反复地告诉自己，往前走，往前走，不要再往回看。

《惊情四百年》里说：“你出了城，就不要回头，只是你哪里忍得住；不回头你不知道什么是爱，很多年后你在人群中见到相似背影，才懂痛哭失声。”

薛姑娘出了单恋这座城，告诉自己不要回头，可是她哪里忍得住。不回头她不知道什么是爱，不知道那么自己也可以为一个人，怀着一颗用力跳动的心脏，捧着满腔的热血和沉甸甸的爱，穿越这个冰冷世界汹涌的人群，劈开如山的荆棘，越过幽深的河谷，去赌一次能和他相爱一场的机会。

2015 年的春天，城市街边的玉兰、连翘还有樱花次第开放，北京到处春意盎然。此时的薛姑娘已经升职为所在公司的高级主管，同时也成为公司高层里最年轻的管理人员。

薛姑娘从来都是顽固的人，凡是她认定的事情，无论多么艰难，薛姑娘都一定要走到柳暗花明的那一天。

这种说讨喜讨喜，说不讨喜也不讨喜的性格是薛姑娘的一大优势，也给她带来了很多不必要的伤害，比如爱情。

同年的夏天，薛姑娘收到一个快递。

从看见快递上笔迹的那一瞬间，薛姑娘就有所准备，所以看到里面的大红请柬时，没有过度惊讶，只是觉得心脏猛地一缩，后知后觉地感到像针扎一样的微痛与深深的悲切。

薛姑娘以为不再联系，清空与他有关的所有东西，记忆就会消散不见。

可当看见那封请柬的一瞬间，薛姑娘就知道，她为了忘记那个人做出的所有防备，在这一击面前兵败如山倒。

薛姑娘趁着午休的工夫出了公司，开着车到男神曾经租住的小区门口，捏着请柬，伏在方向盘上，再也抑制不住地哭了起来，也许这真的是最后一次为那个人流泪了吧。

曾经的薛姑娘有千万句话想对安西说，可总是词不达意。后来薛姑娘明白，有些话，即使你说出来，又怎么样呢？你终究还是留不住要走的人，还是爱不到想爱的人，还是得走完没有那个人的一生。

痛快地哭完了，薛姑娘补好哭花的妆容，镇定自若地回公司请年假。

接着薛姑娘打电话给我，告诉我她要回去参加男神的婚礼。

我说，去吧，穿最好的衣服，化最美的妆，用最好的姿态面对他。

婚礼定在故城最好的酒店，谈不上十里红妆，也算幸福美满。

她爱的人还是那么清俊好看，站在酒店门口，挽着心爱的女孩，笑成薛姑娘最喜欢的样子。

薛姑娘穿着自己最好的衣服，化着最美的妆。

她笑吟吟地跟男神寒暄，夸赞新娘，像每一个远道而来的宾客一样，送上自己的祝福和大大的红包。

婚礼上，薛姑娘坐在一个角落里，滴水未沾，静静地看着她用整个青春的时间喜欢的男孩在迎娶另一个姑娘。

新人来敬酒时，薛姑娘倒了半杯白酒，却骗男神说自己开车来的，不能喝酒，装成白水所谓以水代酒，和男神喝了一杯。

仰头把白酒一饮而尽的时候，薛姑娘流了泪，泪水飞快地滑过眼角，没入杯中，竟无人察觉。

喝完那杯酒，薛姑娘就出了酒店。

薛姑娘大大咧咧地坐在酒店门口的楼梯上，发微信给我，内容很短，只有三个字：我醒了。

后来，没有后来。无非是男婚女嫁各不相干。

年少时，每个人都有一个洁白模糊的梦，关于未来，关于爱情，关于日后每天清晨都会在身边醒来的人。后来，你找到了那个人，他符合你对未来的每一个憧憬，你想怎么会有那么好的人呢，于是他成为你追逐的对象，成为你的幸福的向往。

你爱他吗？爱。你了解他吗？了解。你想一生陪伴在他身边吗？想。关于他，你每一个问题的答案都是毫不犹豫的。可是有什么用呢？你再喜欢他，你再想和他执子之手，与子偕老，有什么用呢？你们终究不会在一起。

人生中有太多太多的感情都是这样，因为懦弱，因为错误，因为莫名的羞涩和退缩，悄无声息地彼此错过了。只是当时的你不知道。

多年之后你才想起，也许当初勇敢地迈出那一步，会不会有不同的结局？也许我做了不敢做的事情，就不会孤独、遗憾、懊悔、悲伤。

你伤，你痛，你难过，你在凌晨的车里枯坐泪流，你一个人开始这段感情又一个人了结它，和他又有什么关系呢？他只是站在那里，被你爱了一场，经过你的爱情，而后消失。而那些感情里所有的波折、悲苦，终究必须由你一人而起，一人吞咽。

生命中有些人来了又去，有些人去而复返，有些人近在咫尺，有些人远在天涯，有些人擦肩而过，有些人一路同行，或许只是在某条路的一段相遇，结伴同行之后，又在下一个岔路口道别，而终究不是陪你幸福的人。

愿你重新开始，爱上另外一个愿意陪你颠沛流离的人，平平安安，和你热爱的其他，幸福终老。

云烟

云烟，一个轻柔动听的名字。

我们认识在大学，但只是认识而已，并不熟悉。

第一次见到她，是在大学二年级。一个初夏的午后，在从图书馆回宿舍的路上，我的眼光被另一侧走过来的姑娘占据，瞬间我被她的外表惊艳到了。

这几乎是我见过的最美、最风情万种的姑娘，青丝丹唇，看上去清秀脱俗，一袭长裙随风飘飘，一举一动，像极了婀娜多姿的细柳。可惜，她有男朋友，当然，我也没有过多的想法，只是想交个朋友罢了。

云烟擅长跳舞，经常参加一些学校社团的活动，而我也因为经常来往于学生会，所以和她也算是有一些交集，这也是我们大学时期能接触的为数不多的机会，一来二往间，我对她才算真正有了一个初步的了解。

接触多了我才发现，她离我心中定义的“女神”其实还差了那么一个字——因为她的性格，完全是一个女神经！

记得校庆晚会结束后，我们组织了一场聚餐，几瓶啤酒下肚，有人提议玩真心话大冒险。原本只是一个娱乐，这姑娘却像是打了鸡血一样兴奋，借着酒劲狠狠地颠覆了我的世界观。

游戏由一个闯关人发起，挨个儿玩猜丁壳决定输赢，输了罚酒自不必说了，除了罚酒，输了的人要么选择真心话，要么选择大冒险。不巧云烟被抽中做了第一个，她也并不忸怩推辞，豪放地挽起袖子，提着酒瓶就上，她的运气不差，连续几关都赢，伙伴们大多选了真心话，无非是有没有女朋友，有没有破处的八卦话题，她也没有拘泥，巧妙而狡猾地对付了过去。到我时，也是点儿背，输给了她。

真心话，还是大冒险？她问我。

“大冒险！”我毫不犹豫地一边选择，一边心里还在想，这些敏感话题休想从我嘴里知道！

“好，那你低着头对着自己的裤裆连着说三声对不起！”挽着袖子的云烟如同男人一样豪放不羁地说。

“什么？”我有些惊讶甚至一时没反应过来。

我的世界观瞬间被她击溃，当然，作为一个七尺男子汉，我是不会告诉你们我真的就照她说的做了……

这个云烟，真是疯到一定程度了！

那次聚会也是一次小别，后来我们就再没联系，时间像一股凉风，渐渐吹散了那些记忆中的云烟。

毕业后，我留在上海找了份工作，工资不高，待遇一般，偶尔会加班，但总算能养活自己。

两年后初夏的一个下午，我意外地收到了一封邮件，那是份邀请函，来自老班长：许久不见，周六聚会，切莫推托。

真的已经有日子没有联系我的那些老同学了，不知道他们过得还好吗？变化大吗？这份期许突然让我乏味的生活又有了点盼头。

周六，如期而至。

毕业后的聚会，相较于学生时代毕竟不同，多的是酒，少的是放肆！聚会上，我又一次见到了云烟，她，浓妆艳抹，显得更加成熟知性，远远望去，宛然一朵奔放盛开的红玫瑰！只是这朵玫瑰，嘴角开始吞吐起了云烟——她竟然学会了抽烟！

酒过三巡，原本还有些拘谨的人们借着酒意畅谈着当下，缅怀着青春，没多久就又称兄道弟起来，我也和坐在旁边的云烟不时地搭起话来。

“云烟，还记得我吗？”

“你是……”云烟皱了一下眉。

果然，我的内心泛起些许失望。

“哦，对不起！”

“没事儿！”

“不是，我说你是那个对不起，低头对着自己裆说对不起的那个？”云烟笑着向我再次确认。

她记起来了，虽然记忆点不怎么美好，但总算记起来了。

“嗯，对对对，就是我。”我回答得有些尴尬。

呵呵，抱歉。她微微地笑着，表情落落大方，全然没有了当年疯狂、大胆的神经范儿。

“你结婚了吗？”我问。

“没有。”云烟回答得也干脆。

“男朋友呢？”我继续又问，问完却又后悔自己是不是太过八卦。

她沉默，随即不失优雅地点起一支香烟，将自己藏在了云雾里。

这个问题，看来是我失言了，为了避免尴尬，我举起酒杯——什么也不说了，都在酒里。

她没有拒绝，端起酒杯，一饮而尽，这豪爽的性格倒是没有变。那天的聚会持续到深夜，很多人都喝得不省人事，云烟也是。酒真是个联络感情的好东西，原本不太亲密的人因为几杯威士忌就敞开了心扉，互诉衷肠！

“加上大学，我总共有过三个男朋友，最近的一个前天才分手。”云烟醉醺醺地开始嘟囔。

“那个王八蛋竟然想脚踩两只船。有一天，我们正在逛街，买了好多东西，他一只手帮我提着，一只手拉着我，神仙眷侣，其乐融融！我多希望这样的时光能长长久久。直到那个女人出现了，她不知从哪里冒了出来，当街就给了我一记狠狠的耳光，就这儿，这儿……”

云烟显得有点激动，有力地拍打着自己已然微红的脸蛋，猛地灌了自己一杯酒，溢撒的酒精涂花了她嘴角的唇妆，还算清醒的我递过一张纸巾，她擦了擦。也许是觉得有点失态，云烟慢慢地捂住了脸，哽咽了许久，抬起头继续说：“老娘真是被气得不浅，从小到大，还没有人这么对过我！我立刻就回敬了她，边打边骂着，你他妈神经病吧，你个死贱人。而那个男人，我他妈打算和他结婚的那个男人，丢下了手里的东西，狠狠地甩开了我，然后拉着那个贱人就消失了！”

“狐狸精，这是我那天最后听到的三个字。弄来弄去，我他妈倒成了狐狸精了？这他妈什么世道？你见过小三有这么上位的吗？”云烟此时已经恨得咬牙切齿，手里的玻璃酒杯好似都要被她生生地捏碎一般。

后来我才知道，那个男人其实是挺喜欢云烟的，而且还是刚从美国留学归来，家境优越，家中有可继承的家族产业，也算得上是海归富二代了。只是无奈他的家里人并不同意他们在一起，觉得门不当户不对，说白了就是嫌云烟的家里穷，估计怕云烟跟很多女孩一样，是为了钱才跟自己的儿子在一起。

所以，他们就在云烟跟那男的计划领证前，给自己儿子安排了另一个家境不错的女孩相亲，后来还强硬地抢先给他们订了婚。只不过，这男的也够贪得无厌的，没有把这一切如实告诉云烟，脚踩两只船的他把云烟一直蒙在鼓里，直到那天在街上再也遮掩不住。

“算了，为了这种渣男生气不值得，你年轻漂亮，将来追你的人肯定一大把，你肯定会幸福的。”我安慰她说。

“你们男人是不是都这么花言巧语、见异思迁？”云烟并没有领情，反而转向问我。

我瞬间语塞。

人生就是这样，不同时间遇到不同的人，或对或错，都是“云烟”。

就这样，我们的同学聚会变成了一个宣泄情绪的场合，那天，直到凌晨我们才相继离去，临走时，好多人还互留了电话号码。

这一夜，比以往任何时候都要磨人心智，我早已疲惫不堪，睡了整整一天一夜！

2014 年深秋的周五，我还是一如既往地继续着我忙碌又平淡的生活，那天加完班，到家已是夜里 9 点多，我坐电梯到楼下，看到地上湿漉漉的应该是刚下了一场小雨。突然，我的手机震了一下，一条短信跳进了我的眼睛：

“睡了吗？我找不到路了，接我一下！”署名是云烟。我心想，她怎么会找不到路呢？

我马上拨电话过去，铃声没响几下就接了起来：“喂，哪位？”

“你不是刚给我发信息了吗？怎么了你？”

“哦，我群发的，喝醉了，找不到回家的路了！”

“那你现在在哪儿？”

“建宁路的某个公交站长椅上！”

“哪个公交站？喂……”那边已经没有了声音。

我心里暗自惊叹，这姑娘也真够可以的，喝酒能喝到自己不认识路！慌乱地收拾了一下，我便开车去了建宁路，还好那一路的公交站也不多，我没走几步就找到了她，她正睡在那冰冷的长椅上，旁边的路人都在用奇怪的眼神看着她。

我停了车，没想太多就把她扶上了车，甚至都没有注意到四周怀疑的眼神。云烟睡觉很不老实，即使是把她绑在副驾驶座上，她也没有安安静静地睡一会儿，时不时地睁开眼，傻笑着，嘴里还不停地说着胡话：“哟，原来，是你啊？你是‘对不起’，对不对？是不是你？”

“是我。你老老实实坐那里别乱动，我现在就送你回家，你跟我说你家在哪儿？”我一边系紧安全带，一边哄着她说。

“送我回家？是你要送我回家吗？这是你的车吗？嗬，你这豪车啊大哥？”

“你喝多了吧？我这算什么豪车，普通国产品牌，就是一代步工具而已。”

“你不是宝马吗？不是豪车吗？不要以为我喝多了，你就想忽悠我吧，我告诉你，我认识，我认得这个标志，我没喝多。你看标志，有蓝有白，明明就是宝马，对不对？还想骗我？噢，我知道了，你是不是也怕我要你的钱啊？我告诉你，有钱有个屁用，老娘可不是什么钱都要的，老娘不稀罕。”她晃晃悠悠地指着我手中方向盘上的标志，一会儿笑一会儿哭地跟我说。

“好好好，知道你不稀罕，我也没钱。你这是喝了多少啊？去哪儿喝的呀？喝成这样？”我继续边哄边关心地问。

“我没喝多！你他妈的嫌我穷，是吗？睁开你们狗眼看看，看看老娘像个穷人的样吗？我这全身上下可都是名牌，衣服LV的，丝巾爱马仕的，包包BV的，鞋子普拉达的，连香水都是香奈儿的，不信你闻闻？都是名牌。凭什么看不起我？凭什么？你说？”虽然她是醉了酒，说着胡话，不停地在跟我闹着，但是此刻，我分明从她的眼里看到了一行行晶莹而又滚烫的泪水，接二连三地流了出来。

“好，你不穷，你最有钱了，好吗？没人嫌你穷，真的。我看你是真的喝多了，快告诉我你家在哪儿，我现在就赶紧送你回家。你先别说话了，闭上眼睛睡会儿吧。”老实说，看到云烟酒后吐真言的样子，我有些心疼。

“我让你送我回家了吗，啊？我知道了你想占老娘便宜吃老娘豆腐是不是？我告诉你，没门儿！来来来，继续喝，我祝你们幸福美满，断子绝孙……”

听到这里，我也基本明白了，她应该去了他们的婚宴，她竟然去了他们的婚宴！

大都市的清晨，天空有些阴霾，让人觉得格外冷清，即使是在温暖的屋子里，地板上透出的丝丝寒意也直往我的脊柱里面钻，我打了一个冷战，反而清醒了，看看手机——已经是9点钟了？！上班要迟到了！！

我几乎是一个背越从地板上跳了起来，火急火燎的，以最快的速度刷牙洗脸，出门的时候还不忘顺手撕一页日历，又是新的一天——星期六！凌乱的我竟然忘记了今天是周末？！

“呃，那个……老实人，你醒了？”

我的身后，突然传来了一个声音，是云烟！

“嗯……”我又一次尴尬了，其实我本可以自然地打个招呼的。

“昨天，谢谢你！”云烟的脸上一片红晕，想来她也是感到不好意思了。

“没事，朋友之间帮帮忙应该的，话说昨天你怎么了？”我已经知道了个大概，但对于具体细节，还是有点好奇地想要问一下。

“哦，没事，昨天是我前男友的婚礼，我去参加了，顺便给他们随了礼！”云烟很轻松随意地回答我。

什么？我的心里瞬间崩溃，换了别人，恐怕这样的事情躲都躲不及，她倒自己凑了上去！但是我并没有打断她：“难得相爱一场，毕竟是前男友，我怎么能不去祝福他几句？我给的红包看着挺厚，其实里面没有装钱，只装了几个梨片，这寓意嘛，你懂得！”

我竟莫名地笑了起来，心里不由得佩服这丫头的做法。

“果然物以类聚，人以群分……”她的话还在继续，“这个男人请的人不是一些自诩有钱的人，就是一些老色痞。见我只身前来，先是言语里夹枪带棒地嘲讽，然后就是轮番灌我酒，老娘难道不知道他们是怎么想的？哼！想灌醉我，做梦去吧，那一桌子的人都被我撂倒了……”

她说着，语气里竟然还透着一份得意。

“那后来呢？”我继续问着。

“后来，后来就喝醉了吧，然后我只记得独自出来，回了家……

可没想到一醒来竟然在你这儿了。”云烟显然忘记了自己昨天还醉酒睡在长椅上的事情了。其实，后来我去替她开回停在婚礼酒店门口的车时才知道，当时的情形并不像她说得这么简单。

那晚，云烟和一桌子的人喝完酒，后来新娘新郎过来敬酒，她二话没说就提起桌子上的一瓶二锅头将剩下的酒全部喝光了，还来了一句“我干了，你随意”，逼得新郎没有办法，在周围人的怂恿下硬生生地喝下了一整瓶的二锅头，当场倒地，她则潇洒地出了酒店大门……

这个女人，还是这么疯，只是现在她的“疯”却透着一份果断和坚强，让我的心也跟着悸动起来。

我留云烟在家里吃了顿速冻饺子，她开心地要死，直夸我说，谁嫁给我谁有福气！见我有点害羞，她突然又转移话题说：“你说，作为一个女人，找一个能带给她更好物质生活的人，这个有错吗？更何况，我从头到尾真的没想着要图他什么。”见我再次吞吞吐吐犹豫不决的不知该作何回答，她也只能笑了笑，摇了摇头，说了句，算了，问你也是白问，然后便示意我继续吃饺子。我也只好跟着笑了笑，没有再多说话。我给她的印象也许一直就是这样寡言的老实人吧。

之后，我们的联系渐渐变得频繁，不过大多谈的是自己生活上的琐事和打算，她说自己有开一家网店的想法，然后自己当模特，还能节省成本。

一次周末，我回了趟济南老家，回来时还特意带了一些家乡的特产，然后去看她。

本以为她家很好找，没想到拐弯抹角地转了一圈，终于在一个狭窄的弄堂里看到了她。

这个风情万种的漂亮女人，正穿着各式各样的漂亮内衣摆着不同的 pose，一个肥胖的摄影师正满脸贪婪地拍着照片，嘴里不停地念叨着：

“头低点，好，good，很好 baby……”

我有点蒙，反应了半天才明白他们在干什么，云烟看到我呆呆地站在那里，马上停下了手里的动作，迎了上来：

“老实人，你怎么来了？”

只一句话便瞬间让我感觉不好意思，脸竟然刷的一下披上了红纱。她顺手将放在椅子上的一件外衣披在了身上，然后将我领上了阁楼的客厅。那个胖胖的摄影师见有人来，似乎很不高兴地离开了。

云烟的客厅是租的，看起来有些拥挤，里面几乎没有什么特别的装饰，屋里堆满了各式各样包装好了的内衣，这让她觉得有些不好意思。她把一包放在沙发上的衣服挪到了地上，然后招呼我在沙发上坐下。此时午后温暖的阳光穿过磨砂做旧的玻璃窗，正好打在她的脸上，我看到她的脸上除了浓妆艳抹，更是一脸倦容，眼睛里都是血丝。

“我的内衣店刚刚起步，我把我所有的积蓄都投进去了，在上海这个地界租个房子真不容易，还请你不要嫌弃哦，等过段时间有了收益，我再换个好点的地方……”她的话我自然明白，当年自己大学刚毕业的时候，也并不比她的处境好多少，只是云烟的话让我不免还是有点心疼。

“云烟，你自己的那套房子呢？”我问道，但马上发觉自己似乎不应该提到这个话题，因为那房子，是她和前男友一起买的。

“你说那个啊，我卖了，一半还给了那个渣男，另一半投到了这店里，还请了一个摄影师，网店嘛，卖点不就是照片嘛……”云烟的语气异常平和，她继续说道，“就是那个死胖子，平时不好好工作，成天净想着吃老娘的豆腐，那天还跟我商量说能不能做我男朋友。我说你别以为老娘是卖内衣的，就以为老娘是那种随便的人，老娘可不是那种什么人都收的贱人。”

“什么？”我的心里咯噔一下，莫名多了一些火气，但我始终没有表现出来，只是平静地说，“你这不是浪费钱吗？我上大学时就研究过这个，你怎么不请我呢？把那人辞了吧，我来帮你……”

后来，在我们俩的共同努力下，她的网店做得倒是有声有色，甚至还小赚了一笔。云烟为此特别感动，说什么也要给我酬劳，最后被我坚决地推回去了。

临近年尾的时候，云烟她妈突然从老家给她来电话，让她今年务必回家一趟，我猜测，应该是家里给她安排了相亲——其实这样的事情我本该替她高兴，但事实上我跑去新天地的酒吧喝了一晚上的酒。

那年的冬天，云烟和我再次少了联系，只是偶尔在微信朋友圈里能看到她时不时地抱怨那么一两句：“这是有史以来过得最艰难的一个冬天”，而我则会发一两句心灵鸡汤来讨她的骂，我能做的似乎就只有这么多了……

2015 年的第一场雪，来得比以往时间更早一些。

年初没过多久，云烟主动跟我联系。

“老实人，我找到新男朋友了，不是家里介绍的，你认识，是我初恋！”

初恋？是那个文艺青年张扬？我对他的印象还停留在大学时期，那个时候，他是我们校篮球队的队长，又是他们学院学生会的部长，他和云烟两个人的恋情那时候曾经被传为一段佳话，只是后来不知为何两个人分了手。

如今，两个人破镜重圆，我除了有点心酸，多半还是希望他们能好好的。这样对云烟来说，至少可以忘记先前的那个不负责的渣男，开始一段更纯真的新感情。后来，我听说云烟因为张扬的工作原因，和他一起离开了上海，我们更是自此断了联系……

那一段时间，我也没有闲着，积极上进，努力相亲，只是好多次下来都没有结果，很多时候，并不是人家姑娘不好，而是我自己心里有个结——这是一个不能说的秘密。

今年过年，我没有回家，给家里打了个电话，说公司要留一个人值班，这样就有机会升职。这是实话，生活在上海这个人才济济的城市里，像我这样的人可是一抓一大把，所以唯有拼了命工作，才有出人头地的机会。当然，这样也躲过了过年回家通常被问起的话题："找女朋友了没有？"可是我没有想到的是，云烟今年也没有回家！

那是除夕夜后的第三天，即使是上海这样平日里快节奏气氛紧张的城市，年的氛围也是格外浓重，窗外不时绽放的烟花点缀着浓云密布的天空，反而别有一番滋味，然而我却没有心情细细品味这些。年前，我囤了些啤酒和零食，打算就这样一个人宅在家里，一直到上班。我一边看着电视里的娱乐节目，一边喝着啤酒吃着炸鸡，突然我的手机响了起来——是云烟。

"喂，老实人，你在哪儿呢？我迷路了！"

"在哪儿迷路了？你不是在外地吗？"

“我在你们小区，这儿的楼怎么都长得一模一样？”

她怎么突然来了？不是应该在幸福地享受二人世界吗？我一边想着一边对电话里的她说：“你在小区门口等我，我下来接你！”

我慌乱地略微收拾了一下屋子，然后披了件棉外套出了门。远远的，我看见小区门口站着一个拖着行李箱的姑娘：那姑娘穿着一件酒红色的夹棉风衣，腿上套着打底裤，依然美丽动人。尽管长长的围巾将她包裹得严严实实，但她还是不自觉地搓搓手、蹦跶几下抵御寒气，这正是云烟！

我愣了愣，连忙跑过去，将自己的手套递给了她：“你怎么大过年的乱跑啊？”

“没有啊，这不是都在拜年吗？我来问你要红包呀！”云烟半开玩笑地说。

“……”又一次，我语塞了。这一次我并没有开口问她为什么会来这儿，尽管有的事情，我已经猜得八九不离十。

“不打算请我到你家坐坐？难道里面有别人？”她再次开了腔。

“没有，怎么会，快，走，上楼！”

下了电梯，进了屋子，我帮云烟放好行李，然后又给她煮了一盘速冻水饺，让她暖暖身子。她吃着饺子，突然眼角泛着点点泪光，嘴里说着“真是怀念你的饺子啊”，同时眼睛又盯着冰箱旁边堆放的易拉罐。我尴尬地笑笑，她不动声色地吃完盘子里的最后一个饺子，然后弱弱地说：“来，陪我喝两杯？”

还未等我答复，她已经打开了一罐放在了我面前，自己又打开了另一罐咕噜咕噜地喝了起来。一点水酒下肚，万缕愁思萦绕，看她喝酒的样子，我知道自己猜的没有错，她和张扬分手了！

“你怎么不问我为什么又回上海了？”她自己先开了口，神情淡然，和两年前的那个姑娘判若两人。在明亮的灯光下，我这才看清她今天只化了一点点的淡妆，再不似从前的浓妆艳抹，风情万种。不过我总觉得这样的云烟其实才更加楚楚动人，招人怜惜。

“我……怕你有伤心事。”倒是我自己，一个大男人却扭捏起来。

“我和张扬又分手了，但我觉得没什么好伤心的。我们性格不合已经不是一天两天了，记得上大学那会儿，我们两个刚开始在一起的时候，由于陌生，相互吸引的神秘感让我们觉得对方到处都是优点，直到后来，他也了解了我的性格，我也知道他的脾气，两个人吵架的时间越来越多，缺点也暴露得越来越多，直到大学毕业前夕，他先提出分手！我还伤心了好一阵子……”

“那你们后来为什么又再次选择在一起？”我打断了她的话。

“后来，我们又一次见面，在经历了那么多的欺骗、争吵后，我怀念校园时那份青涩的爱情，人这个东西，就是太健忘，忘记别人的坏，温存昔日的好，他也一样，怀念过去，就这样，我们又在一起了，想找回那一段大学时期的爱恋。但是人是会长大是会变的，记忆就像是那一簇消散的云烟，是永远回不到过去的。我们在一起没到半年，吵架就越来越频繁，有时候，一点鸡毛蒜皮的小事，都会成为导火索，青春、爱情，都像我的名字一样，云烟，一去不返！所以，这次我提出了分手。爱情没有对错，这场恋爱也没有对错！”

“云烟……”不知什么时候，我变得如此笨拙，心里有许多话，却一句也说不出口。

“你知道吗？在这一次跟张扬和好之前，我原以为也许我一味地追求能给我带来更好更安逸的物质生活的男人是错的，那么我回过头去追求曾经青春里最单纯的爱情，简简单单的恋爱，无欲无求地结婚生子在一起，这总该是对了吧？结果我发现我还是错了。”

“云烟，这不能都怪你，你没错，真的。其实我……”

这次云烟没再等我把话说完，便举起手中的半罐啤酒说：“算了，不说了，全在酒里！”云烟仍是如此洒脱。

“对，全在酒里。”我也举起一罐啤酒，咕噜噜地喝了起来。

一杯肝肠断，原是故人心！只愿云烟的过去，真如那空中飘浮的云烟，一去不复返。也愿云烟的未来真能直面自己的人生，前方或许依然荆棘满布，但请坚强，我在心中默默地说道。

那一天，我们喝光了我家里所有的啤酒，云烟沉沉地在我的身边睡了过去……

这或许是一个意外，但我却坚信着它的美好。

青春里酸涩的味道

说来话长。

李佑，因为他外形长相的原因，大家都喜欢开玩笑叫他柚子李。

我与柚子李是在一次很偶然的工作中认识的，后来慢慢熟悉了，才发现原来我们还是一个大学的校友。

与柚子李相处久了，就知道他有一个奇怪的习惯，不论是去餐厅吃饭还是去酒吧或是咖啡厅，他总会习惯性地点一杯柠檬水，更会不时地看着杯子里的那片柠檬发呆。

我曾经对他这样的习惯很是不解，我问他："柠檬不酸么？更何况一个大男人，出去只点杯柠檬水不觉得奇怪吗？"

他并不意外我会问这样的问题，或许我并不是第一个这么问他的人。

"柠檬是酸的！可是里面也有甜的味道。有时候，只是那么一丁点与过去有联系的东西，都会让人沉醉在里面。就算只能回忆也是一种幸福吧。"

"有关爱情吗？"我有点忍不住想要八卦。

话说到这里，见柚子李蓦地叹了一口气，又一次拿起放在他面前的柠檬水，然后一饮而尽。

接下来，他跟我断断续续地说起了他和那位柠檬姑娘的故事。之所以喊她柠檬姑娘，是因为他们的故事是从柠檬开始的。

和很多人的爱情一样，柚子李和柠檬姑娘是大学时的同学，故事的开始，也并不是想象中那么美好和甜蜜。

用柚子李的话说，那时的他们，一起经历了一场彼此温暖也酣畅淋漓的感情。这里面夹杂着两个人的相见恨晚，夹杂着想要一同实现梦想的愿望，夹杂着即使身处异地仍然对彼此的牵挂，以及那些年少时心中多多少少的自我情绪吧。未曾后悔过，却也为曾经的擦肩而过伤感着。

柠檬姑娘出生在贵州一个偏远并不富裕的家庭，不过家乡的那个小镇是个山清水秀、四季如春、人杰地灵的好地方。柠檬姑娘也是她们那个小镇里第一个考来成都上大学的年轻人，全镇的人都以她为荣，为她感到骄傲，她几乎成了那个小镇上年轻人的榜样。柚子李说，在他的记忆里，他们第一次聊天时，柠檬姑娘就是这样纯真地跟他介绍她自己的。

对于那时已经大三的柚子李来说，柠檬姑娘还只是一个刚刚升入大二的小学妹，只因如此，柠檬姑娘看起来才更加朝气蓬勃，有些圆乎乎的脸蛋上还时不时地透着些天真和单纯。她笑起来可爱的样子，让人总有一种想要上前捏一下的冲动，而柚子李就是在那个时候，一发不可收拾地喜欢上了这副乖乖女模样的柠檬姑娘。

家庭拮据的柠檬姑娘，为了给家里减轻负担，更为了实现自己的梦想，决定勤工俭学，自己想办法赚足学费和生活费，甚至她想如果还能再补贴一点家用那就再好不过了。然后她便想到在学校门口摆摊卖家乡的柠檬。

在那时的柚子李看来，作为一个连 20 岁还不到年轻学生，每天能牺牲睡觉时间,一大清早就独自站在静谧清冷的大街上,不论寒暑，卖着她的柠檬，那该是怎样的一种坚持。

柚子李口中的柠檬姑娘，那年冬天总是带着一个鹅黄色的针织帽子，带着一副粉色的手套，迎着寒冷的晨风，也迎着缕缕希望。

而柚子李与柠檬姑娘就相识在那样一个初冬的清晨。

那天早上，柚子李宿醉，意识也不清醒，就跌跌撞撞地往学校走着，摇晃得像是一只睡眠不够的企鹅，只是到了学校门口却好巧不巧地撞到了柠檬姑娘的摊子上，不对，照柚子李所说，应该是直接趴在了上面。后来，柠檬姑娘说，当时的柚子李执意抱着摊子上的一堆柠檬，好像突然找到了依靠一样，趴在那儿就那么迷迷糊糊地睡着了。

而站在一旁的柠檬姑娘,被这个不知道从哪里冒出来的陌生人,弄得一时也不知道该如何是好。她呆呆地看着眼前的这个大男孩,看着他安静地睡着了，心里的某个地方似乎也变得不一样了。

“喂，同学，醒醒！”

“唔……让我再睡一会儿。”柚子李的声音小到让柠檬姑娘也分不清他是不是在说梦话。

“同学，你在这里睡会着凉的，快醒醒。”柠檬姑娘上前晃动着柚子李的肩膀着急地说道。

“唔……不喝了，再喝就喝多了，我先睡一会儿，别喊我。”柠檬姑娘一听，他果然是在说梦话。

柠檬姑娘几次试着叫醒他都没有成功，一时之间有些不知所措，她也从没遇到过这种事。

几番努力后，柠檬姑娘终于放弃了，只得先把柚子李扶到她破旧的小马扎上，等待着柚子李的醒来。

只是柠檬姑娘看着眼前这个喝醉了的大男孩，不知怎的心里就涌起了一股温柔的情绪，便跑回宿舍拿来了自己的一个棉服，给还在沉沉睡着的柚子李披上了。

也许是宿醉的原因，睡着的柚子李因为口渴，便从怀里抱着的一堆柠檬里随手拿起一个啃了起来。也许是因为柠檬的味道太酸了，迷迷糊糊睡着的柚子李眉头都皱了起来。一边的柠檬姑娘看着看着，不由自主地也被喝醉了的柚子李这奇怪的表情逗笑了。

此刻，说到他们初识的场景，原本有些消沉的柚子李的脸上也有了一丝笑容。他说那天可能是太阳刚刚升起的缘故，红红的，夹杂着清晨的味道，通通映在了柠檬姑娘的脸上，那淳朴又不失柔美的脸庞随着这新生的阳光，又一下子钻进了柚子李的心里。

柚子李说，那时的他刚刚从一个梦中醒来，意识不清地咬着一个柠檬，柠檬味和原本残留的酒精味道混在了一起，一时也分不清到底是什么滋味了。看着眼前的柠檬姑娘，尴尬的柚子李一时间却不知道该说些什么，甚至大脑一片空白，他忘了自己是怎么来到这个柠檬摊的，也想不明白自己怎么趴在这里睡着了，竟然还做了一个梦。

再后来，柚子李就喜欢上了柠檬，更准确地说是喜欢上了去柠檬姑娘那里买柠檬，他甚至还总是鼓动身边的人去买柠檬。

那段时间，柚子李见到熟悉的同学就说，学校门口有个卖柠檬的摊子，卖的柠檬又新鲜，价格又实惠。他还跟大家介绍柠檬的各种好处，只是在这些好处里，在很多女同学看来，说柠檬能美容养颜她们还算能够理解，但是在很多男同学看来，说柠檬还能滋阴壮阳他们就不敢苟同了……只是时间一长，认识柚子李的同学都知道了他喜欢柠檬姑娘。于是为了柚子李能早日和他的柠檬姑娘修成正果，大家也都乐意不问事实去找柠檬姑娘买柠檬。

柚子李说，他每次去买柠檬都有一个习惯，他能一挑挑上两个小时，挑的时候还总是找各种话题跟柠檬姑娘聊天，比如聊她的家乡，聊他们的大学生活，聊她为什么会在这里卖柠檬，然后就这样顺理成章地和柠檬姑娘熟悉了起来。

可是不知道为什么，柠檬姑娘总是在柚子李向她表现出爱意的时候，顾左右而言他，这一点让柚子李觉得很是无奈。

久而久之，柚子李的招数用尽了，但是和柠檬姑娘的关系却没有一点进展。他明明可以感受到其实柠檬姑娘对他是不排斥的，可又不明白，为什么柠檬姑娘总是在逃避。

那段时间，心灰意冷的柚子李开始不再频繁地出现在柠檬姑娘的柠檬摊前，而他身边的同学也觉得奇怪，柚子李怎么不再有事没事地就鼓动他们去买柠檬了呢？

不过在知道了前因后果后，热情的舍友们便针对柚子李的问题，组织进行了一次主题为“拯救堕落的柚子李”的卧谈会。

这场卧谈会的成果确实有效。果然没多久，柚子李又重新出现在了柠檬姑娘面前。但这次他不再是那个天天单纯地为了挑柠檬，能在柠檬摊前待上两个小时的柚子李了。

这是为什么？因为有了新招，而且是听起来、想起来、做起来都很不错的招数——欲擒故纵。

这次，柚子李有了强大的后援团，于是重新鼓起勇气去找柠檬姑娘。接触交谈多了，柚子李才知道，目前对她来说感情并不是她最在乎的，目前最让柠檬姑娘在乎的，反而是柠檬怎么才能卖出更多，什么时候才能挣够自己大学所需的学费和生活费。

了解了这些之后，柚子李渐渐脑洞大开，他果断地对柠檬姑娘说出了一句话："放心，有我在。"

这几日他一直在盘算，看来光单纯地聊天是完全不够的，咨询宿舍某大神之后他决定要对症下药，得赶紧帮柠檬姑娘解决难题才是，这样才能让两个人在一起时共同话题更多一些，才能真正拉近他跟柠檬姑娘的距离。

一个月后，柚子李依旧只要有时间就往柠檬姑娘的摊位跑，偶尔碰上城管巡查，还能帮着柠檬姑娘应对一下。

只是不同的是，柚子李开始利用自己在学生会积攒的一些门路，主动找了一些校外商家谈起了合作，比如有什么活动的时候，能用到柠檬，就让柠檬姑娘跟家乡那边联系给他们提供货源，而且价格又实惠。

就这样，在柚子李坚持不懈的努力下，在他没日没夜地去找关系想办法后，终于为柠檬姑娘的柠檬找到了越来越多的销路，甚至还帮柠檬姑娘成功地谈成了好几个长期合作的大客户。

看到柠檬的销路越来越好，柠檬姑娘的心里很高兴。柠檬姑娘感激不尽，觉得不好意思，就说一定要请柚子李吃饭。但这次柚子李学聪明了，他告诉柠檬姑娘吃饭不重要，他觉得跟柠檬姑娘的关系得再稳固一下才行，虽然他也着急两人的关系迟迟没有确定下来，但是他不想再因为自己的冒失而跟柠檬姑娘越走越远。

最后，柚子李还是很潇洒地只跟柠檬姑娘交代了那句话："今后无论发生什么事，放心，有我在。”

转年春天，柚子李又帮柠檬姑娘谈了一个更大的单子，在当时，这么大的单子对于还是学生的他们来说是不敢想象的。然而单子真的就成了，连柚子李都觉得自己是个天才。

那天跟柠檬姑娘说了后，他记得柠檬姑娘激动得脸都涨得红红的，喜悦之情溢于言表。当她再次感激不尽地向柚子李表达谢意的时候，柚子李说，不用谢，不是跟你说过，放心，有我在啊。

其实无论是柚子李的这句话，还是他所做的这些事，都让柠檬姑娘在这寒冷的天气里感受到了一种从未有过的温暖和感动。这次柠檬姑娘终于微笑着点了点头，表达了自己的理解和赞同。而当柚子李看到面前这张让人爱怜的脸蛋时，心里就暗暗下定决心，一定要永远陪在柠檬姑娘的身边，一定要努力帮柠檬姑娘赚足够的钱实现她的梦想，一定要让柠檬姑娘未来跟着自己衣食无忧，过上更好的日子。

再三思量后，柚子李终于下定决心，要跟柠檬姑娘正式表白，要让她彻底地明白他的心。或者说，他是真的不想再让柠檬姑娘一个人孤单地奋斗和生活了。

但是，很多事情都不会那么尽如人意的。真的是造化弄人，柚子李被人骗了。

先交的货，没有定金，也没签合同，那时，尚不了解社会险恶的柚子李根本想不到会发生这样的事情，而受打击最大的还是柠檬姑娘，这次可以说是血本无归，连以前赚的钱，也一下子全赔进去了，还欠了好多债。真是应了那句老话：成也柚子李，败也柚子李。

柚子李更是无法原谅自己的错误。他到处想办法，甚至报警，可是没有任何用处，对于一个还在校园的大学生来说，他还是太单纯了。对方做得滴水不漏，柚子李一点证据也没有，没有人能够帮助他。柚子李备受打击，他觉得都是因为自己太轻信别人，才让柠檬姑娘这么长时间以来的努力成果毁于一旦。就好像是自己亲手把柠檬姑娘的梦毁了一样，他真的没办法原谅自己的错误。

从那以后，柚子李一蹶不振。校园里看不到他的身影，学生会不去了，餐厅吃饭也见不到他，就连专业课也很少去上了，更别说出现在柠檬姑娘面前了。

柚子李把自己的生活费，还有大学几年攒下的钱都拿了出来，周围凡是熟悉的人，都借了一遍，好歹凑了些钱，让同学替他转交给了柠檬姑娘，算是弥补她的损失，但是他自己，仍然没有勇气出现在柠檬姑娘面前。

柚子李曾经以为，那个惹人怜惜、爱笑又坚强的柠檬姑娘再也不会跟他有任何交集了。可是很多时候，上天又是公平的。

那是初夏的一个雨天，柚子李说，他永远也忘不了那场雨，和那场雨中发生的故事。

那天，外面雨下得很大，柚子李在宿舍没有出门，心情也像外面的雨天一样沉闷，就连空气里也仿佛四处弥漫着压抑和悲伤的感觉。

正当柚子李坐在桌前，看着窗外的大雨万分惆怅地发呆时，突然柚子李的舍友匆忙地跑了进来，说看到柠檬姑娘此刻正站在宿舍楼下等他呢。柚子李起初是害怕面对柠檬姑娘的，打算让舍友替他劝柠檬姑娘赶紧回去，可是又听舍友说柠檬姑娘没有带伞，已经执着地站在外面的大雨里有半个小时了，柚子李也顾不得多想了，从宿舍里拿了把伞迅速跑了出去。

天空中乌云密布，大雨瓢泼。

空旷的宿舍楼下，柚子李焦急走到柠檬姑娘面前为她撑起了伞。他曾经暗暗发誓，在未来的日子里要为柠檬姑娘遮风挡雨。此刻，柠檬姑娘头发湿漉漉地贴在脸上，雨水顺着她的脸庞滴滴答答地落了下来，眼圈红红的，说不清是雨水落进了眼里的原因，还是哭了许久。

“为什么不见我？”雨水落到雨伞上又落到地上。

“我没脸见你，是我害你被骗，让你的钱都打了水漂，本来你可以很快就能实现梦想的，我不仅没帮到你，还拖了你的后腿。我都没办法原谅我自己。”柚子李使劲提高嗓门，几乎像是叫喊着说给柠檬姑娘听。

“你不是总跟我说，让我放心，有你在的吗？难道这话不算数了吗？”柠檬姑娘大声地说道。

“这次不一样。对不起，都是我的错，你还是回去吧，别再理我了。”柚子李说这句话的时候没了底气，声音变得越来越小。

“我不走。我问你，在你心里我是什么样的人？”柠檬姑娘继续执着地问道。

“你很善良，总是那么善解人意。你也很坚强，一直在努力地奋斗。你是我最喜欢的人，我喜欢你，所以我才不知道该如何面对你。”柚子李回答这话的时候看着柠檬姑娘的脸，表情特别认真。

“你知道我为什么一直不敢面对你的感情吗？因为在你面前我是自卑的，我是从小地方出来的，家庭条件并不好，我配不上你，所以我一直在努力地卖柠檬赚钱，想实现我的梦想。我也想证明我自己，就算我出身低微，起点不如别人，但我依然可以通过努力拥有想要的生活。我更希望这样我能再自信一些，能够有资格站在你身边。我想等等，只是我一直说不出口。”

“你……”

“你别说话，听我说！我喜欢你，从那天早上见你的第一面就莫名地喜欢你，我喜欢听你说“放心，有我在”。我知道你每天来买柠檬，只是为了多陪我说话，这样的你，让我觉得特别幸福。真的，也只有你，你这个大傻瓜，我知道你是心甘情愿地对我好，真心想走进我的世界。其实后来你帮我谈生意，帮我卖柠檬，我就懂了，你喜欢我，也接受了我的一切，那时候我就决定要跟你在一起，可是，我一直在等你，你却迟迟不开口，最后，你竟然开始逃避我。柚子李，你还是我认识的那个有担当、有责任心的人吗？仅仅就失败了一次而已，你觉得我会在乎那些钱吗？虽然一个人奋斗很不容易，可我心里更在乎的是你啊！钱没有了，可以再赚，可是能遇到一个真心对待彼此、真心爱着对方的人才是最重要、最幸运的事啊！我真的还想再听你跟我说一次，放心，有我在。”

此刻，柚子李没有说话，只是在大雨里静静地抱住了柠檬姑娘。

这样的雨天，在那一刻，暖得像是春天的午后。雨势稍稍小了一点，但依然还在淅淅沥沥地下着，就好像是一支爱情的小舞曲，而此刻最美的不是这个下雨天，而是雨下的伞里两颗彼此靠近的心。

故事讲到这里，柚子李的脸上终于有了发自内心的微笑。也许每每回忆起这样的爱情，即使再寒冷的心也会变暖吧。

柚子李说，那时候的他们恨不能时时刻刻在一起，一起上课，一起吃饭，一起从头开始继续摆摊卖着柠檬，依然会为了躲避城管，跑得满头大汗。每当下雨的时候两人总是想把伞让给对方，被淋湿了衣服，还呆呆地看着对方傻笑，然后挤在伞下，长长地吻，那时的他们都坚定地认为他们会一直这么幸福下去，不会放开彼此牵着的手。

可是后来，大四的学生都不得不面临着实习，先是柚子李到了实习期，柚子李的家在成都，自然在本地找了一家公司实习，半年后被公司考核通过，柚子李留在那里成为一名正式员工。这一年里虽然他们二人一个已经上班一个还在上学，但是至少他们还在同一个城市，所以相见还算容易，来往还算密切，感情依旧稳定。

可是当柠檬姑娘也该实习的时候，因为拗不过家里的要求，向来孝顺的她无奈回到了家乡的县城，在那里找了一份相对稳定的工作。

从此，两个人就这样被迫分隔两地，过起了同大多数异地恋人一样的隔着千山万水与时间赛跑的生活。

有那么一句话，也许拥有异地恋的人是幸运的，因为这样你就拥有了一个愿意和你一起坚持努力的人，拥有了一颗和你有着相同执着和梦想的心，拥有了一份强烈的勇气可以挑战远距离的爱。

最开始的时候，柚子李和柠檬姑娘的内心也是煎熬的，也想过要不顾一切地到对方的城市，只是没有面包的爱情真的能长久吗？两人也都懂得，爱情里绝不是仅仅只有浪漫和陪伴就可以维系下去的。于是，为了未来，为了以后，两人决定先努力奋斗，两情若是久长时，又岂在朝朝暮暮。更何况一路走来，他们一起经历了那么多的风风雨雨，他们对于彼此之间的这份感情有信心。

只是，世间最大的遗憾便是我们能好好地开始，却没能好好地告别。我们总以为爱情可以超越一切阻碍，但是却忽略了，世界上还有另外一种力量叫作命运和无可奈何，大多数人只能承受，不可改变。

分隔两地的柚子李和柠檬姑娘开始每天都会打上一两个小时的电话，恨不得把这一天发生的所有事，所有的喜怒哀乐全都告诉对方，好像两个人未曾分开过一样。而每当一个人的时候，想到有一个人在远方和你一样在坚守这如此温暖又让人心疼的爱情，也是给了彼此无言的信心。

可是，谁也会有大意的时候，任何浓烈的爱情也会走过新鲜期。一段时间之后，柚子李和柠檬姑娘都发觉他们之间的共同话题似乎越来越少了。

有时候柚子李跟柠檬姑娘说起他和同事之间发生的有意思的事，柠檬姑娘会觉得也没什么好笑的。有时候柠檬姑娘遇到困难和问题，想找柚子李倾诉的时候，柚子李觉得这也不是什么大不了的事情嘛。慢慢地，不知道从什么时候开始，他们拿起电话来竟然不知道要跟对方说些什么了。

再后来，工作渐渐忙碌了，他们更是一天都打不上一个电话。下班回到家里，往往饭都没有胃口吃就躺在床上睡着了，当柠檬姑娘万分疲惫想要跟柚子李说说话的时候，柚子李已经睡了，听不到电话那边她的想念。当柚子李因为工作失意，初入职场被耍弄的时候，需要安慰、给予他信心的时候，柠檬姑娘正在加班，没有时间陪伴他。

对于两人来说，曾经两人最奢侈、浪漫的事情，就是隔着听筒，听着对方诉说着对自己的想念和牵挂，然而此时连这些也变得遥不可及。

距离就是在时间的流逝中被一点一点地拉远的，两个人的朋友圈没有了交集，生活也失去了交点，渐渐有了隔阂，有了误会，彼此之间的不安全感如同水中的涟漪一样，一圈一圈扩散着。当时间和距离成为顶尖的杀手后，唯一能做的事，就是在最微妙的时候，给予这份感情一个杀招。

随着年龄的增大，柠檬姑娘的家里开始催她相亲，柠檬姑娘一直在敷衍，却渐渐地有心无力。

一次，柠檬姑娘拗不过家里的要求，是亲戚介绍的一个男人，不去就拂了亲戚的面子。柠檬姑娘故意没有打扮，下班就去了约好的地方，一见面就开门见山地说："不好意思，我有男朋友了！"

这场相亲，结果当然是不欢而散的。

柠檬姑娘跟家里的关系也僵了，而远在另一个城市的柚子李不知道怎么知道的这件事情，跟柠檬姑娘吵了一架，也因此误会了柠檬姑娘。

可是，柠檬姑娘却无力解释。

渐渐地，两人之间越来越无话可说。

"喂，在干吗呢？"

"在看电视，等你电话呢。"

"嗯，我在加班呢，在忙。早点休息。"

"嗯，好的。"

渐渐地，打电话的时间越来越短。

渐渐地，能说的话越来越少。

渐渐地，连两人最初在一起那种美好的感觉都要模糊了。

又是一个雨天，凄凉萧瑟，却再也没有了柚子李和柠檬姑娘在雨中相拥的身影。不知是雨水朦胧了两个人的心，还是这世上本就没有不散的筵席。

"我们还是分手吧？"柠檬姑娘平静地说。

“嗯。”柚子李淡淡地回答。

“趁着感情还在，趁着我们都还没有厌倦。”

“分手了以后我们也不要做朋友。”

“好的，那就把这段时间当成一个最美丽的回忆吧。”

“嗯，好的，祝你幸福。”

“祝你幸福，再见。”

黑夜，默默地细数着过往，却留不住两颗渐行渐远的心……

时间真是世界上最容易忽视却又最肥沃的一片土壤。

柚子李再也不是那个青涩懵懂、容易轻信别人的学生了。过久了一个人独自打拼的日子，柚子李也会觉得孤单，脑海中总会浮现出那个可爱、善良又坚强的影子。他开始怀念那些和柠檬姑娘在一起的日子，开始怀念年少时那般单纯没有任何杂质的感情。他渐渐地懂了能够遇上那个对的人该是上天对他怎样的一种眷顾。只是回不去了，再也没办法找回那些纯真的感情了。

柚子李讲完这些的时候，眼睛隐约有了一些湿润，却倔强地说自己只是被沙子迷了眼睛，然后醉得不省人事。

这个世界上，有许多事情你以为今天放下，明天也一定可以重新继续，有很多人，你以为会永远站在原地等你，于是，你选择了放手，或者只是转了一下身，你以为一切都不会变，可是世间最珍贵的不是“得不到”和“已失去”，而是那些在身边触手可及的幸福。

似乎每个人青春的味道都是复杂的，就像柠檬一样，很清新也很酸涩。但是尝过之后，会上瘾，会欲罢不能，怀念那时的事，怀念那时的人，怀念那些青春里酸涩的味道。

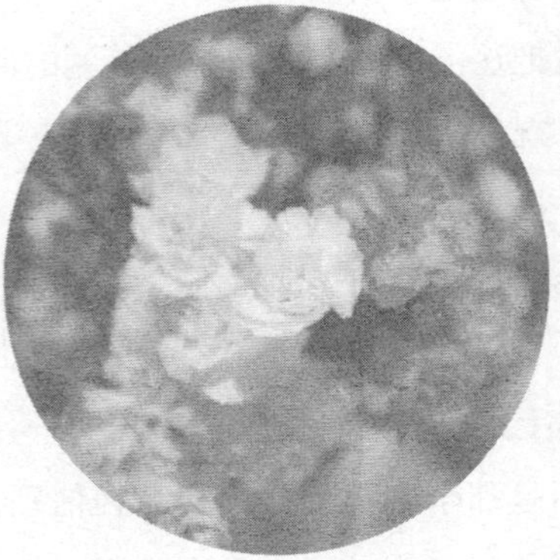

世间最珍贵的不是
「得不到」和「已失去」，
而是那些在身边触手可及的幸福。

我们在最好的时光里错过

许多年前，我偷偷地喜欢一个女孩，害怕拒绝，害怕无果，于是不告诉她，不让她知道。用小心翼翼的暗恋，来维护自己初萌的爱，以为那就是最真的心。许多年后，我才知道，所谓爱情，是两个人的事情。

1

大学时，宿舍里的老四在校篮球队。

他经常有意无意地在宿舍里嘲笑着单身汉的命运："哎，拉拉队的姑娘们真热情，送吃送喝送礼物，推都推不开。"

话说得没错，拉拉队妹子的热情也是事实。可是，我也是校篮球队队员，同时也是单身汉。

然而那么多妹子的热情对于老四来说并非什么好事，因为他不是单身汉，并且还有一个爱吃醋的女朋友。

他的女朋友是他的高中同学，两人经历了高中时期遮遮掩掩的爱情，相约考了南京本地的同一所大学，终于光明正大了。

我见过老四的女朋友雪糕，萌妹子型，笑起来一派天真无邪，但就在这样无邪的笑容背后，你绝对想不到她会做出，因为老四加了一个倾慕他的女生的微信号，而让老四绕操场跑三十圈的事情。

第一次见到雪糕是在我们训练的时候，雪糕笑眯眯地跑到我面前和我打招呼，用软糯的声音叫二哥，说是因为好奇想来围观一下。老四则对我挤挤眼，一脸苦逼的表情表示，雪糕是来宣布主权的。

休息时雪糕依旧带着一脸萌笑，乖巧地给老四递上毛巾和饮料，完全就是一副温柔大方的模样，他们表现出的那副亲亲热热的样子让我心生羡慕，也令得平日里总是对着老四献殷勤的一众学姐学妹们统统退避三舍。

这时老四一边擦汗，一边对我揶揄道："天涯何处无芳草，何必单恋一支玫。"

看着老四那副又打算对我展开思想工作的样子，我只能刻意避开，把脸转向了依旧对着我笑的雪糕。

老四说的那支"玫"，就是张雨玫。

我知道，她早上七点在二食堂第五个窗口买早餐，她喜欢的早点是黑米粥或豆浆再加两个豆沙包子。

我知道，她星期二上午没有课，就会去六楼的 602 自习室去上自习。

我知道，她喜欢吃学校南门外第三家西饼屋的抹茶蛋糕，每次去都会一下吃掉两块。

我知道，她喜欢穿红色的衣服，热的时候是红裙子，冷的时候红大衣。

我知道，她的微信号头像是一只白色的猫，那只猫是她初中时养的，名字叫“棒棒糖”。

我知道，她偶尔玩英雄联盟，在电信一区，最喜欢用狂野女猎手。

我还知道，她很漂亮，她很骄傲，她很高冷，她很难接近，她从来没有和我说过一句话，大约她根本不知道我的存在。但是，这都阻挡不了我喜欢她。

用现在的话来说，她是我的女神。

2

张雨玫比我们大一届，在刚刚进入大学的时候，我就知道她是当仁不让的英语系系花，学校中的风云人物，也知道有无数的人都追过她，但最终都铩羽而归。

从入学一个月之后，我就坚持每个周六中午去图书馆，坐在第一排靠近门紧挨着走廊窗户的位置，看什么书并不重要，我只是在等待。

十二点三十分左右，走廊里便会传来轻轻的“咔咔”的鞋跟叩打着瓷砖地面的声音。

我知道，是张雨玫来了。

周六的时候，多数同学都会选择出去玩，图书馆里面的人本就不多，况且是中午，更是极少会有人来。

果然，从窗口望出去，就能看到她不紧不慢地向这边走来，腰挺得直直的，乌黑亮丽的长发垂顺在身后，婀娜多姿，天生丽质，特别的美。

每次我心中都会这样悄悄一叹，然后便急忙转移视线，装作一副专心看书的样子，但是眼睛的余光却一直都落在她的身上，能清清楚楚地看到，她目不斜视径直从我面前走过去，选好书，坐下来静静地看一个下午。

每周的此时，便成了我最幸福的时光。

只为了能如此近距离地靠近她，我推掉了所有周六的约会、活动，从来没有一次缺席。

有一次老四陪我一起去图书馆，他很直接地走到张雨玫面前，说：“同学，我手机没电了，手机能不能借我一下给室友打个电话？”

张雨玫平静地抬了一下头，一语不发地递过了她的手机。

那一刻，我的呼吸几乎停止，就那样看着老四拨号，然后，我的手机震动起来。我手忙脚乱地赶紧挂断，然后看到老四笑得自然：“他可能没带手机，没人接，同学，谢了。”

她收回手机，依旧神情淡然，并无多言。

我有了她的电话，但却一次也未敢拨出过。

我当然知道，即使我一直等在这里，张雨玫也绝不会注意到我，即便注意到了，也不会多看我一眼。

喜欢上一个与自己差距太大的女生，就连看她一眼，与她说一句话，都是仰视，心跳都会加速很多倍，所以我又有什么勇气能够站在她面前，直接说出心意呢？

当一个人在乎的时候，他会患得患失。我不认为自己那样有魅力，能让高傲如张雨玫这样的女生为我所倾心。

事实上，追她的人中，强过我的太多，比我帅的，比我有钱的，比我浪漫的，比我聪明的，比比皆是，但是没有一个人能够成功。所以，我能预见到自己的结果。

我唯一能做的，就是每个周六中午比她提前半个小时到图书馆，默默陪伴她一个下午。

与其被直接拒绝，不如就这样吧。我觉得这样挺好。

3

男生寝室关灯之后，谈得最多的，便是学校的女生。这个脸蛋漂亮可惜个子有点矮，那个眼睛挺大可惜皮肤有点黑，尽管人家美丑高矮胖瘦与他们没有半毛钱的关系，但大家依旧 YY 得不亦乐乎。

总的来说，几乎没怎么有人说过张雨玫的缺点，因为大家觉得她几乎是完美的，长相漂亮，成绩一流，除了性子太冷。

张雨玫曾经是我们寝室里面大家 YY 最多的女生，直到他们知道我暗恋她之后，大家似乎爱屋及乌地把谈论的矛头统统指向了我。

老大在知道了我的心思之后，曾经忧心忡忡地看着我说："老二，暗恋是病，得治，不如你给她写封情书吧？"

不等我说话，老四白了他一眼："老土！都什么年代了还写情书？再说了，我听说张雨玫收到情书看都不看直接就扔，写得再好，人家也不知道你是谁啊？！"

"那送花吧！送花好！"老大一拍大腿，"玫瑰花，999 朵太贵，那就 99 朵吧，也不少了，直接送到她寝室，多轰动，到时候都知道你追她！"

"得了吧！我听说，张雨玫大一的时候，有一土豪哥们儿狠砸不少钱啊，在她寝室下面用玫瑰花摆了一个心形，又唱歌又抒情的，把她楼里的那群女生们羡慕得那叫一个眼红。结果她愣是没领这个情，还到学校保卫处投诉骚扰。"

"哎，到底是老二喜欢那个张雨玫，还是你小子喜欢她？你怎么知道这么多啊？”老大一脸狐疑。

我则是无奈地苦笑。

这些事情，我自然都清楚。若非如此，我亦不会如此胆怯。

那天扯皮的结果是，老大痛心疾首地得出一个结论：老二好高骛远。他很恳切地告诉我，做人要脚踏实地，他觉得系里有个女生可能喜欢我，让我去和她试试。

我知道这不可能，因为我的心里只有张雨玫。

虽然她高高在上，我低如尘土。虽然喜欢她的人之中，我只是其中最普通的一个，虽然她根本不知道我的名字，虽然我或许永远不会有机会。

但我依旧喜欢她，无法自拔。

我亦无望地想到，当张雨玫毕业之后，我再也没有机会见到她，她也永远不知道世界上曾经有一个那样喜欢她的我。

这种想法曾让我彻夜难眠，想逼着自己去对她表白，但当天亮的时候，一切勇气又都烟消云散，又如往日一样埋藏了心思。

4

其实并不是完全没有机会认识张雨玫。

大二时全省大学篮球联赛，最终的决赛是我们学校与另外一所大学。总决赛的地点，设在我校。

决赛时，我意外地在观众席的前排看到了张雨玫。

印象中她并不是爱热闹的女生，也从来不知道她对篮球还有兴趣，我完全没料到她会来观看比赛。

平日里都是我默默注视着她，而此时，却是她在看着我。尽管我心中明白，她看我，与看着其他队员没有任何区别，但我的身体还是因为激动而情不自禁地微微颤抖起来。

老四发觉了我的异样，用手肘碰碰我，别有用心地对我挤挤眼：“好好表现。”

自然不用他说。

那场精彩比赛，在几年后的校友聚会上，还被当时的队友们常常提起。

我们赢了，我拿了 21 分。

体育场中只能听到震耳欲聋的欢呼声，我看到人群之中的张雨玫亦是开心地笑。

我第一次看到她笑得那样美，完全不是平素高冷的样子。

老四问我：“你为什么还不去追她？”

是的，寝室里的所有人都认为我应该去追张雨玫。

他们觉得我现在机会满满。

比赛胜利之后，篮球队里的男生们都成为女生青睐的对象，对我示好的女生亦多了起来，我也总是会收到各种各样的礼物。

老大以一副农村题材电视剧中怕儿子讨不到媳妇的老爹神态，对我说：“打铁要趁热，过段时间，这股子热潮过去了，可就没有这样好的机会了，知道吗？”

老三附和道：“现在你是咱们学校的风云人物，张雨玫绝对是知道你的，说不定内心还有点小崇拜呢！”

老四表示我是烂泥扶不上墙，以为这样能刺激到我。

可是，我依旧没有对张雨玫表白……

可能是已经习惯了自己暗恋着张雨玫的这种模式和状态，似乎内心之中觉得这样就已足够。

我承认自己其实是害怕的，是害怕表白失败被张雨玫拒绝，还是害怕在失败之后或者连这样暗恋着她的机会也将不复存在？

不管自己能做到多么优秀，不管其他人觉得我怎样，我心中清楚，在张雨玫面前，她只需要一个眼神，就能将我打回原形，把我变成那颗落在她脚下的灰尘。

结果我仍旧并无多余的幻想，还是保持着每周六去图书馆的习惯，不过我能察觉到，图书馆中有女生在偷偷地观望着我。大抵她们与我是一样的心思，宁可远远地看着，也不愿直接面对。

其实，我们都是胆小鬼。

5

在我大三下学期的时候，张雨玫已经面临毕业，开始离校去实习。

每个周六的下午，我再也不需要去图书馆，整个人也变得浑浑噩噩起来，那段时间我开始沉迷游戏。

我玩英雄联盟，我的 ID 叫棒棒糖，只用狂野女猎手。

我想，以后我可能真的再也没有机会了。

就算我在学校里对张雨玫了解再多，但她毕业之后，所有的一切都将是不可控的。茫茫人海，一旦失去了联系，我再想找到她，那简直就是痴人说梦。

最后一次见到张雨玫，她在拍毕业照。

操场上喧嚣热闹，我坐在围栏上，看着她与大家合影，自拍，而我在努力把她的每一个动作与微笑都刻在自己的脑海里。

直到她向我走过来，我整个人都懵住了。

她微笑着说：“同学，你好，我的手机没电了，能用你的手机帮我和我的室友合张影么？然后再麻烦你加我的微信发给我。”

一瞬间我呼吸都几乎停止，只能盯着她看，半晌，才慌乱地摸遍全身口袋，然后涨红了脸对她说：“对不起啊，我，我忘记带手机了。”

整个大学四年，只有那一天我忘记带手机，真恨不得抽自己一个耳光。

6

我觉得自己不是一个没有自信的人，截止大学时期，人生那短短的二十几年中，我对于任何人，对于任何事情，都从没有过面对张雨玫的那种畏缩。

可是也不知为何，我所有的信心，在她面前都变得不堪一击。

那时候看修真小说，里面有个词叫作劫数，逃不开，打不过，碰上就是一个死。

我想张雨玫就是我的劫数。

我觉得大学里面这场暗恋，几乎耗尽了我青春时期所有的爱意。

我的眼里再也看不到其他女生，我的耳朵中再也听不到别人的好，我的整个大学，唯一绚丽的色彩就是张雨玫那一袭红衣。

就算毕业之后很多年，我的梦里一片黑白，也总会有一个穿着红色裙子的女生在我面前缓缓走过，她的鞋跟同样叩打着地面，发出清脆的声音。

我想追上去看看她的脸，但是无论我跑得多么快，都永远追不上她那缓慢的脚步。

醒来的时候，我心跳得厉害，黑暗之中是无边无际的绝望。

在这场无望的思恋之中，我的心在劫难逃，无从救赎。

7

毕业许多年以后，我依旧不能从这场感情里面走出来。

身边的同龄人一个个结婚生子，父母已经开始为我的婚事担忧，开始拜托身边的亲戚朋友给我介绍相亲对象。

我并不热衷，却不能对二老说不。

于是我开始走马观花一样的相亲，大约每周都会见一个女孩子，带着礼貌的微笑，请她们吃饭或者喝咖啡，面对一张张或美丽或直接挑剔或冷淡的脸，重复着拒绝与被拒绝的过程。

那日我再次没抱任何希望地赶到位于新街口的一家西餐厅，这次相亲的对象，是一个外企的翻译，略施粉黛，脸上带着职业女性的成熟与干练。

我习惯性带着礼貌客气却有着距离感的笑，面对她的目光。

她却莞尔，掩口笑，眉飞色舞的样子让我有点慌。

半晌她才笑着开口说："听到你的名字，便觉得耳熟，心中猜测会不会是你。还真是巧得很，居然真的是你。"

我迅速在记忆之中搜索，却丝毫找不到与她相关的任何信息，我确信，我并不认识她。

她继续笑道："我们是校友呀，我高你一届，英语系。不过你在学校是风云人物啊，我是无名小卒，你不认识我并不奇怪。我有个室友你一定知道，她叫张雨玫，你还记得她吗？"

这么多年过去了，当我再一次听到这个名字，我的头脑在一瞬间有种轰鸣感，但面对眼前的这位女生，我也只能微笑着僵硬地点点头。

她并未察觉，依旧笑着："你在学校的时候可是很多女生心中的男神呢！就连张雨玫也一直很喜欢你，一直在寝室说，若是你追她，她一定答应的。只可惜，你对她好像一点兴趣都没有呢……”

只有我自己知道，我放在腿上的手，在微微颤抖。

接下来我只看到她的嘴在一张一合，后来她说的什么，我一点都没有听到。

8

我以为我很了解张雨玫，却不知道她有个私密的微博。那天夜里回到家，按照那位女同学所说，我默默地登录微博搜索找到了张雨玫的页面，我意外而又震惊地看到了那些年里她一个人悄悄写下的那些话。

她说，我好像喜欢上了一个比我低一级的男生，觉得很难为情；

她说，那个男生木讷可爱的样子好单纯好可爱，真希望能认识他；

她说，他喜欢周六的中午去图书馆，如果每次都能让他见到我，他会不会觉得我们之间很有缘分呢；

她说，和他一起的那个男生用我的手机拨打了他的号码，以为我不知道吗；

她说，为什么他知道了我的号码，却不肯打电话给我呢；

她说，他在球场上好帅，不知道有没有听到我给他加油的声音；

她说，我拒绝那么多人，只想等他的表白；

她说，明明我能感觉到他在意我，难道我错了吗；

她说，我要毕业了，再不认识他，就真的没有机会了；

她说，难道真的要我主动吗，好吧，明天我一定要和他打招呼；

她说，我真的错了，他确实不喜欢我，就连拒绝都那样漫不经心。

最后一篇微博截止在毕业的那一天，之后她再无更新。

9

我以为当年的自己做得足够完美，我以为用一场偷偷的暗恋可以维护少年的尊严，我以为那样不求回报的付出不会受到伤害，我以为我的爱情只是一场独角戏。

可我错了，我固执的退缩，让我错失本该美好的一切。原来我是那样奢侈地用尽了我青春年华里最美好的四年时光，为我曾经的胆怯和畏缩买了单。

那是整整四年的大学时光。

在我为她黯然伤神的时候，却未知，她也曾经念着我的名字，忧伤无奈地写着，为什么那个男生不喜欢我呢？

在我的青春年少中，我的爱情，悄悄路过。

所以，对于每个人来说，对于正处在大好时光的你来说，青春年华里，大胆去表白，轰轰烈烈地爱一场，那始终没错。那该是多么美好的一件事情，那就不会如此这般错过，那就不会给人生和青春留下遗憾。

10

那天深夜，我望向窗外，南京的夜空星光璀璨，城市里四处霓虹闪烁，灯火通明。

我轻轻地划动屏幕，找出了那个封存在手机之中七年，已经烂熟于心却从未拨过的号码。

正如她在最后一篇微博中所说，她会永远保留这个号码，等待有一天，或许会有一个人动情拨入。

然后，我听到了手机里传来那个熟悉又陌生的声音。

“喂，好久不见。”

原来我是那样奢侈地用尽了我青春年华里最美好的四年时光，为我曾经的胆怯和畏缩买了单。

宿醉少年

1

几年前，我走得很远，一年里大部分时间都花在旅途上。

我去过很多地方，却没有像别人一样在漫长的奔波中得到什么关于人生的感悟，可以说一无所获，只是想走下去。

2013 年的时候，我走到福建，停在沿海的一个小渔村，住进小渔村里唯一的一个客栈，因此认识了客栈的贱嘴老板大河。

那时候我疯狂地迷恋着摄影，每天拎着自己的单反在潮起潮落的海边来来回回地走，拍偶尔飞进视线的落单海鸥，拍沙滩上牵手散步的老年夫妻，拍即将落入海底的夕阳。

大河说我死文青傻矫情不怀好意，一个大男人每天定时定点拎着相机在海边假装拍照撩妹，简直臭不要脸。

我当时正翻着相机里当天拍的照片，闻言抄起手边的抱枕，把大河按在沙发上，噼里啪啦地暴揍一顿。

大河一边挨打一边大笑，三十来岁的人了，靠在沙发上冲我笑出满口白牙，年轻得像个尚不知世事烦忧的少年。

客栈没什么事情的时候，大河也会跟着我去海边转悠。

这个时候，他手里一般都会抱着一只猫，身后跟着一大群住在客栈的流浪猫狗，浩浩荡荡地走在橘红色的夕阳下。

暮色四伏，似落未落的太阳挂在海平线上，把海面染成温柔的暖色。

归来的渔船在这片暖色中摇曳停摆，船上的人乐呵呵地跟大河打招呼，把不要的小鱼小虾装进筐里，便宜卖给大河喂猫。

我和大河一边搬着鱼虾回客栈，一边有一搭没一搭地聊天。

我说：“你见过有哪个老板让顾客给自己做苦工的吗？”

他说：“有，我啊。”

我：“……朋友，你这话我没法接。”

大河难得的有点沉默，半晌无言，最后说：“你就打算这么一直走下去？”

我回头看了眼身后的猫猫狗狗们，说：“等过两年没力气走了，应该就会找个人结婚，然后安定下来吧。你呢，就这样一直留在这里？”

大河斜瞄我一眼，特别不屑地说：“就你这损色儿，还想找媳妇儿？你以为现在的姑娘都是那么好骗的啊，没车没房你拿啥安定？咋的你以为现在这社会还是二十世纪八十年代牵个小手就能想定就定啊？”

我无言以对，恨不得找根棍子啪一下敲晕他一了百了。

拎着一筐鱼虾走到客栈附近，远远看见客栈院子里站了一个人，白裙飘飘，抱着一个漂亮的小孩儿。我有点惊讶，捅捅旁边发呆的大河：“你是不是抛弃妻子的陈世美来着？都有姑娘抱着娃找上门来了。”

大河回过神来，百味杂陈地看了眼院子里的人，没有说话。

走到客栈门口，院子里的人回过头，视线准确地落在抱着猫的大河身上，叫了他一声：“大河。”

2

来的人是大河的发小，叫林斐。

林斐从北京过来，奔波了一天，脸上有淡淡疲色。

她怀里抱着自己的女儿，两岁多一点，雪肤黑发，靠在母亲的怀里，一双乌黑发亮的眼瞳盯着表情安静的大河。

大河把客栈外面的猫狗们拢进院子，把鱼虾放在院角的水井边，擦擦手，把一对母女迎进客栈。

我帮忙拎行李进去，安顿她们住下，去厨房找大河。

大河在做晚饭，锅里焖着一条海鱼，手里切着新鲜的蔬菜，侧脸沉默而坚硬，像一块悲伤欲泣的顽石。

我过去帮忙，问他：“前女友？”

大河顿了顿，转头看我一眼，满脸匪夷所思地问我：“有那么明显吗？”

我一边往灶膛里塞柴，一边耸耸肩，说：“余青河先生，就您那张什么都藏不住的脸，明显得简直不能再明显了好吗？”

大河把切好的菜往油锅里一倒，专心炒菜，没再说话。

晚饭的时候，林斐带着孩子从房间里出来，显然两个人都洗过澡，气味柔和清新，一大一小的脸上写满笑意。

孩子还不能吃饭，大河就炖了盅鱼汤，小心挑了刺，炖了很久，鱼肉雪白，汤底白得像新鲜挤下来的初乳。

林斐低声哄着孩子，喂她喝汤。

大河一言不发，也很少看她们，随便扒拉两口饭，就趿拉着拖鞋去看院子里吃饱喝足的猫猫狗狗。

林斐喂完孩子，自己开始吃饭，偶尔抬头看一眼大河的背影，眼神里满是深切的担忧和无奈。

我不知道他们有过怎样的故事，于是明智地选择了沉默。

吃过饭，我主动把孩子抱走，给这两个人留一点说话的空间。

孩子小而软，脸孔和母亲极为相似，也不怕生人，静静地趴在我的怀里，小手摸摸我的下巴，触到胡楂，咯咯地笑着。

林斐和大河在院子里说话，声音并没有刻意压低。

我没有细听，只在大河准备进门的一瞬间，听见林斐提高声音，微微气急地说了一句："大河，你已经三十岁了，不是二十岁更不是十八岁，你能不能成熟一点，至少承担起自己为人子的责任？"

大河没有说话，推门进去。

过了一会儿，林斐到我的房间里抱走孩子，眉目里写了些淡淡的歉意，跟我寒暄几句，看上去礼貌可亲，却十足的疏离。

这和贱嘴自来熟的大河几乎是两个极端，让我不由好奇，这两个完全不同的人，究竟是怎么走到一起的。

深夜，大河睡不着，坐在院子里，敲了个西瓜，配着啤酒，一边喝酒，一边拿勺子挖着西瓜吃。

我当时正在熬夜赶稿，听见声响，就关了电脑下楼。

大河把西瓜分我一半，懒洋洋地靠在藤椅上，一双脚踩在沁凉的井水里，脸上满是悠闲的惬意。

过了一会儿，他说："你准备什么时候走？"

我愣了愣，说："还没定，怎么，你要先走？"

大河闭上眼，叹了口气，过一会儿，慢慢睁开，看着天边一轮金黄的圆月，淡淡地说：“我爸妈这两年身体不行了，我得回去找份正经工作，留在他们身边照顾他们。大概在这个月之内，我会慢慢把这家客栈处理掉。”

我挖瓜的动作顿了顿，大河侧过脸，看着我，继续说：“你可以住到我走的那天，正好也能帮我。”

我说：“好。”

大河接着沉默，过一会儿，四下看一眼院子里睡着的猫猫狗狗，仿佛自言自语般说：“她果然是忘了。”

他笑着指指院子，说：“林斐很久之前跟我说，等她有钱的时候，要在海边买一栋木头房子开青年客栈，客栈最好带个院子，院子里要有水井，有秋千，有花草，还要有很多很多可爱的猫狗。她以前的梦想，我帮她实现了，可是她却忘记了自己有过这样一个梦想。”

夜色里大河的眼神澄澈如同少年时，被他温柔对待的人，却已另嫁他人，忘记了自己当初许下的小小诺言。

3

每个女孩子童年里应该都有个烦人的大魔王。

成绩不好，调皮捣蛋，平常最大的爱好就是欺负小女生，看着女孩子生气哭闹，他洋洋得意，仿佛那就是生活里最大的享受。

大河对林斐来说，就是这样的存在。

他们的父母都是老师，住在同一个教职工院子里，两个人出生前后只差了两个钟头，性格却差了十万八千里。

大河不爱学习，从小到大都跟个多动症患者似的，成天上蹿下跳，今天拉拉林斐的辫子，明天揪条小花蛇塞进林斐笔盒里，埋伏在林斐家门口一个多小时，就为了听一声林斐花容失色的尖叫。

林斐呢，院子里标准的模范生，总是穿着干干净净的小裙子，爱学习，性格也好，从小被大河欺压到大，逼急了也会操着一把扫帚，打得大河满院子乱蹿，发出一声一声的怪叫。

年纪大一点，林斐考上市里最好的中学，风风光光地当了一次小状元，大河不行，吊车尾进了最差的中学。

林斐体力上压制不了大河，智商上却是绰绰有余。

大河爸爸拿着他几近空白的语文试卷满院子揍他的时候，林斐就搬条小板凳，拿块西瓜乐呵呵地坐在门口，一边看一边笑。

大河爸爸看见林斐，就问她考了多少分。

林斐答出几个数字，大河爸爸更生气了，按着大河，噼里啪啦打得更厉害，一边打一边骂你个不争气的东西。

林斐看见大河空白的语文试卷，在旁边继续煽风点火："哎呀大河，你怎么能交白卷呢，会不会做是一回事，态度要端正嘛。"

大河爸爸本来已经停了手，闻言啪的一声又狠狠揍了大河一下，怒道："你看看人家林斐！"

大河不说话，恨恨地看一眼林斐，林斐得意扬扬地冲他扬扬下巴，俏丽的马尾辫在空中漂亮地一甩，进自己家门了。

午后，大河摸进林斐房间，咔擦一声把林斐头发给剪了。

醒过来的林斐看着自己短到耳边的头发，气得都不去上课，在家哭了整整一个下午加一个晚上。

第二天，大河妈妈拖着又被揍了一顿的大河来林斐家道歉，林斐妈妈看着眼前一对乌眼鸡似的小儿女，是又好气又好笑。

大河和林斐可不觉得好笑，光剩下好气了。

两个人斗智斗勇地过完中学，迎来了高中生涯。

这一次，林斐依然毫无悬念地进了市里最好的高中，还是保送直升。令人惊讶的是大河也进了那所学校，凭借自己三座数学奥利匹克的奖杯和体育特长生的减分和扩招。

大河毕竟长了几岁，再也做不出抓虫子塞女孩子包里的事情，但还是喜欢欺负林斐。

林斐有时候不胜其扰，忍不住跟朋友抱怨。

朋友们却仿佛羡慕嫉妒恨般地说，巴不得像林斐那样，有个帅帅的大河来欺负自己。

帅？大河吗？

林斐讨厌了大河十几年，从来没有想过在她眼里满是缺点惹人讨厌的大河，在别人眼里居然是帅的，是好的，是让女孩子脸红心跳的。

仔细想想，大河好像也没有什么让人不喜欢的，个字高，壮壮实实的，因为是体育特长生的关系，皮肤是健康的蜜色，笑起来的时候露出满口洁白的牙齿，正值青春，英俊美好。

长大之后，大河很少再对林斐恶作剧，取而代之的是各种绰号和语言攻击，林斐专心学业，很少搭理他，他就像小时候那样，扯扯她的辫子，捏捏她的脸蛋，好像无论如何都要让她注意一下自己才肯罢休。

那时候，他们所在的高中里女孩子们都喜欢看言情小说，里面帅帅的竹马，可不就这么喜欢欺负自己可爱的青梅？

于是马上就有人偷偷跟林斐说，大河这是喜欢你呢，不喜欢你的话，他干吗不欺负别人，光欺负你？

最开始林斐当然是不信的，但架不住说的人多，日子久了，终于被激起一点隐藏的少女心，扭扭捏捏地打扮一下，约大河一起回家，路上忍不住问大河：“你干吗老是欺负我啊。”

语调软糯，有点撒桥的意味。

大河没心没肺地把篮球袋子往肩上一甩，特别嫌弃地看了眼林斐：“能不能好好说话了，跟这儿装什么娇娇女呢？我还能因为什么欺负你，好玩儿呗，你没看我们学校其他女生碰一下就生气，逗一下就哭，多没意思啊。”

他巴拉巴拉地抱怨一通，看见林斐的短发上扎着蝴蝶结，伸手扯下来：“你戴这玩意儿干吗？一点都不适合你。”说完又发现林斐脸上擦的白粉，更奇怪了，“你脸上这是啥？面粉吗？”

林斐从大河手里把蝴蝶结抢过来，往地上一摔，转身就走。

大河看着她的背影，有点费解：“林大斐你去哪儿，不是说要一起回家吗？你又往学校走干什么？”

林斐回过头，恶狠狠地瞪了大河一眼，回过头，拼命跑起来，眼泪毫不含蓄地流了满脸。

4

大河觉得自己越来越不懂女孩子。

他和林斐从小玩到大，对彼此的一些恶作剧和玩笑早就有了免疫力，怎么说都不会生气。

可是林斐不知道为什么，变得越来越敏感。

她开始像大河在学校接触的其他女生，有了莫名其妙的自尊心，不许大河叫她林大斐，不许大河进她房间，不许大河揪她的辫子扯她的耳朵，不许不许不许……大河看着林斐生气的脸，茫然极了。

那时候，两个人都傻，不理解对方。

林斐是太年轻，不知道怎么表达自己别扭下面藏着的爱，而大河呢，却是根本就没开窍。

他把林斐当成好兄弟，和其他女孩子不一样的好兄弟，怎么打怎么闹怎么掰扯都不会分开的那种好兄弟。

大河觉得自己明明没做错什么，兄弟却莫名其妙地跟自己疏远了，他找林斐谈了一次，严肃地表达了自己的想法和困惑。

林斐听到“兄弟”两个字的时候就快炸了，等大河自顾自地说完自己的话，看着她的眼睛等她回应时，林斐再也忍不住，一脚狠狠踩在大河鞋上，怒吼了一句：“谁跟你是兄弟？滚！现在立刻给我滚！”

大河又痛又懵地看着林斐气急败坏地甩上房门，不知道她为什么又生气了，回过头看见听墙角不知道听了多久的林家父母，还傻乎乎地问好：“叔叔阿姨好，出去散步回来了呀？”

林爸爸表情复杂地看了一眼面前这个和自己差不多高的小伙子，一言不发地进门，林妈妈在后面笑眯眯地点点头，说：“是呀，大河，吃过饭没有？刚放学累不累，要不要来阿姨家吃块冰西瓜？”

听到冰西瓜，大河的眼神动了动，但想到几分钟前跟个看似要爆炸的核弹头一样的林斐，还是摇了摇头。

林妈妈目送大河进了自己家门，回家就看见女儿坐在沙发上，恶狠狠地啃着西瓜，眼神凶狠得不像话。

林爸爸坐在旁边看着她，眼神忧愁。

林妈妈抿嘴一乐，一边换鞋，一边叹了声：“真是对冤家。”

林斐的耳朵捕捉到关键字眼，满脸通红地站起来，吼道：“谁跟他是一对了，我才不喜欢他呢！”

吼完看见妈妈含笑的眼神，她有点懊恼，立刻转头跑进自己房间。

林爸爸转脸对上林妈妈戏谑的表情，逃避地把眼神放在窗台上盛开的兰花上，眼神愁得能掐出一桶水来。

第二天，林斐单方面的冷战拉开了序幕。

这一冷，就是两年。

高中毕业的时候，林斐和大河的班选在一个酒店的两个厅办毕业聚会，两个班的人喝嗨了，互相串门灌酒。

林斐也喝了一点酒，大河看着她红通通的脸，想了想，趁着没人注意，把她扯出酒店，想先送她回家。

那时候已经很晚了，酒店门口打不上车，大河只能把林斐背起来，一步一步往家的方向走。

林斐从没喝过酒，以至于稍微喝一点，神智就有迷迷糊糊的。

快到家的时候，她慢慢清醒过来。

林斐不重，但耐不住路远，大河背得气喘吁吁，脊背上满是热汗。林斐一向有洁癖，那一刻，却只想紧紧地抱住这个人，再也不要松手。

她那么想，也那么做了。

大河叫了林斐一声，感觉到自己脖子上湿哒哒的，一听，居然是林斐在自己背上小声啜泣。

大河有点别扭，说："你哭什么啊。"

林斐狠狠打一下他坚实的肩膀，凶他："你管我。"

大河无奈："好吧，我不管你，林大胖子。"

林斐猛地直起腰，在他脖子上狠狠咬了一口，怒了："混球，我哪里胖了？你才大胖子你才大胖子！"

大河吃痛，恨恨地把林斐放下来，两个人在原地就到底是谁胖的问题又你来我往地吵了一架。

他们太久都没有这样说过话，林斐一边还嘴，一边心里暗暗欢喜，大河也一样，表情恨恨的，眼里却分明带着笑意。

他们就这样恢复了邦交。

5

报志愿的时候，大河把林斐的志愿拿过来照抄了一遍，林斐一边开心，一边凶巴巴地嫌弃他：“你考得上我报的学校吗，你就抄我志愿？”

大河一边打游戏，一边心不在焉地答：“应该考得上吧，以后还要在大学里揪你辫子呢。”

林斐脸上的笑容再也忍不住，笑着拿旁边的抱枕打了大河一下。

因她这一打，大河输了游戏，噌的一声站起来，抄起抱枕和林斐对打。两个人又叫又闹，一片凌乱中，两颗年轻的心，在他们自己都没有察觉到的情况下，拼在了一起。

一个月后，录取通知书到了，他们没有考到同一个学校。

林斐被录到了她填的第一志愿，大河被录到了第二志愿，两所学校虽然都在北京，距离却很远。

林斐有点不开心，大河却无所谓。

长假结束的时候，林斐和大河一起去学校报到，大河先把林斐送到学校安顿好，才坐车去自己学校。

和林斐同宿舍的姑娘们都很羡慕，叽叽喳喳地夸大河，说他长得好看，说他温柔体贴，说他对林斐真好。

林斐埋头理东西，心里又苦又甜。

大学里，他们各自有了新的生活和朋友圈，两个人偶尔会约着见面，一起吃饭逛街看电影，做情侣们都会做的事情，却不是情侣。

林斐每一次和大河出去都会很认真地打扮自己，可是大河瞎，作为一个直得不行的直男，他看不见林斐的用心。

倒是他的朋友看出些门道，背后敲打了大河几次。

有一天，大河坐了一个多钟头的车去林斐学校找她，林斐匆匆忙忙换了件新裙子下去，大河定定地看着她裙角边还没来得及拆的吊牌，特别笃定地说：“林斐，你是不是喜欢我来着？”

林斐一愣，怎么都没想到大河开口的第一句话居然会是这个。

她涨红了脸，气道：“谁喜欢你啊！”

林斐话没说完，已经气急败坏地转身要走，大河拉住她，用力扯进怀里抱住，咧开的嘴角怎么都压不住：“行，你不喜欢我，但是我喜欢你啊！林大胖子，我们在一起吧。”

林斐很想否认，很想把大河推开，但是她舍不得。

她红着脸，环上大河的腰。

他们就这么在一起了，没有鲜花，没有浪漫的告白，两个年轻的男女，凭着一点勇气，互诉衷肠后，便牵起了彼此的手。

恋爱后，他们的相处方式并没有改变多少。

两个人从小一起长大，实在太过熟悉，以至于没什么惊喜，站在一起举手投足间一派老夫老妻的架势，看不出是热恋的情侣。

大河还是爱叫林斐林大胖子，林斐还是一言不合就按着大河一顿胖揍，看不出一点平时在学校里温柔端庄的样子。

他们恋爱着，走完大学，然后一起留在了北京。

大河觉得北京的生活压力太大，想趁着年轻四处走走，不拘地点，找个宜居的城市，品茶喝酒，悠闲地度过余生。林斐和他的观点不同，她喜欢都市，喜欢充满机遇和挑战的北京。林斐一直是学校里品学兼优的尖子，她对自己的未来充满野心，并始终相信能为自己在北京挣得一席之地。

大河了解林斐，所以他没做多大挣扎，就陪林斐留在了北京。

他找了一份工作，慢条斯理地做，工资不高，却是大河感兴趣的工作，于是很快有了起色，渐渐薪酬喜人。而林斐呢，心太高，经验却不够，在职场上屡屡失败，最后几乎到了举步维艰的地步。

大河劝林斐和他一起回老家。

林斐本就心情郁郁，闻言立刻和他大吵一架，两个人都是好强的性子，盛怒之下，林斐打了大河一巴掌，声嘶力竭地让他滚。

大河当时年轻，太气盛，挨了这一巴掌，立刻就收拾东西滚了。

他跟公司请了半个月的假，去了他一直想带着林斐去的云南，他在那里拍了很多照片，发现自己在梦想成真的时刻，还是那么想念林斐。

于是大河在假期还有五天的时候赶回北京。

却发现林斐在他离开的日子里，已经搬离了他们原先的住处。

6

大河去公司找林斐。

林斐表情平静，告诉他，自己在一个星期前发现怀孕，在发现的那天，就去做了流产手术。

大河愣愣地看着林斐，没有反应过来。

他看着林斐红口开合，就这么平静地把一条生命的结局，轻描淡写地决定、执行，然后告诉他。

大河恍惚中听见林斐在指责他，在她最需要的时候，都不在她身边陪着她，让她一个人去承受那样的孤独。

很久之后，大河听见自己冷笑了一声，说：“陪着你？陪着你干什么？陪着你把孩子打掉吗？”

林斐平静的神色晃了晃，没有说话。

大河脸色惨白地看着林斐："林斐，你现在是在怪我什么，怪我没有陪着你打孩子吗？你怎么不怪一回自己从来没有想把孩子留下？否则你为什么不敢在一知道怀孕的时候就告诉我？因为你怕我要你把孩子留下对不对？因为你觉得这个孩子会拖累你的事业，所以你根本就不想要他！"

林斐故作平静的表情裂开，她咬着牙，说："没错，我不想要他，我有自己要追求的东西，这个孩子来得不是时候我不能要他！"

大河仿佛第一次认识这个人，他看了林斐很久，说："我一直都知道你是个很有野心也很要强的人，所以我愿意放弃自己的理想，跟你一起留在北京。但我不知道你是个那么残忍那么冷血的人，林斐。"

林斐从来都不是个会坐以待毙的人，她红着眼眶，半步都不肯后退，说："你知道我为什么残忍为什么冷血吗？余青河，因为你根本不是个适合婚姻的人。你一直活得像个十八岁的男孩子，学不会温柔，学不会体贴，学不会沉稳、有规划地对待自己的人生。你什么都只凭自己的喜好，不想去争不想去取，你拿什么在北京养活我和孩子，拿什么来给孩子光辉灿烂的未来？你既然给不了孩子最好的，又凭什么要求我把孩子生到这个世界上来受苦？"

大河哑口无言，他像黄昏里一株悲伤的树一般，沉默地站在原地，过了很久，没再看林斐一眼，慢慢地走出了林斐的公司。

他退了租的房子，收拾干净自己留在里面的东西，辞去工作，漫无目的地开始了自己的旅行。

走了四年，大河到了福建，他找到一个林斐曾提到过的她梦想中的小镇，小镇里有一座木房子，长了满房顶的绿色。

他掏钱把这座木房子盘下来，做了一个青年客栈，收留过往的猫猫狗狗，带着它们站在海边，看潮起潮落。

后来大河听父母说林斐结了婚，跟她的上司，上司是个大她 8 岁的离异人士，身家不菲，林斐嫁得很满足。

再后来，大河又听说林斐在北京剖腹产下一个女孩儿，当了妈妈。

大河想，这也算求仁得仁。

于是他不再去问林斐的消息，让自己相信，她得到了一切自己想要的，在北京那座城市富足快乐地活着。

大河盘桓在小渔村里，偶尔接父母过来消暑，却一直都没有再回过老家。他知道林斐已经把父母接到北京，自己即使回去，也见不到她。

虽然知道，却还是不想回去。

他仍然爱着林斐，像十九岁那年在她的宿舍楼下喝了一壶浓到不行的烈酒，一醉，便到如今。

大河没想过会再见到林斐。

更没想到，她会接受父母的拜托，不远千里从北京来到一个闭塞的小渔村，见他这个没什么出息的旧日竹马。

7

大河找了福建当地的一个动物保护组织，把客栈里的流浪猫狗们处理干净，送往城市。

客栈卖不出去，大河也不介意，就留在手里。

林斐在客栈关门的前一天带着女儿离开小渔村，她的丈夫来接她，近四十岁的普通男子，西装革履，眉目里不经意间流露一点久居高位的富贵，待人礼貌周到，却又疏离冷漠。

我总算明白林斐给我的奇怪感觉来源何处。

那对夫妇没有多停留，很快离开，林斐临上车时嘱咐大河："早点回到叔叔阿姨身边去，好好照顾他们，别再乱跑了。"

大河表情淡淡的，没有说话。

她并没有多看客栈一眼，也始终没有想起来，自己曾在年少的某天，曾对大河说过的，关于客栈、海边、猫狗的梦想。

也许在林斐眼里，大河一直都是当初爱恶作剧、笑笑闹闹、永远没个正经的年轻男孩。她爱过他，却没有相信过他的真心，没有相信过这个在她眼里长不大的彼得潘，其实一直拿出了所有细心和温柔，在浮躁的表面下，给她构筑了一栋精致的梦想之城。

大河看着那辆黑色的名车消失在渔村的小道上，转身进了客栈，坐在竹椅上，拨弄着葡萄架上自己做的木风铃。

风铃在海风中撞击得厉害，却没有什么明显的声音，像大河埋之于心，却没有说出口的深情。

他的浓爱如同烈酒，无声无息地埋在土里，时时发散酒香，叫大河始终无法从那场宿醉里挣脱。

第二天，我和大河一起，坐车离开渔村。

一个爱说闽南话的村民开着拖拉机拉我们走，大河带的东西不多，一个双肩包，一串木风铃，就像他来时一样。

到了要分别的地方，我继续自己的旅程，大河却要回归安定。

他把木风铃挂在拖拉机的架子上，挥手，笑着用闽南话跟村民道别，皮肤黝黑的闽南汉子爽快地说几句话，拍拍大河的肩膀，就开着拖拉机，呼噜噜掉个头，留给我们一个冒着黑烟的背影。

我们没有说再见。

大河贱兮兮地调侃我几句，把离别的气氛搞得乱七八糟，我没好气地挥手，让他赶紧走。

他露出满口白牙，笑呵呵地跳上车，冲我挥手。

那身影，恍如初见，一直是个少年。

耽于宿醉的少年。

愿无岁月可回头

1

大概真的有命中注定这种事吧。

这是苏冉再次见到严昭的时候，脑子里蹦出的唯一念头。

眼前这个西装革履的男人正坐在背光的位置，脸因为逆光而蒙上一层灰色。婚礼厅堂里熙攘吵闹，严昭将身子探过去，想离她更近些："苏冉，你还好吗？咱们得有好几年没见面了吧？"

"三年了吧。"苏冉一脸淡然地回答。

"哦，对。你记性还挺好的。结婚了吗？"

"连男朋友都没有呢。"

"是不是眼光太高了啊？"严昭笑笑，露出整齐洁白的牙齿。

苏冉喝了一口红酒反问道："你呢，你结婚了？"

严昭神色坦然，眉目中好似还夹杂着一丝遗憾："眼下事业才刚刚起步，结婚这事儿，还没来得及考虑呢。"

苏冉的目光在严昭的无名指上停顿了一下。上面分明有一圈指环的印记。她笑笑，顺着他的话说："咱们班的光棍可不多了啊，得抓抓紧啊。”

漫长的婚礼仪式早就过去，大学同学因为久未相见，一直拉着新郎灌酒。苏冉有些招架不住，寻了个理由想要逃离这里。

春雨来得突然，天阴沉着，雨下得不大，却很密集。苏冉皱着眉头，一只脚刚踩进雨里，便被冰凉的积水打湿了裸露的小腿，此时她被一个温柔的力道拉了回来。

回头一看，是严昭。

“下雨了，我送你？”

“你喝酒了还能开车？算了吧，谢谢你。”

“放心吧，我刚刚一滴酒也没喝，喝的都是茶。还是我送你吧？”

听到严昭执意这么说，苏冉也没有执意拒绝，一身酒气的她，此刻脑子里也有些迷糊了。

2

车里放着一首熟悉但叫不出名字的老歌，配合着外面哗哗的雨声，温柔的女声显得更加缠绵：“我就相信你还爱我吧，那些回忆你无法忘怀吧……”

酒劲儿上来，苏冉的头昏昏沉沉的。她听见严昭问道：“时间还早，找一家咖啡厅去喝点东西吧？毕竟也有日子不见了，咱们叙叙旧，你也醒醒酒。”

苏冉点了点头，然后忽地又像是想起来什么，问道：“你和周佳佳，还有联系吗？”

“毕业以后就删了所有的联系方式。”严昭嘴角上扬，凑巧是一个好看的弧度，“那个女人啊……听说找了个富商，刚毕业就结了婚。现在应该在国外吧？”

苏冉“嗯”了一声：“我记得大学那会儿，你追了她好久才追到手呢。我还以为你们能走到最后呢。”

“那时候懂什么。”严昭随意地笑了笑。

苏冉也没再搭话。两人再次陷入了沉默。

苏冉换了一个姿势，整个人窝在车座里。也许是遇到故人了吧，往事又一幕幕浮现在眼前，清晰，真实。

当年严昭追周佳佳的事情非常轰动，几乎人尽皆知。他为了这个建筑系的系花，送玫瑰，弹吉他，挨过骂，也被泼过冷水，甚至不知道用了什么关系，竟然在校庆的LED屏幕上播放百人祝福视频，结尾处，他捧着一束满天星，当着全校师生，在屏幕里面告白。

“周佳佳，我爱你！”

直到许多年以后，这个情节还被人津津乐道地提起。

而这一切，如今在严昭眼里都变成了轻飘飘的一句话：“不懂事。”苏冉突然很想问问那时候的严昭，若是早知道后来的结果，还会不会去轰轰烈烈地追求周佳佳呢？

“那时候太年轻，都是荷尔蒙作祟。打个不恰当的比方吧。就是再难燃起来的干柴，碰到烈火，都得把持不住地烧起来。更何况……我那时候还是挺帅的。”

苏冉的思绪被严昭轻松的打趣声拉回了现实。

她转过头，看着严昭。他已经二十八岁，面部线条硬朗，已然成长为一个成熟的男人，浓眉大眼，周身散发的气质也称得上儒雅。可是在他英俊的眉眼之中，苏冉总觉得有一股说不出油腻。

“怎么，我脸上有东西？”

苏冉闻言不好意思地笑了。

看着苏冉的反应，严昭跟着爽朗一笑，很快将车子稳稳地停在了车位里。他先行下车，绕过车头走到右边车门的位置，绅士地为苏冉拉开车门，并将自己身上的西服脱下来，顶在上方为她挡雨。

苏冉抬起头。张扬的红色灯牌在这阴雨天里更是显眼，店名是一串英文—— attached。

3

两个人坐在角落，这个位置正好有一扇复古的屏风将他们围了起来。透过缝隙，能看到一对对情侣头贴着头，窃窃私语。苏冉看得出了神，直到严昭的手在她眼前晃了晃，她才反应过来。

居然分心，真是太没礼貌了。苏冉一边想着，一边心不在焉地喝了一口咖啡，“啊”的一小声惊呼，她捂住了嘴巴。

“烫到了？”严昭没忍住笑了，伸手用纸巾帮苏冉轻轻地擦去了嘴角的咖啡渍。

苏冉愣在原地，有些缓不过神来。毕竟两个人能坐在一起稀松平常地喝杯咖啡，对于苏冉来说曾经是个遥不可及的梦。苏冉甚至觉得，对严昭来说，自己不过就是个非常普通的大学同学，那四年中，估计他都没正眼瞧过自己。

说的也是，那时候的苏冉皮肤黝黑，相貌也不出众，整日都是一个人穿梭在校园里的各个角落。要不是周佳佳跟她一个寝室，想必直到毕业，严昭都不会注意到自己吧。

严昭的温柔体贴苏冉见过，严昭的狼狈尴尬苏冉也都亲眼目睹，甚至那个百人采访也都多亏了苏冉的东奔西跑才得以完成。他们的关系更像是盟友。

一个觉得这女生真是好打发，不管自己的要求多么离谱，她总能为自己做到，一杯奶茶或是一顿饭，就能让她心满意足；一个则偷偷怀了不为人知的小心思，整日帮他追求那个他爱的女生，只为了离他更近而已。

后来严昭终于如愿以偿和周佳佳在一起了。

虽然这件事让那时候的苏冉一度觉得难过，但这一切却也少不了自己的神助攻。

“刚才敬酒的时候，我真是有点吓到了。”严昭看着苏冉，眼睛里面有暧昧的东西，让苏冉有些看不懂，“你什么时候这么能喝了啊？”

苏冉犹豫了一下，随即开口道：“当年替周佳佳挡酒练的啊。”

她半仰着头，带着故意的成分，想看看严昭听到这句话时尴尬的神情，可不知是善于掩饰还是未意识到，严昭的脸上却依然挂着与往常无异的笑：“这么多年了，你还这么记仇啊？”

这一番话说得苏冉愣了一下，张了张嘴，却没有说什么。

他语气里的不在乎，再次将苏冉的思绪拉回到大学毕业前的那两个月。

4

临近毕业，大家已经开始吃散伙饭。

周佳佳讨厌酒味，找到严昭撒娇，让他帮忙说服同专业同寝室的苏冉替她挡酒。

“你知道的，佳佳身子弱，被灌了酒会难受好久，你帮她一下嘛，好不好？回头我请你吃饭？”

彼时的严昭软磨硬泡地求着苏冉。苏冉心酸得很，正要拒绝，听到严昭说道：“你要是肯帮我这个忙，我就答应你一件事，什么都可以！好不好？”

严昭眼神里带着深切的期待，双手合十，做祈求状。苏冉一个心软，再次答应了他。

那天苏冉像是个汉子一样，替周佳佳挡酒。

自己喝得上吐下泻，不省人事。她本来就对酒精过敏，还没熬到宴席结束，她就被送到了医院，胃穿孔，差一点就死了。

她在医院里昏迷了一天一夜，醒来的时候病房里没有一个人在。她拨通了严昭的电话。

“你之前说我替周佳佳挡酒就答应我一件事的。”

“哈哈，你还当真啊！”这毫不在乎的语气，让苏冉的心里咯噔一下，“说吧，什么事儿求我？”严昭继续理所当然地问道。

求？听到这个字眼苏冉瞬间皱紧了眉头，握着电话，良久，才缓缓开口：“我因为喝酒胃穿孔了，现在在医院里，你能不能给我买碗粥送过来？”

“呃……我没空啊。陪佳佳在灿阳路逛街呢。”

那里距离苏冉所在的医院走路不过五分钟。苏冉在电话的另一头苦涩地笑了笑，心里一酸，眼泪刷的一下就掉了下来，却只是说了一句：“那好，你忙吧。”不等那边再说什么，就挂断了电话。

从此以后，她和严昭的联系渐渐少了，其中有她刻意的疏远，但更多的是，她已经没有了利用价值。严昭自然也不需要再经常联系她。

苏冉再次接到严昭的电话，已经是两个多月以后。

他有些难为情地开口问苏冉：“能不能借我点钱？佳佳怀孕了，我们……”

未等他说完，苏冉就坚决地说：“不好意思，我也没有钱。”

“你怎么可以这样！不看我的面子，你也要顾虑一下佳佳吧？！她可是你的室友！要是不去好一点的医院做手术，可能一下子就没了两条生命！”

“我有五个室友，难道每一个都要我管吗？”苏冉有些生气地说。

“苏冉，我真没想到你竟然是这样的人！心太狠了，果然长得丑的都恶毒！”

“啪”的一声，那边挂了电话，电话里传来一片忙音。

苏冉气得将手机扔在床上。

她在严昭心里的形象，原来就是这样的。

他那么爱惜周佳佳，可当初自己为周佳佳挡酒，差一点死了，自己的命就不值钱，不值得爱惜了吗？

5

纵然如此，苏冉也没有真正地记恨过这个男人。

那次以后，两个人便彻底切断了联系。而现在再见面，早已物是人非。

这五年来，苏冉一直有意无意地打听着他的消息。他与往日旧友还有一些联系，苏冉常常约他们聊天。

学生时代这个不起眼的小姑娘已经出落得婀娜多姿，从前她总替严昭跑腿，那些人也多少知道她。苏冉总是不动声色地将话题引到严昭身上去。

他什么时候和周佳佳分了手，在哪家公司任职，甚至不声不响地结了婚，她都知道。

她从未想过要找到他，只是想远远地关注他就好。曾经的自卑像是一张网一般将她牢牢捆住,这么多年过去了,她依旧没办法逃离。

那个时候,他说的那句话,一直像是一把刀一样,插在她的胸口。尽管后来她努力地改变自己，可那个“丑”字却始终像是苏冉无法过滤掉的病灶，她用自身的血液和温度将它慢慢养大，最后便真的成为身体的一部分，无法割舍了。

就算是肿瘤，里面流的也是自己的血。

可是，如今他们再见面，一起喝着咖啡，谈论往事，一切云淡风轻般平静。

这是苏冉心心念念盼了五年的事情，此刻看着眼前的这个人，她却突然感觉眼前有些模糊。她看向他，一字一句地说:“你知道吗，曾经在相当长的一段时间里，能跟你像现在这样，像是好朋友一样坐在一起简单到只是说说话，便是我最大的梦想呢。”

“我听说你和我的一些朋友关系一直不错，其实通过他们就可以找到我的。”严昭眼底里有些不敢相信的神情，“哪像你说的，咱们像是天各一方似的。”

“那次在电话里，你不是和我绝交了吗？”

听到这里，一直不动声色佯装淡定的严昭，手轻轻地抖了一下，这个微小的动作一下子就被苏冉捕捉到了。

其实她知道当年的那次事故，严昭和周佳佳他们二人因为没有钱，去了一家不正规的医院，结果发生了医疗事故，周佳佳不得不摘除了子宫，再也不可能有自己的孩子。他们两个人也因此分手，没有了任何往来。

她更知道，周佳佳最后嫁的，是一个快六十岁的老头儿。

周佳佳性格泼辣，人缘并不好，严昭也因为周佳佳得罪了不少兄弟。

那个时候他们真的借不到钱，能帮他们的，只有苏冉。

若是当初苏冉肯借钱给他们，或许就不是这个结果，更或许，他们已经结婚了吧。

成也苏冉，败也苏冉。那个时候说过死也不会原谅自己的男人，此刻竟然刻意隐瞒自己已婚的事实，与她坐在咖啡厅里，演着这么一出暧昧的情景剧。

命运还真是讽刺。

6

想到这里，苏冉的嘴角划过一丝意味不明的笑，随即像是又想起什么一样，问严昭："还记不记得你说过答应我一件事，不论什么？"

"你呀，还这么可爱。"不过几秒的工夫，方才严昭那慌乱的表情就隐匿不见了。他看着苏冉，眼底有着温柔的笑意。那么温暖的笑容让苏冉有种错觉，好像五年前一样，这让苏冉一下子就慌了神。

"说吧，什么事儿求我？"严昭口气里不自觉地带着得意和骄傲说。

嗯，苏冉果然猜得没错，依然还是那句"什么事儿求我"。

苏冉瞬间从那他那虚伪的笑容中回过神来。俗话说得好，江山易改，本性难移。他的答案，依然和五年前一模一样。

意料之中，情理之外。其实，苏冉已经算不上是失望了，反而是终于解开了一直束缚着自己的那张网，有种如释重负般的轻松。

她看了看他故意蜷起的拳头。不管他怎么隐藏，那一圈粉色的戒指痕迹都无法消退。她不动声色地端起咖啡，想要掩饰自己的兵荒马乱，却被呛住。

“咳咳……”苏冉剧烈地咳个不停，眼泪都出来了。

她对着严昭笑了笑，礼貌而疏远地说：“没什么，送我回家吧。”

7

外面的雨越下越大，窗子上雾蒙蒙的一片，苏冉此刻突然有了一种恍如隔世的感觉。

两个人之间，已经过去了五年。

年少时候犯下的错误早已经被时间磨平了，自己一直抓着不放的，早就没了意义。

周佳佳再也不能做妈妈了，而苏冉自己，在那次胃穿孔的手术之后身体一直很糟糕，时常要靠吃药来维持。

这一切的罪魁祸首，正是眼前的这个男人。可他却像个局外人一般，推卸了所有的责任，只留下另外两个当事女人停在原地，被自己的爱情和错误的选择折磨着，无法挣脱。

所以自己到底爱慕这个男人哪里呢？自己到底是为什么纠缠着不放？甚至在看穿他不过是在与自己暧昧演戏的时候，还带着一丝期待？

这五年来的执念，被严昭用若干年前一模一样的回答，彻底否决了。苏冉像是看到了可怜兮兮的自己独自望着医院天花板流泪的场景，那个小女孩一直都存在于自己的记忆当中，只是现在，苏冉才明白，这样深重的感情，这个男人不配承受。他只愿意迎接生命之欢，对于那些苦痛，他从来没有一刻想过要承担。

严昭已经起身。他一副绅士的样子伸出手，似乎等着苏冉将手放上来。

然而苏冉面对眼前这个一副假情假意模样的渣男，内心突然就有了一些恶心和反胃。但她还是深呼一口气，忍了忍，然后一脸大气地微微一笑，说："严昭，你就别跟我演了。其实，你已经结婚了吧？虽然把戒指摘下来了，可是那一圈印记，还是骗不了人的呢。"

苏冉话音才落，严昭脸上的微笑便瞬间凝住。他尴尬地笑了笑，没有一句解释便仓皇而逃。

一切都过去了，曾经累死人的爱，累死人的恨，都过去了。

对于那个已然从自己的世界中退场的男人，对于这个渣男，自己又有什么过不去的呢？

想到这里，苏冉看着那个渐渐陌生的背影，突然轻轻地笑了。

最佳备胎男友

王小胖努力想睁开双眼，眼皮却沉得似是有千斤重一般。恍恍惚惚中，他似乎听见刺耳的警笛声，一丝忽暗忽明的蓝红色灯光在他眼前交替着，视线渐渐模糊，眼前的人影扭曲着直至一片漆黑，四周充满浓烈的血腥味。他感觉身体所有感官都丧失了功能，只剩下一颗心脏在他胸腔里撞得咚咚响……

王小胖跳楼自杀了！！！

很快，这个消息轰炸了整个朋友圈，力度毫不亚于几年前他和蓝姝牵手的那天。

王小胖是我大学时期的上铺兄弟，不过后来因为一包烟的诱惑交换，我又变成了他的上铺兄弟。不过那时候我们关系并不太好，刚开始，我甚至有些看不起他，因为他总是做一些特别有损男人面子的事儿。

比如说大晚上在女生宿舍楼下摆一圈心形蜡烛，然后狮吼般扯着他那粗嗓子大喊："蓝姝，我爱你……"然而他并没有看见蓝姝的踪影，倒是引来了一场倾盆大雨，他瞬间被浇成了落汤鸡不说，还被宿管阿姨一顿臭骂，最后只能灰溜溜地收拾那些风雨中的残烛。

要我说，他就像极了风雨中东倒西歪的蜡烛，殷勤地为别人燃烧自己，可别人并不需要他这点微弱的光亮。

小胖的家境并不太好，父亲是停车场的保安，母亲是一家超市的理货员。为供小胖在西安上大学，他母亲还经常去饭店做兼职。即使这样，小胖的生活费也不怎么宽裕，所以，那时他的钱包总是很凄凉。

宿舍里，除了牙刷是他自己买的，其他东西都和我们共用。小胖总是舍不得给自己买件衣服，却舍得给蓝姝买一大束玫瑰，只是最后都被蓝姝扔给室友做了玫瑰浴。

他宁可自己一个月天天只啃方便面，也愿意花大手笔的钱去贿赂蓝姝的闺蜜。记得有一次，学校里连着停水好几天，之后蓝姝身边的秦丹丹忍不住在朋友圈里发了一条信息"再不来水我就馊了……"小胖看到后，二话没说就跑去学校小卖部买了很多农夫山泉，然后把水一瓶瓶都倒在桶里给秦丹丹送了过去。其实他的最终目的是要让秦丹丹劝蓝姝也收下另一桶洗澡水，也就是经过那件事后，小胖开始被蓝姝的室友们暗中称为"王大白"。

我曾劝他说："小胖，一般需要绞尽脑汁去追的女生那肯定是追不到的，你要是真想找个女朋友，去给我买包中华烟，哥们儿可以传授一些秘籍给你。"

那一刻，他无比严肃而嚣张地说："帮我追到蓝姝，你大学期间的中华烟我包了。"

只是，我们都深知王小胖是拿不下蓝姝的。蓝姝虽然算不上校花，但在我们系那也算是个女神级的人物。撇开颜值的悬殊不说，就只说蓝姝那拒人于千里之外的高冷气质，有多少比小胖优秀的追求者，往往都是坚持不了一个礼拜就会以失败而告终。我们常常开玩笑说，也许小胖劳心劳力追上蓝姝后就瘦了呢，因为这一路指不定要经历多少磨难呢！

有一天晚上，刚过凌晨一点，我们正围坐在宿舍里联网玩《魔兽》，王小胖突然接到了秦丹丹打来的电话，说蓝姝被几个女人围在宾馆打得半死，要王小胖赶紧去救她。王小胖壮着胆子气喘吁吁地跑到宾馆时，蓝姝已经被一个中年男人接走了。据说打蓝姝的那群女人中的一个，就是那个中年男人的老婆。

至此，蓝姝插足别人家庭，是个不折不扣的小三的丑闻，在学校里传得沸沸扬扬。平时嫉恨蓝姝的女同学们，总是尾随在蓝姝的后面跟踪着，希望能找出更火辣的料来八卦。而大多数追过蓝姝被拒绝的男生们，则骂蓝姝是个立牌坊的婊子。只有王小胖像什么事都没发生过一样，还是一如既往地追在蓝姝后面，对蓝姝还是一如既往地做着他那些让人看着很犯傻的事。

此刻的蓝姝，没有再拒绝王小胖对她示好，但和他也没有过多的交流。所以大家可以常常看见一个画面——如果蓝姝出门，小胖必定跟在她后头，像极了为娘娘打伞的太监。蓝姝从来不回头看王小胖，王小胖也不多言，只是将蓝姝送到安全地带，然后默然离开……

没过多久的一个周五，下午照常没课，可能是接近暑期的原因，也可能是预报明天有雨，总之我觉得这天特别燥热，所以决定去澡堂洗个澡凉快一下。当我进了澡堂在换衣间换衣服时，意外地看见王小胖蜷缩着一身肥肉抱着头躺在地上，同时旁边一群人还不依不饶地踢打他，骂他是个傻X。虽说跟小胖平时算不得情深义重，但也不可能坐视不理，尤其眼前这情形我也忍受不了小胖这么被人欺负，我本来只想先去劝架，结果被一个戴眼镜的小子推了一把直接摔了一个踉跄，我便忍无可忍地和那群人打起来。

后来我问小胖那帮人为什么打你，小胖告诉我，是因为他听到那些人言语上亵渎了蓝姝，自己便不管不顾地冲了上去。我知道后有些哑然：我干吗为这种事出头？不过这件事以后，王小胖便把我当成了他最好的朋友。

后来，小胖常常给我讲蓝姝的事情。

他告诉我，有一天晚上蓝姝在南门里一处酒吧喝得烂醉，打电话让他去接。蓝姝看见王小胖，捧着他的脸一阵傻笑，然后吻了他，说他真可爱。他问我，蓝姝这样是不是已经把他当成男朋友了？

而我觉得我有义务提醒他，蓝姝这样的女人犹如毒品，不是他应该碰的。但是看见王小胖给我讲蓝姝时两眼发亮的表情，我觉得应该任由他去犯傻，有些事情，在你想做的年龄不去做，等你真正可以做时，也许就失了做的心情。

可没过几天他又闷闷不乐地告诉我说，蓝姝其实没把他当成男朋友。当听到他跟我说这话时，我突然不再一味地觉得他很傻很天真，我的内心深处开始有了对他的同情，甚至是被他感动的情绪。

那一刻我只能拍拍他的肩膀，冲他笑笑，因为我也无话可说。

那段日子，每当看到蓝姝上了那辆黑色保时捷卡宴，王小胖总是趴在宿舍的窗台上，盯着校园围墙外看很久很久。

此时的王小胖看上去有些单薄，即使他很胖。

大三那年春天，有一次，蓝姝和那个男人在东大街逛街又被他老婆围堵。她在大街上打了蓝姝，还撕烂她的衣服，最后把她老公扯了回去。王小胖和秦丹丹赶到后，蓝姝狼狈不堪，他给蓝姝披上自己肥大的卫衣，然后想去找那个中年男人算账，蓝姝拦住他说："王小胖，你没有资格插手我的事情，你走吧。"

那一刻，王小胖狠狠抽了自己一耳光，然后离开。可是对于蓝姝，他终是狠不下心的，他又回来，一路跟在蓝姝和秦丹丹的后面，看到蓝姝回了学校上了女生宿舍的大楼才离开。王小胖回到宿舍后每天仰躺在宿舍的床上，差不多一个星期都没怎么说话。宿舍人笑他说，王小胖终于停下来开始思考人生了。其实我也认为他该放弃了，不是觉得他和蓝姝之间有太远的距离，而是觉得蓝姝不值得王小胖这般用情。

几乎所有人都认为我们男人不是感情动物，其实，男人用起情来更让人震撼。

王小胖在宿舍里干躺了 6 天，抽了我 10 包烟。第 7 天晚上他突然像诈尸一样腾的一下从床上坐了起来，然后直勾勾看着我说："兄弟，我要和蓝姝上床，再去揍那个王八蛋一顿！"说完，他便躺下睡了。

我不由得苦笑，他真的是着了魔，且还是深入骨髓的魔怔。我想此刻就算上帝也帮不了他了吧……

之后很久很久，人们几乎都懒得关注蓝姝如何，王小胖又如何，因为他们之间几乎已形成那个循环，蓝姝不顾名节地追赶着那个有妇之夫，王小胖不顾死活地追赶着蓝姝。每个赶路的人，几乎都无暇转身看看自己身后的世界。

直到大四那年夏天，到了大家都在感伤着毕业的季节，王小胖突然高调地要请大家吃饭。那天王小胖像是中了大奖一样亢奋，拉着谁都要敬一杯，蓝姝却在一旁淡定地吃着饭，时不时地对王小胖说：“少喝点。”

那天，王小胖喝得烂醉如泥。那天，他宣布和蓝姝正式交往，并宣言，只要蓝姝愿意，毕业就结婚。那天晚上，王小胖在宿舍里一直吐，吐完又捂在被子里给蓝姝发短信，手指在劣质手机键盘上啪啪啪响了一晚上。发完短信，小胖又躺在床上嘿嘿地傻笑，笑完了又杀猪般大哭。我们宿舍的人都默契地原谅了他的神经质，毕竟谁都知道，这些年，这小子太特么不容易了。

毕业后，虽然大部分人留在了西安，但都为了各自的生活和事业而奔波忙碌，所以自然少有见面的机会，彼此间也就是偶尔发个微信互相问候几句罢了。

那天掐指算来，我发现自己也有将近两年时间都没见过王小胖，更没见过蓝姝，也不知道最近两年他们两个人怎么样了。我想，几年过去，那几对曾经令人羡慕的鸳鸯情侣都分道扬镳了，更何况是王小胖和蓝姝？

然而我没想到，这么多年的王小胖还是那个王大白，竟然演出这种女人才会玩的戏码——跳楼！关键是还没死。

这事确实有损老爷们儿的颜面，但是作为他的朋友，我该去看看他。

我这个人天生不太喜欢进医院，讨厌那些消毒水的味道，更看不得医院走廊里那些或忧伤或绝望的面孔。然而今天，我也成了忧伤的一员。王小胖虽然没死，但他也醒不过来了，植物人。

在去的路上我还在想，得为他的不争气好好骂他一顿。可是到了医院，知道他有可能永远醒不过来时，我只剩下难过。

我看到王小胖的父母，他们比同龄人苍老些，话不多，看到我们来只是一个劲儿说“谢谢”。但我没有看到蓝姝，便小心地问：“阿姨，您知道蓝姝吗？”

阿姨给王小胖擦着脸，长长叹了一口气，说：“知道……那可是他的命啊……”我想问王小胖为什么会轻生，他和蓝姝之间到底发生了什么，他现在都这样了，蓝姝人在哪里……然而心里的这一大堆疑问，面对眼前这个沉默而可怜的老人时，却一句也问不出口。

之后，有空的时候，我就经常去医院看王小胖，常常给他讲些段子。有时候自己讲完都忍不住发笑，而王小胖却没有任何回应，依然安静地躺在那里。病房里安静得只剩下王小胖的心电监护仪嘟嘟的响声，此时我竟有些怀念大学时王小胖那杀猪般的哭声。

医生说应该多找些关键人物来刺激刺激王小胖，这样有助于他苏醒。这时候，大家都不约而同地想到了蓝姝。这时候，我觉得我也应该去拜拜这尊神了。

我无意中得知，蓝姝现在在一家妇产医院。

我纳闷地来到这家医院，看到蓝姝躺在床上，旁边是一个婴儿。

蓝姝见到我有些惊讶，几句寒暄后，她哭着对我说：“那天要跳楼的不是小胖，其实是我。”

我几乎跳了起来：“我去！”

蓝姝说，毕业后她就和王小胖生活在一起了。有蓝姝在身边的王小胖像打了鸡血一样，经过两年的打拼，加上父母的资助，小胖在西安买了一套属于自己的小房子。他每天早早就出去，一下班就回来，过着幸福快乐的日子——至少是他想要的幸福快乐吧。

出事的当天。王小胖正在幼婴店给待产的蓝姝买待产用品。这时候，他接到物业的电话说蓝姝要跳楼。

当王小胖匆忙赶回家时，楼下早就被警察和围观群众堵得水泄不通。

小胖从楼梯跑到天台，趁警察和蓝姝对话时，悄悄爬上天台，小心翼翼地一步一步挪动着脚步，就快靠近蓝姝时，蓝姝猛然回头发现了惊慌失措的王小胖。她歇斯底里地对王小胖说："几年前我就告诉过你，我的事情你不要插手，你就不要再管我了，好不好？"

王小胖颤抖着粗嗓门，几乎用哀求的语气对蓝姝说："你到底怎么了，怎么要做这样的傻事？我们要看着小宝宝长大，我们还有很多事没做，你还没有做我的新娘呢。"

"对不起小胖，我不能和你结婚，也不能生下这个孩子。"蓝姝目光呆呆地望向远方，长发随风在空气中乱舞，接着低下头犹豫了一会儿说，"小胖，这个孩子是……"

"别说了！"王小胖大吼。

"他是个罪孽，我也是个罪孽。对不起，我不能再欺骗你了，你是个善良得让我羞愧的男人。"说完，蓝姝取下手指上的戒指，"小胖，对不起，请把它留给更值得的女人，这两年我努力想和你好好生活，但是我无法抗拒他。我从 19 岁开始爱上他，虽然我知道这是一条不归路，但每次他一出现，我就崩溃了……我对不起你……"

此时的王小胖已经泣不成声。有时候他也怀疑蓝姝和那男的还有来往，但他宁愿逃避真相，因为他爱蓝姝，蓝姝是他的命，只要命还在，别的也就不重要了。今天，小胖的梦被一场自杀撕碎——对王小胖来说，蓝姝的自杀是对他残忍的谋杀。但是，他还是不希望蓝姝以这种方式和自己告别，所以他打算用拿回戒指的那个举动扯回蓝姝，可是他并没有拉着蓝姝，反倒是和蓝姝一起坠落。警察拉住了蓝姝。可能是小胖太重，又可能是他想帮警察减轻压力好救蓝姝，所以王小胖就变成了今天这个样子。

我走出病房，接连抽了好几支烟。罢了，小胖现在也许很需要蓝姝，我应该劝劝她，让她去看看小胖。我去超市买了些补品和水果，回到病房时，听到孩子在婴儿车里哭闹。蓝姝艰难地扶着床沿，起来去看孩子。我过去扶着她。

蓝姝哄着孩子，突然轻轻问我："小胖他，他怎么样了？听警察说，小胖受了很重的伤？"

我突然一阵心软，对她说："小胖没事，你好好养着，出院了去陪陪他。"

"我还有什么脸面去看他！"她的这句话，细微得几乎只有自己听得见。

我扯开话题问："没有人在医院照顾你吗？"

"有护士。"她边抱起孩子边说着。

"你没有家人陪吗？"我好奇地问。即使那个男人不来看他，出这么大的事，她的父母总归要出现吧。

"我没有家人。"

"其实你可以让孩子的爸爸对孩子负责，你一个人，不仅是经济问题难以解决，而且在孩子成长过程中，流言蜚语……"我还没说完就有些后悔。但我真的是为一个单亲妈妈感到担忧。

"我并不在乎别人怎么看我，如果太在意别人的看法，那岂不是活得犹如一条内裤，别人放什么屁都得接着？"她把刘海撩到耳朵背后，直视着我，微笑着。

我很不高兴，因为我感觉她说的貌似有几分道理，我竟无言以对！于是，我叫她好好休养，病好了去看看王小胖，然后便匆匆告辞。

确实，每个人都有权利选择自己的活法，作为局外人的我们，所能看到的也只是浮于表面的东西，我们又有什么资格对别人的生活品头论足。

蓝姝出院的第二天，她说想去照顾王小胖，但她担心小胖的妈妈并不欢迎她，所以打电话请我和她一同前去。

到了医院，正如蓝姝所料，一向文静寡言的阿姨像是要杀了蓝姝般冲了过来，大喊："扫把星，你还有脸来啊？带着你的野种滚！"

蓝姝并没有躲闪，定定地站在廊道里任凭阿姨撕扯着。她没想到小胖不仅是受伤，竟然成了植物人。她认为这都是她造的罪孽，因此无比愧疚和痛苦。

在一旁的叔叔则在廊道的椅子上坐了下来，把头埋得很低，任由眼泪大滴大滴地掉在地上。这些日子，这两个老人一直用忙碌来掩盖悲伤，他们无法接受自己拼死拼活养大的儿子竟就这样躺下了。他们内心构筑起一道围墙将悲伤深锁其中，无法释放。也许此时的蓝姝也理解，他们并非真的怨恨蓝姝，而是需要一个引子将眼泪释放出来。有的伤痛，只有直视伤痛才能真正走出来。

接下来的很长一段时间里，蓝姝都在医院和托儿所之间来回跑。无论她和王小胖将来会是怎样的命运，她都想一直照顾他，直到他醒来。她做了很多努力，试图唤醒小胖，然而都是徒劳。

一年后的某天晚上，蓝姝把孩子接来，母子二人在医院陪着小胖。孩子突然哭个不停。蓝姝正要给孩子换尿裤，抬起头发现王小胖正直勾勾地看着她。她欣喜若狂地想要跑去喊医生，王小胖轻轻抓住了她的手，虚弱地问："孩子呢……"

蓝姝呆住，泪如雨下。

王小胖转头，声音微弱地问："蓝姝，你爱过我吗？"

蓝姝正要张嘴，王小胖哀求着说："我想听真话。"

蓝姝低下头半天说不出话来。

王小胖释然地给了她一个微笑，说："没事了，去喊医生吧……"

蓝姝走到门口，回头看见小胖亲吻着孩子的手，哭泣着。

王小胖出院的那天下午，他没有让他的父母过去，而是让我开车去接他。

他说还不想回家，要我陪他在城区转一圈。我开着车陪他在西安的钟楼和古城墙附近转了一圈又一圈。沉默很久后，小胖突然对我说："我先去你那里住段日子吧，等我找到新房子就搬走。"

我问他："你要搬家？"

他点点头："他们母子挺不容易的，我把房子给她。她是我青春里最昂贵的回忆，我有责任对她做点什么，来感谢她用最美好的年华圆了我的梦。"

我苦笑着对他说："可是，蓝姝对你的感情并……"

"我知道，她不爱我，可是我感谢她填满了我干涸又乏味的青春岁月。"王小胖抽了一口烟压低声音说道。

我问："你还会像爱蓝姝那样去爱另一个女人吗？"

他笑着回答我说："我永远对生活充满热爱，更不会拒绝爱一个可爱的女人，如果再遇见，我仍然期望被爱。"

我看着车窗外的车水马龙，再看看此刻豁达明朗的王小胖，突然觉得在经历过一些变故之后，大家都会对世界有一个新的认识。有的人变得愤世嫉俗，有的人变得更加封锁自己，而有的人，愈挫愈勇，选择去改写命运。

我看着他，发自内心地敬佩。我拿出一包中华烟，递给他：“请你的。”

他扯着粗嗓门嘿嘿嘿地笑，我也笑。

接下来，一路上我们再没说什么话，这时电台里女主播甜腻的声音传了出来：“今晚，我还是要送一首好听的歌给你，这首歌是奶茶刘若英的《为爱痴狂》，希望在你面对真爱时，也可以这样一直为爱痴狂。”

我从春天走来，你在秋天说要分开，说好不为你忧伤，但心情怎会无恙。为何会是这样，在我心中深藏着你，想要问你想不想，陪我到地老天荒……想要问问你敢不敢，像你说过那样地爱我，想要问问你敢不敢，像我这样为爱痴狂……

此刻，电台里的音乐声越来越微弱，我在王小胖的故事里睡去，他从故事里醒来，换作王小胖一路握着方向盘载着我，穿越华灯初上的城市往前行驶。

我知道，她不爱我，
可是我感谢她填满了我干涸又乏味的青春岁月。

图书在版编目（CIP）数据

那个送我筋斗云的美少年 / 代琮著 . -- 天津：百花文艺出版社，2017.7

ISBN 978-7-5306-7251-8

Ⅰ. ①那… Ⅱ. ①代… Ⅲ. ①短篇小说－小说集－中国－当代 Ⅳ. ① I247.7

中国版本图书馆 CIP 数据核字 (2017) 第 083555 号

责任编辑： 刘佩莲

出版人： 李勃洋
出版发行： 百花文艺出版社
地址： 天津市和平区西康路 35 号　**邮编：** 300051
电话传真： +86-22-23332651（发行部）
+86-22-23332656（总编部）
+86-22-23332478（邮购部）
主页： http://www.baihuawenyi.com
印刷： 北京雁林吉兆印刷有限公司
开本： 710 × 1000 毫米　1/32
字数： 182 千字
印张： 9.5
版次： 2017 年 7 月第 1 版
印次： 2017 年 7 月第 1 次印刷
定价： 39.80 元